TEA
BOOKS

Naslov originala
Kate Frost
A Greek Island Escape

Za izdavača
Tea Jovanović
Nenad Mladenović

Glavni i odgovorni urednik
Tea Jovanović

Lektura / Korektura
Agencija Tekstogradnja / Agencija TEA BOOKS

Prelom
Agencija TEA BOOKS

Dizajn korica / Crteži za korice
Alexandra Allden / Shutterstock and Getty

Izdavač
TEA BOOKS d.o.o.
Por. Spasića i Mašere 94
11134 Beograd
Tel. 069 4001965
info@teabooks.rs
www.teabooks.rs

ISBN 978-86-6142-253-9

KEJT FROST

BEG NA KEFALONIJU

Sa engleskog preveo
Aleksandar Petrović

Za moju divnu grčku porodicu.
Hvala vam na hrani, smehu, ljubavi i nadahnuću!
Yamas!

1.

Aplauz je bio zaglušujući i odjekivao je pozorištem dok se Zanta, držeći se za ruke sa ostalim glumcima, klanjala publici. Zaslepljujuća svetla su zasenila prisutne, i jedino je razaznavala ljude kako ustaju, a žamor aplauza širio se iz partera sve do balkona. Divljenje publike stvaralo je osećaj zavisnosti, i priželjkivala ga je otkad je počela da studira glumu, kada se učvrstila njena želja za karijerom na pozornici. Ipak, dok je pravila još jedan dubok naklon, preplavilo ju je olakšanje što je to bilo pretposlednje izvođenje predstave. Okolnosti i prilika koja joj se ukazala iz vedra neba doveli su je dovde, i upravo se spremala da se oprosti od života u Londonu. Ne, neće se zauvek oprostiti, samo će nekoliko nedelja predahnuti kako bi imala vremena da se sabere i pobegne od tuge nakon raskida i neprestanog ogovaranja. Bačeno joj je uže za spasavanje, za koje nije ni znala da joj je potrebno dok nenadano nije stiglo to pismo.

– Zanta, hajde. – Koleginica Sara ju je prenula iz razmišljanja dok su zajedno napuštale pozornicu, a aplauz i dalje odzvanjao salom.

Obe strane bočne bine pozorišta *Rojal Druri Lejn* bile su načičkane članovima glumačke ekipe predstave *Oliver!*, od dečaka u ritama, do Fejgina u prsluku, s maramom oko vrata i rukavicama bez prstiju, i Zante u crvenoj haljini s korsetom kao Nensi. Pljeskanje se nastavilo, uz povike oduševljenja. Onda su se svi vratili na scenu sa širokim osmesima na licima. Zanta je uživala u osećanju ljubavi i uvažavanja koji su joj bolno nedostajali u privatnom životu. Što se posla tiče, ovo je oduvek želela, i dok se poslednji put klanjala, u misli joj se ponovo uvukao strah kako je napravila strašnu grešku što je odustala od svega, makar i nakratko.

Iako je ugovor o njenom angažmanu isticao, predstava će nastaviti uspešno da se igra na Vest Endu i bez nje. Bilo joj je čudno da pomisli kako će neko drugi glumiti Nensi. Godinu dana je bila posvetila toj ulozi. Trema, iako manja, i dalje je bila prisutna. Reči – *Vaš poziv na scenu, gospođice Zanta Foks, vaš poziv na scenu* – još bi je ispunile strahom, kao i zastrašujući trenutak dok je stajala na bočnoj bini čekajući svoj red i zaboravila prve stihove pesme „It's a Fine Life". Međutim, u trenutku kada je izašla na binu, sve je pokuljalo iz nje, a strah se pretvorio u uzbuđenje za koje je mislila da ga ništa ne može nadmašiti.

Dok je slušala kako publika odlazi, a na razglasu ide pesma „Consider Yourself", Zanta je u garderobi skidala šminku, otkrivajući prirodno preplanulu kožu. Pomoćnica za kostime brzo je ušla da joj otkopča zadnji deo haljine i Zanta se izvukla iz nje, a zatim pustila dugu kosu boje kestena da joj padne na ramena. Ljudi su ulazili i izlazili, proveravali kostime za sutra i otkačinjali mikrofone. Nakon meseci igranja predstave bilo je nečeg utešnog u obavljanju istih radnji iz dana u dan. Svaka promena kostima odigravala se automatski, mišići su joj upamtili pokrete, izvođenje predstave bilo je savršeno usklađeno uza sve novo ili neočekivano što je svako uživo izvođenje donosilo.

Međutim, uznemiravalo ju je to što nije obnovila ugovor, niti je išla na onoliko audicija kao inače. Njena agentkinja Felisiti ju je i dalje preporučivala, ali za poslove koji počinju krajem godine. I mada je Felisiti rekla da razume Zantine razloge za predah, Zanta je i dalje bila zabrinuta zbog propuštanja prilika. U pitanju je samo šest nedelja, govorila je sebi, a pored toga, kad se bude vratila ima zakazan nastup na *Promenadnom koncertu* u organizaciji *BBC*-ja, no nakon skoro deset godina rada na Vest Endu, postojao je rizik da će ovaj predah biti korak unazad.

Osetila se lagodnije u uskim farmerkama i majici dok je prolazila iza scene, pozdravljajući se sa inspicijentom i nekoliko glumaca koji su još bili tu. Grupa ljudi je čekala ispred zadnjeg ulaza u pozorište i ona im je rado potpisivala programe – to što je neko sačeka i zatraži joj autogram i da se slika s njom bilo je veoma uzbudljivo, i nadala se da taj osećaj neće nikada uzimati zdravo za gotovo, čak ni kad je mrtva umorna. Dugotrajno nastupanje je ostavilo posledice

– ne samo igranje predstava, pošto se brinula o sebi tako što je izbacila kofein posle podneva, hranila se uglavnom vegetarijanski, svakodnevno je vežbala jogu i šetala kako bi razbistrila glavu. Borila se sa opštom zbrkom u privatnom životu, koji nije ostao privatan. Svi su znali pojedinosti njenog ljubavnog života – pa, sada nepostojećeg ljubavnog života. Zbog bivšeg dečka i njegovog ponašanja završila je u neželjenom središtu pažnje javnosti.

Zanta je stisnula pesnice, udaljavajući se od pozorišta. Kasno majsko veče bilo je obasjano uličnom rasvetom i primamljivim sjajem barova i restorana. Nakon sutrašnje predstave, nekoliko glumaca i članovi ekipe nameravali su da izađu na oproštajno piće, ali večeras je jedva čekala da se vrati kući. Deo nje nije mogao da dočeka sutrašnji završetak, a sa druge strane, provodila je toliko vremena okružena ljudima na poslu ili kod kuće da je pomisao kako će se osamiti izazivala jezu.

Džud, njen cimer i najbolji prijatelj, već ju je čekao ispred stanice metroa *Kovent garden*, naslonjen na plakat mjuzikla *Oliver!*, iako je i on tek pristigao sa izvođenja mjuzikla *Lak za kosu*. Blistav osmeh i bujne tamnoplave kovrdže bili su joj poznat prizor. Upoznali su se kao studenti glume i ostali najbolji prijatelji, zajedno preživljavajući uspone i padove glumačkog života, jureći snove i međusobno saosećajući kada bi ih odbili – što se često dešavalo. Bio je to neizbežni deo posla, kao i slavljenje uspeha. Većina njenih prijatelja bili su glumci ili su radili slične poslove, ali to što nikada nije morala da se nadmeće za iste uloge sa Džudom zasigurno je pomoglo njihovom prijateljstvu. Kada je Zanta dobila do tog trenutka najznačajniju ulogu u karijeri u mjuziklu *Oliver!*, Džud je prolazio kroz teško razdoblje, borio se da nađe posao i bio prisiljen da prihvata svaki angažman dok nije dobio ulogu u ansamblu mjuzikla *Lak za kosu*. Iako to nije bila glavna uloga, ipak se vratio glumi nastupajući na Vest Endu, i ako je osećao bilo kakvo ogorčenje ili ljubomoru prema njoj, nije to pokazivao. Uvek ju je podržavao.

Džud ju je uhvatio podruku i ušli su u stanicu metroa, pod oštrim svetlom koja su ih pratila niza stepenice, dok je njoj jedina misao kako će se sručiti u krevet.

– Samo još jedno izvođenje, Zanta. – Džud joj je čvrsto stisnuo mišicu kao da je osetio njen napor da nastavi dalje. Nestalo je ushićenosti jer je znala da se nemilosrdni tempo od osam predstava nedeljno bliži kraju. Još samo jedan dan, a onda sloboda bez kolotečine, putovanje, sunce i mediteransko nebo...

– Stalno mislim da pravim ogromnu grešku.

– Ne praviš, u pitanju je strah od nepoznatog, to je sve. Nakon svega što se dogodilo, nije ni čudo da se ovako osećaš. – Pogledao ju je dok su se spuštali spiralnim stepenicama. – Odsustvo može biti samo dobra stvar.

– Da, znam to. Samo me hvata nervoza.

Koliko god da je želela da se odmori od Londona, grčio joj se stomak od neizvesnosti što pravi pauzu u karijeri. Reskirala je, ali posle ovako grozne godine, bila je spremna da taj rizik prihvati. Znala je kako je blizu granice iscrpljenosti, ne toliko od nastupa u mjuziklu *Oliver!* koliko od pokušaja da ugura i dodatni posao kako bi sebi omogućila odsustvo. Poslednjih nekoliko nedelja, pored nastupa u pozorištu *Rojal Druri Lejn*, vežbala je i izvođenje pesama iz mjuzikla *Gospođica Sajgon*, koje će biti snimljene za televizijsku emisiju o mjuziklima.

Stigli su do tunela obloženog pločicama koji je vodio do perona, a dok su žurili njime, toplota i tutnjava podzemnog voza su se pojačavali. Pokušala je da se kloni zidnih plakata za izuzetno popularnu televizijsku seriju *Begunac*, ali pažnju joj je privlačilo lepo lice Ostina Kartera, meteorske zvezde te serije i njenog bivšeg dečka. Čak i s modricama, posekotinom iznad obrve i očiglednom grubošću na ozbiljnom licu, bio je izuzetno privlačan. Imala je utisak kao da je njegove očaravajuće plave oči probijaju pogledom i da prati svaki njen pokret.

– Prokletstvo, Zanta, prestani da mučiš sebe i skreni pogled. – Džud ju je povukao ka prvom peronu. – Neviđeno je seksi, ali je kreten. Znaš da ti je bolje bez njega.

Koliko god da je Džud bio u pravu, nije bilo jednostavno nastaviti dalje i zaboraviti ga, pogotovo kada je na sve strane viđala njegove slike. Nepoznati ljudi bi je označavali u objavama na društvenim mrežama, a takozvani prijatelji stalno su pričali o njemu i seriji. Bio je na radiju, televiziji, u časopisima, blogovima, trend na *Tviteru*, a što se tiče tog prokletog mima na *Tiktoku*... Bilo ga je nemoguće zaboraviti. Podržala ga je kad je otišao na audiciju za seriju *Begunac*, i na svim naknadnim probnim snimanjima. Zajedno su slavili kada mu je ponuđena uloga, snovi su im se ostvarili, Ostin će glumiti u televizijskoj seriji koja će ga učiniti poznatim, a nedugo zatim je i njoj ponuđena uloga Nensi. Nisu ni slutili kakav će uspeh postići serija *Begunac* i koliko će im to promeniti život, ali ishod bi verovatno bio isti. Ostin bi joj zacelo slomio srce bez obzira na to da li je glumac u potrazi za poslom ili velika zvezda kakva je postao, mada bi lakše izašla na kraj s posledicama raskida da nisu oboje bili u centru medijske pažnje.

Podzemni voz se upravo zaustavio i vrata su se, uz škripu, otvorila. Pretrčali su poslednjih nekoliko koraka i uskočili unutra.

– Izgledaš iscrpljeno – rekao je Džud dok su sedeli jedan pored drugog. – Jesi li dobro?

Zanta je klimnula glavom i zevnula. Ono malo energije što joj je preostalo napustilo ju je sada kada je sela. Naslonila je glavu na Džudovo rame, a on ju je pomazio po kosi.

– Znam da je meni lako da to kažem, ali ne dozvoli mu da ti i dalje pravi zbrku u glavi.

Džud je bio u pravu u vezi s tim, kao i da će joj odsustvo prijati. Morala je da bude negde daleko od svega što je podseća na Ostinovu izdaju. Nakon što ju je više puta prevario i slomio joj srce, bilo joj je potrebno vreme da se oporavi. Trebalo joj je da pobegne, i taj nenadani dar od kume delovao je kao da joj se sudbina nasmešila nakon baš gadnog perioda.

Pre nešto manje od osamnaest meseci, Zanta je slavila trideseti rođendan. Ostin je organizovao zabavu iznenađenja u njihovom omiljenom baru. Dobila je ulogu u mjuziklu *Oliver!* i trebalo je da počne s probama, a Ostin je upravo završio prvu sezonu serije *Begunac*, koja će mu nekoliko meseci kasnije doneti slavu i učiniti ga poznatim imenom. Okružena Ostinom i prijateljima koji su joj postali zamena za porodicu, Zanta se prisetila sreće i ljubavi koje su se te večeri smenjivale. Život je bio dobar.

Brzo premotavanje do sadašnjeg trenutka, i taj život iz snova bio je u rasulu. Da li je to što je napunila trideset godina bio vrhunac? Da li će od sada sve krenuti naniže?

Nije bilo ničeg posebnog u tome što je imala trideset jednu; samo je godinu starija, što za glumicu nije dobra stvar, posebno ne na sceni Vest Enda – postojala je starosna granica za uloge koje je priželjkivala, i iako je još nije dostigla, postojao je rok trajanja, koga je i te kako bila svesna.

Ćutnja između Zante i Džuda bila je prijatna dok su se vozili metroom kući do Aktona, a Zanta je bila zahvalna što nisu imali potrebu da je ispune besmislenim ćaskanjem. Nije želela ni o čemu da misli niti da se opterećuje, želela je da oseti uzbuđenje zbog nove prilike i da uživa u preko potrebnom predahu. Ali pre svega bio joj je potreban san.

Čim su se vratili zajedničkoj kući, Zanta je zagrlila Džuda i poželela mu laku noć, odahnuvši što su druge dve njihove cimerke Parminder i Lusi izašle, pa će u tišini da ode u krevet, a da je ne uvuku u razgovor ili opijanje.

Nakon dobrog noćnog sna probudila se osvežena i spremna da se suoči s danom, odigra poslednju predstavu i nakon toga proslavi s prijateljima i kolegama iz ansambla. Otišla je u obližnji kafe na brunč s Džudom, Parminder i Lusi, pa se spremila i krenula u pozorište. Jednoličnost šminkanja, zagrevanja na sceni, oblačenja prvog kostima, sređivanja kose i nameštanja mikrofona, a onda vežbi za zagrevanje glasa bila je poznata i utešna kao omiljeni džemper. Trema je počelo da raste tek kada je preko razglasa u garderobi čula publiku kako pristiže. Onda su na binu pozvani glumci iz početne scene, a trema i strah su se pojačali. Prošli su dani kada je povraćala od treme, ali kada bi je pozvali na scenu, osetila bi mučninu u želucu. Ponekad se pitala zašto sebi to radi, a onda bi izašla na scenu i trema bi nestala, izgovarala bi tekst i glas bi joj se vinuo do božanskih visina, a ljubav prema glumi ju je svako veče podsećala zašto se bavila time. I ovoga puta će biti tako, pomislila je dok je čekala na bočnoj bini, savijajući prste i nežno vrteći ramena, pokušavajući da razbije nagomilanu napetost.

– Šta ti je sledeće u planu, Zanta? – pitala je jedna od pomoćnica inspicijenta dok su čekali Zantin red.

Duboko je udahnula gledajući pozornicu u polutami, dok su svetla obasjavala Fejgina među njegovom bandom dečaka. – Neko vreme ništa. U četvrtak letim za Grčku. Nasledila sam vilu na Kefaloniji – prošaputala je.

2.

Kada je poslednji put posetila Kefaloniju Zanta je imala dvanaest godina, a osim letovanja s prijateljima na Mikonosu u ranim dvadesetim, godinama nije bila u Grčkoj. Kratki odmori sa Ostinom bili su uglavnom ukradeni vikendi između poslovnih obaveza, a bilo je i nekoliko praznika provedenih sa ukućanima u Devonu i Španiji, ali nikada nije bila odsutna toliko dugo koliko je nameravala da ostane na Kefaloniji.

– Šest nedelja! – Zapanjen uzvik njene majke Lin nimalo nije iznenadio Zantu, kada je prethodno bila u Brajtonu, u jednoj od svojih retkih poseta kako bi videla majku, očuha i polubraću blizance. – A tvoja karijera? Predstava?

– Doskora si mi prigovarala da previše radim. Govorila si da nije dobro za mene što stalno radim do kasno u noć.

Lin je coknula jezikom i nabrala nos. Zanta je znala da je razlog što je majka sad mislila drugačije to *gde* je odlučila da ode.

– Samo ću je nakratko prekinuti.

– Ne bi trebalo da dozvoliš Ostinu da ti ovako uništi život. – S činijom pečenih šargarepa i karfiola, Lin je krenula prema trpezariji, a Zanta ju je sledila.

– Nije mi uništio život. – Zanta nije nameravala da plane, ali nije mogla da se suzdrži. Ostin je izneverio njeno poverenje u njega i ljubavnu vezu uopšte. Pomisao da se nekome ponovo svesrdno posveti bez straha da će joj slomiti srce činila joj se nemogućom. Osim toga, njen život se nastavio čak i uz stalno podsećanje na njegovo neverstvo i ogroman uspeh. Iako su tri godine bili u vezi, nisu živeli zajedno mada su često pričali o tome. Svako je imao svoje prijatelje, svoju karijeru, uspeh i život. Njena mama se možda odrekla porodice i odavno napustila Grčku, ali njeno grčko poreklo bi i dalje povremeno isplivalo na površinu. Želela je da se Zanta naposletku skrasi i osnuje porodicu, što se trudila da zadrži za sebe, ali bi joj se povremeno omaklo. Iako je bila ponosna na njen uspeh, Zanta je znala da mama ne razume u potpunosti njenu želju da ima takvo radno vreme, ili da bude u središtu pažnje, izložena na milost i nemilost kritičarima i pozorišnoj publici.

– U svakom slučaju – rekla je Zanta, uzela svežanj salveta i presavila ih. – Znaš da idem zbog Agatine kuće. To nema nikakve veze sa Ostinom. Moram da odem tamo kako bih se pozabavila njenim stvarima.

– Mogla si da nađeš nekog drugog da to uradi.

– Mogla sam, ali čini mi se kako je nepristojno da nepoznata osoba pretura po njenim stvarima. Bila mi je kuma – žena koju si *ti* pre smatrala tetkom nego samo porodičnom prijateljicom, i to je najmanje što mogu da uradim. – Zante je zastala. – Kad sam već tamo, to bi mogla biti prilika da vidim deku.

– Bolje da to ne radiš. – Linine oči su zaiskrile od besa. Zgrabila je escajg iz kredenca i uz tup udarac spustila nož i viljušku na presavijenu salvetu. – Ti ne razumeš kakav je to čovek.

Zanta je uzdahnula. Uvek su se vraćale na isto kada je pokušavala da pričaju o dedi. – Mama, ako mi ne kažeš šta se to dogodilo što te je nateralo da toliko zamrziš deku, kako bih uopšte i mogla da razumem?

Lin je ponovo coknula jezikom i otvorila vrata trema. Zantina četrnaestogodišnja polubraća, Džejkob i Arči, igrala su fudbal na travnjaku. – Za dva minuta – viknula je Lin i brzo zatvorila vrata pošto je dan bio vetrovit.

Iako je s maslinastim tenom i ofarbanom crnom kosom i dalje izgledala kao strastvena grčka supruga, akcenat joj je tokom godina omekšao. Koliko je Zanta znala, majka nikada nije govorila grčki s Džejkobom i Arčijem, a kada je Zanta imala dvanaest godina prestala je da ga govori kod kuće s njom i njenim starijim bratom Teom. Njeno pravo ime bilo je Elina, i pored toga što je prethodno bila udata za Zantinog oca Engleza, kada se udala za njenog očuha Džona, promenila je ime u Lin – što je nedvosmisleno zvučalo više britanski. Tokom godina, postepeno je brisala grčku stranu svog života.

Zanta je čuvala grčko nasleđe održavajući vezu sa svojom kumom Agatom, pa iako nije bila na Kefaloniji od dvanaeste godine, ostale su u kontaktu i redovno se dopisivale. Agata je u jednom od pisama pomenula spanakopitu, i Zanta je osetila žudnju za njenom hrskavom korom i sočnim nadevom od fete i spanaća. U blizini kuće u kojoj su živeli nalazio se grčki restoran, jedno od njihovih omiljenih mesta za obedovanje, posebno zato što im je prijateljski nastrojen grčki vlasnik – kada je saznao da je Zanta polu-Grkinja – uvek davao neko besplatno jelo. Džud je bio ubeđen da je to zato što se vlasniku Zanta sviđa, dok je ona to razumela kao grčku velikodušnost.

Zanta se okrenula majci. – Zašto ne dođeš na Kefaloniju i ne ostaneš malo sa mnom? To bi mogla da bude dobra prilika da...

– Ne želim da vidim svog oca. – Njena reakcija je bila očekivana, ali ne i ono čemu se Zanta nadala. – Nemam šta da mu kažem.

– Ne moraš da se vidiš s njim. – Zanta je odlučila da promeni pristup. – Samo tražim od tebe da me posetiš i vidiš kuću. Da mi pomogneš da odlučim šta da radim s njom.

– Prodaj je. – Mama je bila nepopustljiva. – Nema potrebe da dolazim u posetu jer se zbog toga neću predomisliti. Neću kročiti nogom na to ostrvo.

– Deka ne mora ni da zna da si tamo.

– Naravno da bi znao. To je malo selo. Ljudi ogovaraju.

– Mislila sam da više ne živi u selu?

Mama je ljutito odmahnula rukom. – Nije me briga gde je, pošto je svejedno. U Grčkoj svi znaju šta radiš – ili *misle* da znaju. Toga mi je preko glave. Ako želiš da tamo provedeš nedelje radeći ko zna šta dok reskiraš karijeru, to je tvoja odluka. – Postavila je escajg na mestu koje joj je bilo najbliže, prišla vratima trema i ponovo ih otvorila. – Džejkobe, Arči! Uđite i operite ruke. Ručak je gotov. – Lin se okrenula prema Zanti, zajapurenog lica. – Jedino što ne razumem je zašto ti je ostavila kuću?

– Zato što si očekivala da je ti naslediš?

– Ne, zaista nisam. – Lin je napućila usne. – Otišla sam s Kefalonije i presekla sve veze, ali ti... Ti i Agata? Ne razumem. Znala sam da ti je pisala dok si bila tinejdžerka, ali pretpostavljala sam da si prestala da joj odgovaraš.

Zanta je dopustila da istina o njenom dopisivanju s kumom ispliva na površinu – to nikada nije ni bila tajna, samo nije bilo razloga da se o tome priča, posebno pošto bi svako pominjanje Kefalonije uznemirilo majku. Zanta je želela da usavrši grčki, a Agata je predložila da pišu jedna drugoj kako bi Zanta mogla da vežba čitanje grčkog i naposletku počne i da ga piše, iako je uglavnom odgovarala na engleskom. Zanta se veoma divila kumi i uvek joj je bila naklonjena, opčinjena njenom stvaralačkom stranom i time što je bila uspešna vajarka, tiha, nezavisna starija žena uvek ljubazna i puna ljubavi prema njoj.

– Da budem iskrena, mama, to je divan, velikodušan gest s njene strane pošto ništa nije morala da mi ostavi, posebno što je trećinu vrta ostavila komšiji.

Blizanci su uleteli u kuhinju zajapurenih lica i kolena umrljanim travom zajedno s Bramblom, crnim kavapuom, prekinuvši Zantin i majčin razgovor. Ali dobila je odgovor – mama nije odobravala da Zanta ode na šest nedelja u Grčku, i zasigurno ne želi da joj se pridruži.

Sada, početkom juna, dok je sedela u avionu, a njen život u Londonu bivao sve dalji i dalji, strepnja i nelagoda zbog odlaska na Kefaloniju, koje joj je mama usadila, ponovo su izbile na površinu. Sve je bilo nepoznanica, šta će pronaći u Grčkoj i da li će joj naškoditi to što će karijeru i svoj život privremeno odložiti u stranu. Duboko je udahnula; pošto nije bilo načina da to sazna, nema smisla brinuti. *Mudre reči*, pokušala je da kaže sebi.

S toliko vremena na raspolaganju, kroz glavu su joj prolazile druge brige. Poslednjih nekoliko meseci bila je u vrtlogu osećanja pošto su brojna Ostinova neverstva procurila u javnost, a ona se i ne shvativši našla u kaljuzi tabloidne štampe. Činilo se da to ni najmanje nije narušilo njegov ugled najnovijeg seks-simbola Velike Britanije; ako je išta, to je još podstaklo obožavaoce da ga žele još više. Uostalom, kome se ne dopada loš momak? Pa, Zanti na primer. Dok je uživao u slavi i obrlaćivao sve što nosi suknju, Zanta je naporno radila iz noći u noć. Dok su njene pozitivne kritike bile ograničene na red ili dva u novinama, Ostin se pojavio u emisijama *Slobodne žene* i *Šou Grejama Nortona*, i nominovan je za svaku moguću nagradu.

Zanta se još više sklupčala u sedištu pored prozora i zagledala se u udaljeno kopno ispod sebe zaklonjeno prugama visokih belih oblaka. Iako je bila polu-Grkinja, nije imala osećaj kao da se vraća u domovinu. Ovaj povratak je zamislila kao letnje bekstvo, a ako bi uspela ponovo da se poveže s dedom i sazna više o svom nasleđu, to bi bio dodatak. Tokom godina joj je prolazilo kroz glavu da stupi u kontakt s dedom, ali je uvek bila previše zauzeta. Često je imala osećaj kako je njen odnos s mamom nalik hodanju po tankoj žici. Da ode bez njenog znanja kako bi se povezala sa otuđenom porodicom nije dolazilo u obzir budući da nije znala šta je pošlo naopako, jer je njena mama odbijala da priča o tome.

Nasledivši kuminu kuću, Zanti se ukazala prilika, i na to treba da se usredsredi. Žudela je za mirom, da pobegne od svega kako bi imala vremena i prostora da preboli Ostina. Priželjkivala je sunce i slobodu dana koji se ne vrte oko kolotečine nastupa. Dopala joj se zamisao kako ne mora svako veče da daje sve od sebe. Bila je sigurna kako će je zov pozornice i ljubav prema glumi privući nazad, ali za sada je želela ovo.

Kefalonija joj se urezala u pamćenje kao čarobno grčko ostrvo načičkano živopisnim kućama na obali, prelepim plažama i ljupkim ribarskim selima. Želela je sve to da doživi i zabeleži.

Dobivši prilično velikodušan honorar za seriju *Begunac*, Ostin je Zanti za trideseti rođendan kupio *nikon* foto-aparat. Bila je zaokupljena foto-aparatom na svom *samsung galaksi* telefonu, dokumentujući dešavanja iza scene tokom rada na Vest Endu i postavljajući te prizore na *Instagram* – stvarna dešavanja kao i bleštavu stranu posla. Takođe, dodavala je na svoj profil i fotografije tokom istraživanja Londona. Preovlađivale su ulice s gradskim kućama u nizu i zanimljiva arhitektura u kombinaciji s daškom prirode u gradskim parkovima. Međutim, *nikonom* je uspela da fotografisanje podigne na viši nivo.

Žarko je želela da istraži ostrvo kako bi svoje društvene mreže mogla da preplavi prizorima grčkog života, prelepih vidika i hrane.

Izlazeći iz aerodromske sale za dolaske na rano popodnevno sunce, Zanta je bila uverena da će mediteranska klima prijati njenoj duši. Bio je prvi dan juna i sve je delovalo kao nov početak, bilo je toplije, a ipak svežije nego na *Getviku*. Brzo je pronašla taksi i dala nasmešenom grčkom vozaču adresu vile *Aster*.

Dok su se udaljavali od aerodroma, Zanta je razmišljala o tome kako je bila čudna uznemirenost izgubiti nekoga koga nije videla deset godina. Iako Zanta nije odlazila na Kefaloniju, srela se nekoliko puta s kumom kada je Agata dolazila u London na otvaranje izložbi u umetničkim galerijama gde su bile izložene njene skulpture. Pisma su premostila razdaljinu. Zantu je ophrvao osećaj krivice dok se prisećala trenutaka kada je bila previše zauzeta da bi otpisala, odlažući da odgovori sve dok još jedno pismo ne bi upalo kroz prorez poštanskog sandučeta. A sada više nikada neće dobiti pismo od Agate.

– Čuvena plaža Mirtos – saopštio je vozač nakon pedeset minuta vožnje.

Dok je put vijugao, Zanta je gvirnula na levu stranu i ugledala deo bele plaže i tirkiznog plićaka. Put je išao duž ivice stene, i na trenutak Zanta nije videla ništa osim plavetnila.

Sećala se da joj je kao maloj bilo dosadno i kako je bila umorna dok su kolima obilazili Kefaloniju, i samo je želela da stigne u Kaliteju i vidi baku i deku. Nije držala do lepote ostrva s brdima obraslim zelenilom koja su se spuštala ka blistavom moru i širokim idiličnim plažama.

Sve više je prepoznavala okolinu kako su se približavali Kaliteji, izbledela sećanja su navirala i nestajala dok su skretali na prašnjavi puteljak pre nego što su stigli do sela.

Vozač se zaustavio na ivici travnjaka. – Lepo je ovde. Veoma tiho. – Pokazao je prema velikom drveću koje je zaklanjalo kamene zidove vile *Aster*. Okrenuo se i namrštio. – Odsešćeš ovde, ipak? Sama?

– Tako sam planirala – odgovorila je smireno, iako joj se, dok je vadila novac, srce uzlupalo od mešavine uznemirenosti i iščekivanja.

Vozač je podigao obrvu, a zatim joj se osmehnuo. – *Kalí týchi!* Želim ti sreću!

3.

Čim se taksi odvezao zavladala je tišina. Čulo se samo šaputanje povetarca kroz krošnje i cvrkutanje grmuše. Zanta je vukla kofer preko neravnog tla. Vilu ne bi baš opisala kao skromnu i zapuštenu kućicu, iako su njene uspomene na to mesto bile ugodnije od stvarnosti.

Spoljašnji zidovi prizemne kuće bili su izgrađeni od mešavine kamenja karamel, bež i boje krede. Tamnozeleni šaloni, boje nane, prilično su se ljuštili, otkrivajući pređašnje slojeve bele i plave farbe. Na mestu gde je oluk bio polomljen mrlje od vode su promenile boju kamena, a crepovi na krovu bili su napukli. Međutim, najviše pažnje joj je privuklo okruženje.

Ostavivši kofer pored ulaznih vrata, lagano je pošla do vrta. Sećala se da je bio prelep i uredno održavan, ali trenutni prizor joj je oduzeo dah. Morski vazduh bio je svež i slatkast od mednog mirisa cveta narandže. Debela izuvijana stabla starih maslina bila su u potpunoj suprotnosti sa obiljem nežnih listova. Kamene staze vijugale su pored baštenskih ogradica ispunjenih belim, koralnim i crvenim oleanderima, grmovima ruzmarina, origana i timijana. Ogromni kaktusi izvirivali su iznad rastinja, a limunova stabla su se sjajila od plodova. Agatine skulpture su ostale raspoređene na strateškim mestima, drvene i metalne strukture leptira, vilinih konjica i one apstraktnijih oblika, uklapajući se u prirodno okruženje. Nije ni čudo što je kuma želela da njen pepeo bude rasut baš na ovom mestu.

Pored vile je bio trem i velika terasa u krajnjem delu vrta sa širokim pogledom na Jonsko more. Zanta se sećala kako je kao dete vijugala kroz vrt i trčala na terasu koja je delovala kao da je na kraju sveta, ispred nje nije bilo ničega osim skladnih obrisa ostrva koje se gubilo u svetlucavom moru. Pogled je bio veličanstven i netaknut, ali tada to nije umela da ceni. Sada, pod mekim sjajem zalazećeg sunca, upijala je indigoplavu nijansu ostrva gde se ono susretalo sa srebrnkastoplavom vodom.

Zanta se odvojila od prizora. Dok se vraćala kroz vrt, uočila je drvene kočeve pobodene u zemlju, verovatno kako bi označili deo vrta koji je pripao komšiji. Kroz drveće je jedva nazirala krov druge vile. Podela vrta i logistika tog poduhvata, kao i susret s komšijom, moraće da sačekaju drugi dan. Smrkavalo se i trebalo je da raspakuje stvari, pronađe nešto za jelo i mesto za spavanje.

Zanta se borila s ključem i da otključa vrata, i konačno ih gurnula ih kako bi se otvorila i odvukla kofer u slabo osvetljen hodnik. Obilje ljubavi prisutno u vrtu unutra je bolno nedostajalo. Kada je poslednji put bila ovde, kuća je, iako jednostavno nameštena, bila dobro održavana, ali sada to nije bio slučaj. Srce joj se steglo dok je lutala od sobe do sobe, posmatrajući nered i upijajući setu koja je prožimala ovo mesto. Ražalostilo ju je što je kuma očigledno teško živela, iako to nije spominjala u pismima. Ona je Agatu pamtila kao snažnu ženu maslinaste puti i potpuno bele kose. Tunika i kecelja uvek su joj bile besprekorno čiste, dom uredan i sređen, dok je mala radionica pored kuće, gde je stvarala svoje skulpture, bila pretrpana i u kreativnom neredu. Provodile su vreme zajedno šetajući vrtom, dok je Zanta postavljala mnoštvo pitanja o skulpturama, biljkama, pticama i insektima. Čak je i maloj Zanti bilo očigledno koliko se Agata radovala zbog kumičinog interesovanja za sve ono što je i nju zanimalo.

Preplavila ju je krivica što se nikada nije vratila, što je poslednji put kada su se videle, u umetničkoj galeriji u Čelsiju, obećala kumi da će je posetiti i nije to uradila. Zašto joj nikada nije palo na pamet da proveri kako njena kuma živi? U pismima je uvek delovala optimistično, njena ljubav prema vrtu, prirodi, umetnosti koju je stvarala i ostrvu nikada nije jenjavala. S druge strane, Zanta je bila zaokupljena sopstvenim životom, zauzeta karijerom, prijateljima i vezama, iako jeste uživala u njihovoj staromodnoj prepisci. Pismo kroz prorez na vratima, umesto računa, uvek bi je obradovalo, čak i ako nije pisala tako često kao kuma.

Zanta se vratila u glavni dnevni boravak. Bilo je teško zanemariti paučinu, prašinu i zagušljivost. Zid je odvajao pretrpanu dnevnu sobu od skromne kuhinje s trpezarijom. Kucnula je zid, pitajući se da li je noseći, zamišljajući koliko bi prostor postao prostraniji i svetliji ako bi ga uklonila. Plan joj je bio da organizuje, očisti i ponešto preuredi po kući pre nego što je proda. Nakon pažljivog razmatranja, prihvatila je majčin savet, znajući da bi novac za kaparu za stan u Londonu bio korisniji nego kuća na Kefaloniji. Ipak, u glavi su joj se rojile zamisli šta bi sve mogla da uradi s obzirom na mogućnosti tog mesta.

Ne mogavši da diše od zagušljivosti, ponovo je izašla napolje i udahnula svež morski vazduh, dok su joj nežni zraci zalazećeg sunca milovali gola ramena. Usredsredila se na preuređenje i prodaju kumine kuće, a zapravo je želela da joj se zahvali. Zašto nije primetila da su se Agatina pisma proredila u poslednjih godinu i više dana? Zašto joj nije palo na pamet da je pita da li je dobro – zaista dobro, da li je zdrava, srećna i sposobna da se nosi sa svime? Zašto nije pitala da li joj je potrebna neka pomoć? Agata je uvek bila zainteresovana za Zantu, upijala je svaku pojedinost čitajući njena pisma o životu u Londonu i radu u pozorištu na Vest Endu. Znala je sve o Džudu, Parminder i Lusi, kao i o usponima i padovima njene veze sa Ostinom. Iako su Agatina pisma bila puna priča, retko je pisala o sebi ili dublje zadirala u uspomene, i uvek je odbijala da odgovori na Zantina pitanja o njenoj porodici.

Želeći da se usredsredi na nešto praktično, Zanta je krenula od vile prema stazi kako bi pronašla novu granicu sa susednom kućom.

Ne očekujući da ikoga vidi, iznenadila se kada je ugledala ženu s dve kese namirnica u rukama, kako odlučno hoda stazom. U suknji i bluzi neupadljive boje, s čvrsto stegnutom kovrdžavom crnom kosom prošaranom sedim pramenovima, mogla je da ima između pedeset i šezdeset godina, bilo je teško odrediti. Pretpostavljajući da je to komšinica, Zanta samo što joj nije mahnula i krenula ka njoj da se predstavi kada ju je žena spazila. Zastala je i ispustila kesu na tlo. Držala je ruku kako bi zaklonila oči dok je škiljila u Zantinom pravcu, gledajući naizmenično nju i otvorena vrata vile.

– Zdravo. – Zanta se osmehnula i brzo prešla na grčki. – *Yasas.*

Osim nekoliko grčkih reči koje je razmenila s taksistom, prošlo je mnogo vremena otkako je govorila grčki.

Žena ju je gledala stisnutih usana i izrazito namrgođena. Toplina i duh zajednice koje je Zanta očekivala da će ovde zateći u izobilju bolno su nedostajali.

Nêmo odmeravanje je u njoj izazivalo sve veću nelagodu. Odlučivši da se barem predstavi, krenula je stazom, sa ispruženom rukom. – *Eímai* Zanta.

– *Periméneis apó eména na sou po éna gia ótan sou dóthike káti pou aníkei ston yó mou.* – Komšinica joj se obratila oštrim tonom. Podigla je kesu koju je ispustila. Bore na čelu su joj se produbile kad je osula paljbu na Zantu. – *Boreí na écheis ellinikó ónoma, allá den eísai Éllinas edó mésa.* – Spustila je pesnicu na sredinu prsa. – *Eísai éna típota!*

Žena je pošla dalje, nastavljajući da negoduje i mumla. Nije se čak ni pozdravila niti predstavila, samo joj je uputila bujicu neosnovanih uvreda. Zanta je razumela svaku reč. Trebalo je da se izdigne iznad situacije i ode, ali nešto se u njoj prelomilo. Poslednjih meseci pretrpela je previše neprijatnih stvari da bi joj se neka nepoznata žena tako obraćala.

Zanta je krenula za njom i počela da priča na grčkom, svesna akcenta, ali previše besna da bi marila.

– Da, imam grčko ime, ali nisam niko i ništa. Samo sam polu-Grkinja i nikada nisam živela ovde, ali sam razumela sve što ste rekli – odbrusila je, a grčki je izvirao iz nje. Bilo je kao učenje replika, reči su joj bile sačuvane u sećanju. – Pretpostavljam da je Agata ostavila kuću meni, a ne vašem sinu jer sam joj kumica. Ne morate biti ljubazni prema meni, ali kako bi bilo da pokažete malo uljudnosti u znak sećanja na nju i izbora koji je *sama* napravila.

Zanta je sačekala nekoliko sekundi, što je bilo dovoljno da vidi komšiničin zapanjen izraz lica sa sve otvorenim ustima, pre nego što se udaljila, stisnutih pesnica, besna na sebe zbog svoje reakcije isto koliko i na tu strankinju koja joj se tako obraća. Naravno da je razumela koliko je iznenađujuće da je kuću nasledila kumica koja od detinjstva nije došla u posetu, ali uvrede koje su joj upućene umesto pozdrava bile su neprimerene.

Zanta je gurnula ulazna vrata. Ljuspice boje poletele su na tlo. Od oca je dovoljno naučila o renoviranju da zna kako slojeve stare boje treba sastrugati do drveta pre nego što se ponovo prefarba. Njegov moto je uvek bio: *Ako ćeš nešto da radiš, radi to kako valja.* Bio bi ponosan što je to zapamtila, mada se nije ponudio da joj pomogne, previše zauzet uživanjem u životu u Mančesteru s mlađom suprugom...

Zanta je stisnula zube i zalupila vrata u sumrak. Trebalo je da se slatko nasmeši i izbegne nepoznatu komšinicu. Nije smela da dozvoli da je njene reči pogode. To su bile samo reči, besne i neočekivane, i trebalo je da ih pusti da samo prođu kroz nju. S druge strane, u poslednje vreme je bilo mnogo reči usmerenih ka njoj: opaske o ličnom životu, nagađanja o njoj i Ostinu, a takođe i čistih laži, tako da joj zapravo nije bilo tako lako da ih se kloni.

Zanta je upalila svetlo u kuhinji ali sijalica je pregorela.

– Dođavola. – Izvukla je mobilni i upotrebila baterijsku lampu na njemu da potraži po kuhinjskim fiokama drugu sijalicu, ali osim pribora za jelo, kuhinjskog pribora i krpa za brisanje, nije bilo ničeg drugog.

Otvorila je vrata ormarića ispod sudopere i tamna senka se provukla napolje. Mali miš je šmugnuo preko pločica.

– Dođavola! – Pritiskajući rukom prsa, izašla je iz kuhinje što je brže mogla.

Naslonivši se na zid u hodniku, duboko je udahnula. Ruke su joj bile znojave, a srce joj je ubrzano lupalo. Bilo bi razumno da ode kod komšinice i raspita se za električara kojeg bi mogla da pozove ujutru, ali posle onog sukoba to nije dolazilo u obzir. Tada je na zidu pored ulaznih vrata ugledala kutiju sa osiguračima. Stojeći na prstima, uključila je glavni osigurač i probala da upali svetlo u hodniku. Ništa.

Nije bilo šanse da večeras prespava ovde.

Zašto nije predvidela ovo i rezervisala hotel za prvih nekoliko noći, negde gde je čisto, uredno i bez štetočina? U selu je postojao mali hotel; letnja sezona je tek počela, a nije ni vreme školskih praznika. Možda će imati sreće.

Nije se baš osećala posebno srećno kad je prebacila ranac preko ramena i povukla kofer iz vile.

Ono što je trebalo da bude preko potrebni odmor počinjalo je da je uznemirava više nego što je mogla da predvidi.

4.

Protivrečna osećanja su spopadala Zantu dok se udaljavala od vile *Aster* i komšinice. Put koji je vodio do sela bio je osvetljen mesečinom i pogodan za šetnju, temperatura prijatna čak i dok je vukla kofer za sobom. Zabrinula se što joj se raspoloženje popravlja, a odlazila je...

Iako Kaliteja nije bila na samoj obali, njeni stanovnici su uživali u prelepim vidicima po kojima je dobila ime, a trg u središtu sela, s načičkanim velikim stablima maslina osvetljenim toplom belom svetlošću, vrveo je od života. Stolovi u taverni za kojima su mnogobrojni gosti sedeli, ćaskali i smejali se, prostirali su se i po pločniku ispred restorana gde je u pozadini svirala grčka muzika. Na suprotnoj strani trga nalazio se kafe. Iako zatvoren, izbor peciva i slatkiša u izlogu bio je primamljiv i podsetio je Zantu da nije jela od obroka u avionu.

U mirnoj sporednoj ulici, pločnik je bio obasjan osvetljenjem iz porodičnog hotela. Kada je Zanta pozvonila, pojavila se vlasnica.

– *Yasas.* – Gazdarica je gurnula velike naočare s ramom od kornjačevine bliže korenu nosa. – Dobro došli.

– Pretpostavljam da nemate slobodnu sobu? – pitala je Zanta na engleskom.

– Imamo – odgovorila je žena. – Na koliko noći?

– Oh, nisam još sigurna. – Zanta je nabrala nos. – Samo dve za sada. Odsešću na drugom mestu, samo moram prvo da ga sredim.

– Imam dvokrevetnu sobu s kupatilom. Sami ste?

Zanta je klimnula glavom.

– Vaše ime?

– Zanta Foks.

Žena je podigla pogled s tastature. – Pričate o kući Agate Ga-bruli. Vi ste njena...?

– Kumica, da. – Zanta je prekasno shvatila da će se otkrivanjem ovog podatka, vest o tome da je nasledila Agatinu kuću do jutra pretvoriti u trač. Baš kako ju je mama upozorila. Ali nije ni važno, nije pokušavala da se sakrije.

Žena se srdačno osmehnula. – Agata je volela da se osamljuje, da tako kažem.

– Volela je da bude sama?

– Da, na to sam mislila!

– Poznavali ste je, znači?

– Ne tako dobro, ali ponekad bih je videla i pitala kako je. Priča-la je o vama, pa mi je ime poznato. – Klimnula je glavom. – Ja sam Rena. Dođite, pokazaću vam sobu. Ostavite kofer, moj muž će ga poneti.

Soba, na poslednjem spratu, bila je čista i jednostavno namešte-na s pogledom na krovove i delimično krošnje na trgu.

– Vrlo je tužno to sa Agatom. Nije imala svoju porodicu, a vi ste bili tako daleko. Ljudi su pokušavali da joj pomognu. – Rena je pri-tisnula prste na grudi. – Ja sam pokušavala. Dimitris je pokušavao. Ali ona je bila, znam samo grčku reč – *peismatára*.

– Tvrdoglava – rekla je Zanta. Setila se razgovora s mamom o dolasku na Kefaloniju. Poznavala je još nekog sličnog.

Rena je podigla uredno počupanu obrvu. – Znate grčki?

– Pomalo. – Zanta je slegla ramenima, ne želeći da se trudi i na-stavlja razgovor ni na grčkom ni na engleskom. Rena je to verovatno osetila.

– Ostaviću vas da se smestite. – Dok se okretala da ode, nešto je udarilo o vrata. Rena ih je otvorila. – A evo i mog muža s vašim koferom.

Stavio ga je tik uz vrata, i Rena ga je izgurala napolje, mrmljajući na grčkom kako je nespretan.

Zanta je spustila ranac na pod i protegla ramena kako bi otklo-nila bol. Bio je to dug, naporan, iznenađujuće emotivan i krajnje razočaravajući dan, ali bar je mogla da spava u krevetu koji nije prekriven prašinom. Vila *Aster* svakako nije bila onakva kako ju je pamtila – jednostavno nameštena, ali čista i udobna kuća. Poslala je poruku mami kako bi je obavestila da je bezbedno stigla i odgovorila je na komentare na *Instagramu*, ali očajnički je želela da razgovara s Džudom. Pozvala ga je i osetila olakšanje kad se javio.

– Hej.

– Možeš da razgovaraš?

– U pozorištu sam, ali još nisu pozvali glumce za početak, pričaj.

– Samo mi je potrebno da čujem prijateljski glas, to je sve.

– Ah, dođavola. Toliko je loše?

Zanta se bacila na krevet i zurila kroz otvoren prozor u krošnje obasjane srebrnim sjajem mesečine. – Pa, osim ljubaznog taksiste i vlasnice hotela, jedina osoba koju sam srela, a ispostaviće se da mi je komšinica, bila je grozna prema meni.

– A ja sam mislio da će te neki visoki, tamnoputi, zgodni i đavolski seksi Grk oboriti s nogu.

– Hmm – otpuhnula je Zanta. – Nisam ja te sreće. Takođe, kuća je prava rupa i sama pomisao na boravak tamo me plaši.

Džud je frknuo.

Zanta se podrugljivo nasmešila. – Znala sam da će ti se to svideti.

– Ha, znaš me! – Zastao je. – Možda će na dnevnom svetlu izgledati bolje.

– Već sam je videla na dnevnom svetlu i, veruj mi, dnevna svetlost ne pomaže.

– Da li je barem sijalo sunce?

– Da, jeste.

– U svemu lošem ima nečeg dobrog i sve to...

– I sada sam u čistom, udobnom hotelu, a ne u kući punoj miševa.

– Ima miševa? – Džud je povisio glas i Zanta je mogla da zamisli njegov zgađeni izraz lica.

– Aha. Pa, jedan miš. Prilično sladak, ali me je veoma uplašio.

– I ti si hoćeš da te posetim...

Zanta se nasmejala.

– Bolje bi ti bilo da renoviraš tu prokletu kuću dok ne budem došao.

Utroba joj se stegla od pomisli na količinu posla i organizacije koji će biti potrebni da se Agatina vila preuredi u nešto što će moći da proda.

– Sve samo da zaista dođeš u posetu. – Ponovo je usmerila pažnju na Džuda dok su razgovarali o večerašnjoj predstavi pre nego što su se pozdravili. Želela je da pobegne iz Londona, ali nije očekivala da će se osećati baš ovoliko usamljeno. Mislila je da će joj udaljavanje od ljudi – posebno od Ostina – pomoći, ali čak i bez stalnog podsećanja na bivšeg dečka, i dalje je bila zabrinuta. Samo je drugačijim brigama zamenila one koje je imala kod kuće.

– Oh, Agata – uzdahnula je Zanta. Proturila je ruke ispod glave i naslonila se na jastuk.

Mama je bila u pravu – zašto joj je Agata ostavila vilu? Bilo je tugaljivo što nije imala nikog drugog, ali nije imala dece, nikada se nije udavala, a Zanta se ne seća da je ikada spominjala muškarca, barem ne u ljubavnom smislu. Zanta se pitala u kakvom je odnosu bila s komšijama. Dovoljno bliskom da je trećinu voljenog vrta želela da ostavi komšijinom sinu, ali nedovoljno da bi mu ostavila sve. Još nije upoznala tog sina, ali ako je imalo nalik majci, nije se nadala ničem dobrom.

Stomak joj je krčao i Zanta je ustala s kreveta, stavila ključ od sobe, mobilni i nešto novca u džep farmerki, i krenula ka taverni na trgu.

Laknulo joj je kada ju je konobar odveo do stola koji je bio unutra, dovoljno blizu otvorenog prednjeg dela da oseti strujanje hladnijeg noćnog vazduha, ali ne i da bude izložena pogledima. Kod kuće je obično bila okružena ljudima, i to joj se dopadalo: drugarstvo među glumačkim ansamblom i ekipom iza scene i stalna podrška njenih cimera.

Konobar joj je doneo brancina na žaru i zelenu salatu s paradajzom, smokvama, orasima i komadićima lokalnog *mizitra* sira prelivenog pikantnim prelivom od bosiljka. Ti ukusi su je vratili pravo u detinjstvo, kada su posete ostrvu bile uzbudljive i pustolovne, njena grčka porodica glasna i živopisna, a ukusi i iskustva podjednako očaravajući i primamljivi.

Udaljena od priobalnih sela više okrenutih turizmu, taverna u Kaliteji je predstavljala isečak iz pravog grčkog života, s grupom starijih muškaraca koji piju uzo i puše po obodu terase. Porodica koju su činili roditelji, troje dece, baka i deka uživala je u gozbi. Najmlađa devojčica je zevala i izgledala kao da se dosađuje. Zanta je gledala kako je ispod stola šutnula starijeg brata i zapodenula svađu – dečak je pobesneo, a devojčica se zabavila. Majčine odsečne reči i upozoravajući ton glasa podsetili su Zantu na njenu majku Grkinju. Mlada plavokosa žena držala je partnera za ruku i neprekidno pričala, dok je mnogo stariji par obedovao ćutke. Zanta se pitala da li uvek jedu u tišini, ili su možda, nakon toliko godina provedenih zajedno, ostali bez tema za razgovor.

Pokušavajući da ne privuče pažnju, okrenula je leđa stolu i napravila selfi s hranom u vidnom polju i ostalim gostima na trgu u pozadini. Objavila ga je u svojim storijima na *Instragramu* s haštagom *#greeklife*.

Džud je odmah stavio jednostavan komentar *živeti san*. I na neki način, živela ga je. Iako je pobegla iz Londona, nije bila potpuno isključena iz sopstvenog života. Prijatelji i pratioci mogli su da vide šta radi, da joj odgovore i prokomentarišu. Čak je i to deljenje na društvenim mrežama onoga što radi činilo da se oseća manje usamljeno. Ipak, dok je uzimala zalogaj brancina s limunom, shvatila je da je dosad delila samo lepu i nestvarnu stranu Kefalonije, a ne stvarno stanje vile ili zadatka koji je pred njom. Možda bi trebalo da podeli sve: dobro, loše i strahovito ružno. Mogla bi da dokumentuje svoje putovanje praveći fotografije i video-zapise, da na najbolji mogući način iskoristi nekoliko nedelja odsustva i postigne nešto. A ako bi naposletku uspela da renovira vilu koju bi mogla da proda i zaradi dovoljno novca da položi kaparu za sopstveni stan, zar to ne bi bio pravi san?

5.

Zaspala je iznenađujuće lako i nakon osvežavajućeg tuširanja i oblačenja udobnog modernog šortsa i majice bez rukava, Zanta je odlučila da istraži okolinu pre nego što se suoči s neredom u vili. Razgovarala je s Renom, koja joj je ne samo preporučila lokalnog električara već se ponudila i da ga pozove u njeno ime, a zatim je Zanta napustila hotel.

Glavni put je prolazio odmah ispod sela i vijugao je nizbrdo do Fiskarda na obali, ali za sada će se zadovoljiti da istraži staze koje vode od trga. Šareni oleanderi i bugenvilije prelazili su preko zidova u vrtovima vila okrečenih u vatrenonarandžastu, svetlu boju breskve, blistavobelu ili sunce-žutu boju, a od toliko drveća sve je bilo iznenađujuće zeleno. Kada je prepoznala kuću koja je nekada pripadala njenim deki i baki, navrla su joj sećanja, živa i gotovo opipljiva: vrela leta provedena u dečjem bazenčiću u hladu ispod drveta rogača, bosonogo trčanje po grebuckavoj travi sparušenoj od sunca, branje domaćih jagoda s bratom i bakom, trpanje jagoda u usta, toplih i slatkih. Sada je tu živeo neko drugi. Zidovi su prefarbani iz krem u jonsko-ružičastu boju, a drveće posađeno kada je Zanta bila mala kako bi pravilo hlad ispred kuće sada se nadvijalo nad dvospratnicom.

Osvežena time što se dobro naspavala i prošetala, Zanta se okrenula i pošla nazad, spremna da se uputi ka vili *Aster* i sa obnovljenom energijom utvrdi šta treba da se uradi. A kada je dobila poruku od Rene kako će električar popodne svratiti do nje, dan joj je postao još bolji.

Džud je bio u pravu, vila nije izgledala tako loše na utešnom svetlu sunčanog dana. Iako nije zaboravila razgovor s komšinicom, potisnula ga je u drugi plan. Što se miša tiče, nije bila više toliko zabrinuta kao u mraku prethodne noći.

Dok je jela u taverni, napravila je plan da prvo sredi kuhinju i glavnu spavaću sobu kako bi bar imala gde da kuva i spava. Električar koji će kasnije svratiti pregledaće instalacije i srediti rasvetu, i posle toga će joj biti potreban jedino zidar da popravi krov i možda sruši unutrašnji zid između dnevne sobe i kuhinje kako bi proširila prostor i učinila ga privlačnijim za kupce. Sve ostalo će uraditi sama. *Biće sve u redu*, rekla je sebi.

Započinjući raščišćavanje kuhinjske površine, pevušila je pesme iz mjuzikala *Oliver!* i *Čikago*. Bila je toliko zauzeta pripremama za dolazak u Grčku da nije imala vremena za razmišljanje o tome kako će predstava nastaviti da se igra s drugom glumicom u ulozi Nensi. Bio joj je potreban predah, ali shvatila je da joj nedostaje druženje tokom rada na predstavi, uzbuđenje dok stoji na sceni i daje sve od sebe, ulaženje u nečiji drugi život na nekoliko sati dok peva iz sveg srca. S gumenim rukavicama i kosom podignutom u neurednu punđu, pomislila je kako mora da šašavo izgleda dok peva i čisti, i povremeno bi napravila okret radi utiska.

Iako je kuhinja bila zastarela, ispod prljavštine se činilo da je bila dobro održavana. Ponovo joj je palo na pamet koliko li se dugo Agata borila s poteškoćama. Znala je vrlo malo o poslednjim nedeljama njenog života, osim onoga što je mamina tetka Irini rekla kada je pozvala Lin dan nakon što je Agata odvedena u bolnicu zbog sumnje na moždani udar. Umrla je samo nekoliko dana kasnije. Zanta bi došla na sahranu, ali bilo joj je preteško da sve ostavi i ode, budući da je imala samo jedan dan da se organizuje.

Dok je pevala i ribala, osećaj nestvarnog zadovoljstva brzo je zamenio sad već poznat nalet krivice. Možda se osećaj zadovoljstva dok je uklanjala lepljive mrlje od ulja više javio zbog bekstva od stalnog podsećanja na Ostina, a manje zbog tužne stvarnosti zbog čega je sama u Agatinoj kući.

Iako su je ramena bolela od čišćenja kuhinje, Zanta je odlučila da pređe na drugu sobu. Stojeći u kuminoj spavaćoj sobi, osećala se kao prevarant, nedostojna da bude osoba izabrana da njen život spakuje u kutije. Sebično je mislila da će joj vila biti utočište jer joj je život bio pretežak, a zapravo nije uzela u obzir koliko je Agatin život mogao biti težak. Nije to bilo mesto koje će Zanta moći lako da rašćisti i proda.

Napustila ju je želja da peva i pleše.

– Žao mi je – prošaputala je razgledajući sobu: zidovi su bili goli, osim krsta iznad bračnog kreveta sa samo jednim jastukom, na noćnom stočiću ležala je knjiga o začinskom bilju na grčkom, toaletni stočić pretrpan ličnim stvarima uz napola popijenu čašu vode i jedna izbledela fotelja ispred vrata trema. Zanta ih je otvorila da pusti unutra morski vazduh. Kuća je trebalo da prodiše.

Zamišljala je sedokosu Agatu kako na letnjoj vrelini sedi u fotelji, sa otvorenim vratima, dok sunčeva svetlost i pesma ptica ispunjavaju sobu.

Kad bolje razmisli, bilo je sitnica zbog kojih je trebalo da se zabrine za kumu. U poslednjim pismima Agatin rukopis je postao isprekidan i nečitak. Možda je Zanta preletela preko delova koje nije baš mogla da protumači. Iskreno, nije imala strpljenja da provodi vreme pokušavajući da ih protumači.

Dok je skidala posteljinu s kreveta, prožeo ju je snažan osećaj uklanjanja tragova postojanja njene kume. Dušek je bio star, ali čist, drveni krevet jednostavan i čvrst, a čiste čaršave i pokrivače našla je u donjoj fioci ormana. Bili su malo memljivi, ali će biti dobri kada ih provetri. Prokletstvo, počinjala je da zvuči kao mama; kada je ona išta provetravala? Iako ima trideset jednu godinu, i dalje je živela kao da je u dvadesetima, s cimerima u zajedničkoj kući, najveći deo novca joj je odlazio na kiriju, račune i izlaske, mada su veće i prestižnije uloge tokom poslednjih godina barem značile da više zarađuje.

Zanti je teško palo pražnjenje ormana. Slagala je Agatinu odeću i stavljala je u nekoliko kesa za smeće kako bi je poklonila. Njena kuma bi očekivala da ona to uradi, ali ipak se osećala kao da zadire u njenu privatnost. U glavi je napravila spisak svega što je trebalo da uradi, uključujući iznajmljivanje automobila kako bi se lakše kretala, ali s obzirom na taj trošak, neće moći dugo da ostane u hotelu čak i s novcem koji joj je Agata ostavila.

Kasnije popodne, Zanta je predahnula kako bi šetnjom po vrtu protegla noge i ublažila bol u leđima. Vrt je bio pažljivo uređen, međe dobro uspostavljene, a nakon što je bolje pogledala primetila je kako gotovo nema korova. Kuća je mesecima stajala prazna, korov bi se do sada sigurno razbokorio? O biljkama i cveću je znala samo ono što je naučila od Agate, ali bilo je očigledno kako je u poslednje vreme neko vodio računa o vrtu.

Nevoljno odlazeći s terase obasjane suncem, vratila se ka vili. Zvuk iz vrta joj je privukao pažnju. Primetivši pokret, uputila se u tom pravcu. Kako se približavala, videla je nekoga u senci stabla masline.

– Jesi li ti električar? – upitala je. Kada muškarac nije podigao pogled, ponovila je rečenicu na grčkom. – *Eísai ilektrológos?*

To mu je privuklo pažnju. Okrznuo ju je pogledom i malo otvorio usta pre nego što je lagano odmahnuo glavom i zabio u zemlju ašov koji je držao.

Zanta se namrštila. Zasigurno nije električar. Takođe joj je izgledao poznato. Shvativši da se nalazi kod još neograđene granice između Agatinog i susednog vrta, osetila je nelagodnost. Sa osećajem *već viđenog*, odlučila je da se predstavi komšiničinom sinu.

– Izvini – rekla je na grčkom, skrenuvši sa staze na travu. – Čekam električara, videla sam te i pretpostavila... Ja sam Zanta.

Muškarac je ponovo podigao pogled, naslonio ašov na drvo i zakoračio prema njoj. Oči su mu zasijale netrpeljivošću, i sada je bila sigurna da je to komšiničin sin – onaj koji je navodno ostao uskraćen za vilu *Aster*. Bio je zapanjujuće zgodan, tamne kose, izraženih jagodica, namrštenih obrva i smeđih očiju koje su je prodorno gledale. Ožiljak mu se protezao od jedne strane vilice do brade, poput neravnog puta koji se probija kroz čekinjastu bradu. Bio bi neverovatno privlačan da nije izgledao tako ljutito. Zaustavio se nekoliko koraka ispred nje.

– Ti si Agatina kumica? – upitao je na engleskom, pokazujući iza nje prema vili.

– Da, ja sam Zanta – ponovila je. Nakon reakcije njegove majke, bila je oprezna, ali nadala se da će on biti pristojniji. Zanta se pitala da li negde postoji gnevna supruga s kojom bi morala da se nosi uz neprijatnu majku i mrzovoljnog sina.

Prekrstio je ruke, jasno pokazujući da u njemu očigledno raste netrpeljivost. – Nije bilo potrebe da juče razgovaraš s mojom mamom na onakav način.

Zanta je koraknula unazad. – Na način na koji sam *ja* razgovarala s njom? – Odmahnula je glavom. – Sve si pogrešno shvatio.

– Ona nije tako rekla.

– Oh, sigurna sam da nije. – Zanta je stegnula zube, želeći da mu kaže šta zaista misli, ali je oklevala pošto nije želela da napravi još veći problem. Duboko je udahnula i smireno govorila. – Vidi, ovde sam samo da bih se pobrinula o kuminim stvarima. Zaista nisam imala nameru da izazovem bilo kakve probleme. – Pomirljivo je podigla ruke. Kada nije ništa odgovorio, uzdahnula je i pokazala na drvene kočeve na travi. – Podižeš ogradu?

– Da, da bih podelio vrt – odgovorio je šturo.

– Mogu da ti dam nešto novca za to ako...

– Nema potrebe. Imam višak drveta s posla. – Mora da je primetio da se Zanta namrštila. – Vrtlar sam, ali podižem ograde, a takođe i šupe. Šta god je ljudima potrebno.

– Jesi li bio Agatin vrtlar?

Pogled mu se vratio na vilu iza nje i klimnuo je glavom.

– Da li si nastavio da se brineš o vrtu otkad, pa, znaš...

– Da – rekao je oštro. – Jel' to problem?

– Ne, naravno da nije.

– Ne brini, od sada ću se držati podalje od tvoje strane. – Uputio joj je pogled koji nije mogla da protumači, ali mu je ton obraćanja bio jasan.

– U redu. Ako tako želiš. – Odbija da gubi još vremena razgovarajući s njim. Najbolje je da sve to pusti i izbegava komšije koliko god je moguće. Okrenula se i pošla, ali nije mogla da se suzdrži, a da ne promrmlja: – Mogao si da joj pomogneš i oko kuće.

Sa zaprepašćenjem je začula korake iza sebe.

– Ne znaš ništa o meni. A ni o Agati.

Zanta se okrenula prema njemu. – Ni ti i tvoja majka ne znate ništa o meni. Nema koristi od pretpostavki. Ne znate vi mene i ja ne znam vas, pa neka tako i ostane.

– Slažem se.

– Odlično! – Zanta se brzo udaljila. Laknulo joj je što nije čula njegove korake iza sebe, ali bila je iznervirana što je miran odmor kojem se nadala na Kefaloniji bio narušen pojavom tih neprijatnih komšija.

6.

Električar je stigao malo kasnije, muškarac u četrdesetim koji je počeo da ćelavi, s crnom bradom prošaranom sedim, bio je od pomoći i temeljit. Njegovo prijatno ponašanje donekle je pomoglo da se Zanta opusti nakon sukoba s komšiničinim sinom.

Nakon što je sve proverio, predložio je šta je potrebno da se uradi i dao joj predračun troškova, obećavši da će se vratiti u ponedeljak da sredi struju.

– Da li sami radite na kući? – upitao je, podižući guste obrve.

– Ono što mogu. Očigledno je da treba popraviti električne instalacije i srediti krov, ali bih takođe volela da, ako je moguće, uklonim zid između kuhinje i dnevne sobe.

– Pokažite mi.

Povela ga je hodnikom do dnevne sobe. Malo je mumlao i na nekoliko mesta kuckao prstima po unutrašnjem zidu pre nego što je zastao između dve sobe i pogledao gore prema tavanici s gredama. Zadovoljan, klimnuo je glavom. – Nema problema.

– Mislite, *vi* možete da srušite zid?

– Ne ja. Moj zet. On je zidar, dobro će obaviti posao ovde.

– Zaista? Da li biste ga mogli zamoliti da dođe do mene kako bih saznala koliko će to koštati?

– Nema problema. – Odlučno je klimnuo glavom. – I vraćam se u ponedeljak.

– *Efharistóume polí* – rekla je Zanta, ljubazno mu se zahvaljujući dok ga je ispraćala.

Dok je odlazio, palo joj je na pamet kako je sve izgleda ispalo previše lako, ali je takođe znala da tako stvari funkcionišu u Grčkoj: preko preporuka i porodičnih veza. Ipak, verovala je kako su seoske zajednice prijateljski nastrojene, što je već bilo opovrgnuto – iako su, da bude pravedna, Rena u hotelu i električar bili ljubazni, jedino komšije nisu. Ali bez obzira na to šta su mislili, odlučila je da renovira vilu. Srećom, nasledila je majčinu tvrdoglavost. Da li je to bila grčka osobina? Nije imala pravu predstavu o svojoj grčkoj porodici osim sećanja iz detinjstva. Sada kada je već ovde, takođe je odlučila da pronađe dedu kako bi pokušala da razume šta je pošlo po zlu. Tada je bila previše zaokupljena svojim predtinejdžerskim brigama da bi se bavila razdorom između majke i dede, posebno kada je on bio u senci roditeljskog razvoda – s kojim joj je bilo mnogo teže da se izbori.

Mada je trebalo da ostane smirena prilikom susreta s komšiničinim sinom. Žalila je zbog toga, jer je samo pogoršala već neprijatnu situaciju.

Odlučna da završi čišćenje bar jedne prostorije, Zanta je ostatak dana provela radeći na spavaćoj sobi. Nakon što je skinula posteljinu s kreveta i ispraznila ormar, usmerila je pažnju na toaletni stočić. Pred njom je bio izložen uvid u Agatin život prekriven slojem prašine. Sa svake strane ogledala nalazile su se uokvirene fotografije: na jednoj je bila Agata s malom Zantom, njenom mamom, tatom i bratom, bakom i dekom i drugim grčkim rođacima, a na drugoj crno-beloj fotografiji Zanta je pretpostavila da je Agata s roditeljima, kad je bila devojčica.

Odlagala je otvaranje fioka toaletnog stočića jer je to delovalo kao najličniji kutak Agatine sobe, ali svladala ju je radoznalost. Želela je da bolje razume kumu s kojom se gotovo dve decenije dopisivala.

U srednjoj fioci su, kao što je i očekivala, bili nakit, losioni, stari ruževi i loptice od vate, ali zainteresovao ju je sadržaj drugih dveju fioka. Jedna je bila puna pisama uvezanih kanapom da je Zanta morala da je otvori na silu. Prepoznala je svoj rukopis i izvukla svežanj pisama koje je napisala. Odmah je prepoznala pismo na vrhu, napisano na otmenom papiru koji je tražila jednog Božića. Tamnoplave, ružičaste i zlatne zvezde ukrašavale su gornje uglove, a ime joj je bilo utisnuto zlatnim slovima. Po broju pisama, činilo se da ih je kuma sva sačuvala. I Zanta je čuvala Agatina pisma, iako su mnoga nestala tokom selidbi ili su još bila na maminom tavanu. Ubacila je svežanj u ranac da ga ponese sa sobom.

Druga fioka je bila puna dnevnika, ali su joj posebnu pažnju privukle fotografije na vrhu i napola dovršeno pismo. Pregledala je fotografije, starinske crno-bele s ljudima koje nije poznavala, ali prepoznala je komšiničinog sina na nekoliko fotografija u boji. Na prvoj je bio mnogo mlađi, možda u poznim tinejdžerskim godinama, malo štrkljastiji, ali i dalje zgodan, bez ožiljka. Sledeća fotografija bila je novijeg datuma i snimljena u Agatinom vrtu. Naslonjen na ašov s rukavima majice zavrnutim do ramena, sa širokim osmehom koji mu je ozario lice. Bilo je očigledno da je on za Agatu bio više od vrtlara. Vratila je fotografije na mesto i uzela pismo. Iznenada je shvatila da je pismo upućeno njoj, i da je datirano samo nekoliko dana pre Agatine smrti. Dakle, nameravala je da odgovori na Zantino poslednje pismo.

S knedlom u grlu, Zanta je odložila nedovršeno pismo sa ostalima koja će pročitati kasnije i vratila fotografije u fioku s dnevnicima.

Lepljiva i prljava od celodnevnog čišćenja i sređivanja, Zanta je završila posao u šest sati. Navikla je na naporan rad, ali ovo je bilo daleko od njenog srazmerno glamuroznog života u kojem je na putu do pozorišta svraćala po kafu u *Starbaks*, pripremala se s glumačkom ekipom, šminkala se i sređivala kosu. Nije bilo nikoga da joj kaže *dobro obavljen posao* ili pohvali njen trud, nije bilo aplauza ni publike koja viče *bravo*. Dolazak ovamo bio je neophodan zbog njenog mentalnog zdravlja, ali je imao i svrhu. Trebalo je vilu da preobrazi u dom u kojem će ljudi želeti da žive, mesto kojim bi se kuma ponosila. Morala je da dokaže mami kako ne gubi vreme niti ugrožava karijeru. Čak je i Džud sumnjao da će ona to moći da izvede, a da u međuvremenu ne poludi. Nije to glasno rekao – ali bojazan je postojala, zajedno s njenim skrivenim osećajem sumnje.

Laknulo joj je kad je, s rancem na leđima, zaključala vrata vile i krenula. Kroz drveće su se nazirali zidovi susedne vile, krem boje. Miris roštilja se širio na povetarcu, od čega je Zanti pošla voda na usta, iako je pokušavala da izbaci meso iz ishrane. Preskočila je ručak i bila je gladna, zaključila je, dok je odlučno hodala stazom koja je vodila do puta prema Kaliteji.

U hotelu se istuširala, presvukla i preko interneta rezervisala auto koji će iznajmiti od sledeće nedelje kada će joj ga i dovesti. Trebalo je da kupi hranu i prestane da jede po restoranima, ali večeras je imala planove. U mobilnom je na *Gugl mapama* ukucala put do sela Fiskardo, i s foto-aparatom i nedovršenim Agatinim pismom u torbici, uputila se tamo.

Iako mrak neće pasti skoro do devet sati, mogla je da zamisli šta bi joj mama rekla o tome što sama šeta pustim stazama. I naravno, čim je po glavi počelo da joj se mota šta bi sve moglo da joj se desi, uzburkala joj se mašta zamišljajući razne opasnosti, dok je u stvarnosti verovatno najgore što bi moglo da joj se dogodi bilo da naleti na neku mrzovoljnu kozu.

Uska stazica bila je iznenađujuće zelena, s drvećem sa obe strane, šumski zelena pomešana s bojom srebrne žalfije. Sijalo je, prijatno toplo, kasno popodnevno sunce dok je hodala u jednostavnoj majici i dugoj suknji s printom belih rada, u čemu se osećala prijatno rashlađeno. Povremeno bi se uz put pojavila neka kuća, a onda bi se pogled otvorio na brdovite predele prekrivene drvećem, okupane suncem i senkama.

Dok je hodala, misli su joj se vraćale na razgovor s komšiničinim sinom. Na neki način ju je još više uznemirio od svađe s njegovom majkom. Toliko o tome što je mislila da će on biti druželjubiviji i prijatniji. Bila je kivna što je govorio na engleskom iako je znao da ona govori grčki, mada je nastavila da govori engleski iz straha da ga ne iživcira trudeći se previše. Sukobili su snage i zasad je on bio pobednik.

Nastavila je da hoda, srećna zbog udobnih belih patika na tvrdoj prašnjavoj stazici, udišući mirise divljeg bilja. Osim brujanja motocikla na udaljenom putu, svaki drugi zvuk koji bi ljudi proizveli bivao je nadjačan onima iz prirode, cvrkutom ptica na granama i zrikanjem zrikavaca u žbunju.

Naposletku je stigla do Fiskarda. Beli brodići usidreni u luci lagano su se ljuljuškali, a jarboli većih brodova su zveckali. Zanta je udahnula morski vazduh koji se mešao s primamljivim mirisom ribe pečene na roštilju, koji je dopirao iz restorana duž obale.

Jedan od njih, *Tasija*, smešten u zgradi boje lososa, imao je odlično mesto s pogledom na zaštićenu uvalu, u kojoj je venecijanski svetionik u Fiskardu bio zaklonjen drvećem, a naziralo se i ostrvo Itaka, prekriveno šumom, do kojeg se stizalo kratkom plovidbom. Plavi stolovi i stolice s belim stolnjacima bili su postavljeni duž trotoara, mnogi već popunjeni gostima, posebno oni tik uz vodu.

Zantu su dočekali i smestili za jedan od manjih stolova bliže restoranu, što joj je sasvim odgovaralo jer joj je omogućilo da posmatra ljude i uživa u pogledu dok čeka hranu. Konobar se vratio s čašom lokalnog kefalonijskog vina – aromatičnog muskata – i tanjirom špageta sa škampima, sušenim paradajzom, fetom i komoračem u kremastom sosu od uza. Škljocnula je sliku jela i dodala je u svoje storije na *Instagramu*, zatim je namotala špagete na viljušku i uživala u zalogaju jela bogatog slanog ukusa, s nagoveštajem anisa. Napravila je i selfi, sa širokim osmehom kojim je skrivala brige, a u pozadini je svetlucalo plavetnilo Jonskog mora. *Ovo je život.* Misao joj je proletela kroz glavu, i u tom trenutku zaista je bilo tako. Opuštanje na grčkom ostrvu i uživanje u ukusnoj hrani pored mora – kome to ne bi bilo privlačno?

Zanti je nakratko zvrcnuo telefon. Poruka od Džuda.

> *Samo da te upozorim pre nego što sama vidiš (što će se sigurno desiti), ali OB je dobio ulogu u novom Marvelovom filmu.*

Prokleti Ostin, ne može da pobegne od njega. A Džud je dobronamerno pokušao da joj učini uslugu prenoseći joj vest pre nego što je vidi na društvenim mrežama. Bilo je detinjasto nazivati Ostina OB – Ostin Budala, kako su ga nazvali njeni bliski prijatelji – ali na neki način se osećala bolje znajući da ima prijatelje koji su shvatili da se prema njoj poneo kao poslednje đubre. Imala je daleko poganiji nadimak za njega, ali OB je bio mnogo bolji akronim od OJ...

Odgovorila je Džudu.

Dođavola! To je ogroman uspeh.

To *jeste* bio značajan posao – uloga u takvom filmu određuje karijeru i menja život. Njegov izvanredan uspeh izazvao je u njoj čudnu mešavinu razarajućeg bola i zavisti što je nastavio da napreduje nakon što se tako loše pokazao, praćenu osećanjem krivice što se ne raduje njegovom uspehu. Uostalom, on je sledio svoj san...

Momak je uspeo. Šteta što se to dogodilo takvoj glupavoj ništariji.

Džud je uvek umeo da joj izmami osmeh. I da, Ostin jeste bio ništarija. Neverovatno zgodna, dopadljiva i uspešna ništarija, što je samo pogoršavalo situaciju jer je ispod svega toga bio neveran, lažov i srcelomac.

Popila je gutljaj rashlađenog vina i usredsredila se na hranu. Dolazak ovde joj je pomogao da se nosi s bolom i upravlja osećanjem ljubomore pri pomisli kako on slavi bez nje. Najteže je bilo razumeti i prihvatiti da je njegov uspeh zaslužen uprkos njegovom ponašanju. Svi su oni težili većim i boljim ulogama, uspehu i priznanju. Ako su slava i bogatstvo išli podruku, to je bila ogromna prednost. Tri godine su im životi bili isprepleteni ljubavlju, prijateljstvom i strašću, dok su delili uspone i padove na odabranim putevima u karijeri, na televiziji i u mjuziklu. Sada su se razdvojili, Ostin se vinuo u nebesa i smeši mu se holivudska karijera, dok je ona na Vest Endu napravila predah u karijeri kako bi renovirala staru vilu i suočila se s komšijama koje su bile u sukobu s njom. Možda je i bilo dosta razloga za ljubomoru...

Poslednje o čemu bi trebalo da razmišlja jeste Ostin, iako joj je, neminovno, slobodno vreme pružalo priliku za razmišljanje. Možda je bilo neophodno da prođe kroz taj bol, ali mogla je da ga podnese samo u malim količinama. Da bi skrenula misli s njega, usredsredila se na ukusne zalogaje sočnih škampa, slane fete i kremastog sosa, i izvadila je Agatino nedovršeno pismo.

Zanta je poslednji put pisala Agati samo nekoliko nedelja pre njene smrti i koji dan nakon što je u javnost procurila vest o Ostinovoj ljubavnoj vezi s koleginicom. Prisetila se kako je osećala tugu, bes i gorčinu koje je izlila na papir.

Pčela je zujala oko ciklama-crvenih cvetova koji su se peli uz pročelje zgrade pored restorana. Uz prijatan žamor razgovora u pozadini, smeh i umirujući prizor mora koje se kupa u mekoj večernjoj svetlosti, bilo je teško poverovati da ju je pre samo nekoliko meseci obuzimao toliki bes, iako je i dalje osećala bol u srcu zbog budućnosti koju je mislila da će provesti sa Ostinom.

Usredsredivši se na pismo, duboko je udahnula pokušavajući da odgonetne Agatine reči, a one koje nije razumela potražila je preko mobilnog. Grčko pismo je bilo prelepo, ali Agatin obično tanan i uredan rukopis izgledao je nesigurno.

> *Draga Zanta,*
> *Hvala što si mi pisala kada... se mnogo toga dešava u tvom životu. Žao mi je zbog Ostina, on...*

Zanta uopšte nije mogla da razazna šta piše u sledećem delu. Nadala se da su Agatina razmišljanja bila u smislu kako joj je bolje bez njega, da je ne zaslužuje, bla-bla. I ne zaslužuje je, to je već i sama shvatila.

> *Ti... nastavi dalje... nemoj previše da razmišljaš o njemu jer je vreme dragoceno.*
> *Uloži trud u svoju ljubav...*

Zanta je nabrala nos. Njenu ljubav? Šta je time mislila? Da nađe drugog muškarca? Sumnja da je to u pitanju, Agatu su uvek više zanimali Zantina karijera i strast prema glumi, pevanju i fotografiji, nego muškarci u njenom životu. Mada je uvek volela da čuje o Džudovim dogodovštinama. Svideo bi joj se, i bila je sigurna kako bi i Džud zavoleo njenu kumu, odlično bi se slagali. Ali najviše je volela da joj Zanta piše o svojim strastima. Ah, sada je imalo smisla. Agata nije govorila o ljubavi već o strasti – *páthos*. Reč koju je jedva mogla da pročita naposletku nije ni bila *agápi*. Njene *strasti...* Agata je mislila da se usredsredi na njih i kako neće gubiti vreme tugujući za Ostinom.

Verovatno sam poslednja osoba koja bi trebalo da ti deli savete, ali ću ti ih ipak dati.

I tu se pismo prekida. Steglo joj se u grudima kada se setila razloga zbog kojeg Agata nije završila pismo. Šta je nameravala da je posavetuje? Kuma je tokom godina bila njen glas razuma, i uvek je pronalazila toplinu i utehu u njenim pismima, prihvatajući njene mudre savete češće nego roditeljske, ali s druge strane verovatno je o svom životu više pričala Agati nego njima.

Pažljivo je presavila pismo i bezbedno ga smestila u torbu. Boravak na ostrvu koje je Agata volela sada kad ona više nije tu izazivao je buru osećanja u Zanti. Taj gubitak ju je nagnao da sagleda situaciju iz šireg ugla, podsećajući je kako ništa ne treba odlagati za sutra.

Otpila je gutljaj vina i namotala je još špageta s morskim plodovima na viljušku. Pitala se šta li joj radi deda i gde sada živi. Provodila je više vremena s bakom nego s njim, mada se to promenilo kada je baka dobila rak. Zanta je tada imala deset godina, a njena vedra i zabavna baka postala je umorna i iscrpljena. Deda je bio neverovatan i zabavan čak i kada su vremena bila teška. Naravno, sve se promenilo kada je baka umrla, a nakon sahrane mama odbila da se ikada više vrati na Kefaloniju. Zanta se više sećala Agate nego bake jer ju je zanimalo kako jedna ozbiljna žena u godinama može da ima tako razvijenu stvaralačku stranu, zajedno sa zaraznom strašću prema vrtlarstvu i prirodi.

Zantu je oduvek oduševljavalo šta to pokreće ljude, i bila je opčinjena Agatom. Uživala je u analiziranju ljudi, otkrivanju karaktera i razmišljanju o njihovim životnim pričama. To je bio jedan od razloga što ju je privlačila gluma. Bilo je uzbudljivo otelotvoriti lik, naročito onaj koji nije ličio na nju. Najzanimljivije je glumiti takve uloge – negativku umesto junakinje. Ili neki koji nije bio crno-beli. Ne samo što je želela da sazna zašto su se raspali odnosi unutar njene porodice, nego su je zainteresovali i Agatini susedi i očigledna naklonost koju je gajila prema komšiničinom sinu. Želela je da shvati odakle potiče njihova ogorčenost prema njoj.

Nakon što je smazala hranu i stukla dve čaše vina, Zanta je stavila novac u čašicu za račun. Pre nego što je nestalo dnevne svetlosti, izvadila je foto-aparat iz torbe i čučnula uz ivicu luke da napravi seriju fotografija. Itaka je izranjala iz Jonskog mora, a bistra, safirnoplava voda blistala je u prigušenoj svetlosti zalazećeg sunca. Poslednji zraci dnevnog svetla pretvarali su je u blistavu tamnonarandžastu boju.

Nastupanje na sceni bilo je mnogo toga: napeto, podsticajno, uzbuđujuće, a ipak ono što nikada nije osetila na sceni ili ispred kamere bilo je upravo ovo što sad oseća iza objektiva foto-aparata – potpunu usredsređenost i uronjenost u sadašnjost. Neočekivani osećaj spokoja.

7.

Zanta je u subotu ujutro priuštila sebi kasno ustajanje. U poređenju s raznim zvucima koji su se čuli u njenoj spavaćoj sobi u Aktonu, buka saobraćaja, lupanje komšijskih vrata i neprestano kreštanje svraka, ovde je bilo blaženo mirno čak i u središtu sela. Topli sunčani dani, plavo nebo, svež vazduh i živopisan pogled na sve strane kod kuće su joj zasigurno nedostajali. Iako je Zanta tražila lepe, zanimljive, istorijske i jedinstvene strane Londona, Kefalonija je obilovala lepotom. Grčki život se odvijao mnogo sporijim tempom nego što je navikla.

Do deset sati, izvukla se iz kreveta, istuširala i obukla šorts i majicu spremna za još jedan dan sređivanja i čišćenja. Nakon sinoćne večere, otišla je u supermarket u Fiskardu da se snabde dodatnim sredstvima za čišćenje i nekom hranom, a zatim se vratila taksijem vijugavim putem nazad u Kaliteju.

S rancem punim potrepština, Zanta nije mogla odoleti da ne započne dan pecivom i kafom, čiji je prijatan miris dopirao iz *Tulinog kafea* i bio previše primamljiv.

Ljubazna gospođa ju je pozdravila uz osmeh. – *Kaliméra!*

– *Kaliméra.* – Zanta je uzvratila osmehom, a pogled joj odlutao ka pultu dok je poručivala. – *Bóro na écho mia bougátsa tyrí kai éna kafé.*

Žena je klimnula glavom i počela da pravi kafu i seče veliki komad bugace punjene sirom.

– Dobro govoriš grčki – rekla je žena, prelazeći na engleski. – Ali volim da iskoristim priliku za razgovor na engleskom.

– Oh, hvala. Dovoljno da se snađem. Razumem više nego što mogu da govorim.

– Tako sam i čula. – Žena je namignula.

Zbunjena, Zanta se namrštila.

– Čujem mnogo toga. Iako meštani kažu da je moj kafe preskup, i dalje dolaze. To je mesto za tračarenje. – Prevrnula je očima, ali zatim se vragolasto osmehnula Zanti. – Sa mnom je lako razgovarati. Slažem se sa svima. To je dar.

– Onda poznajete sve i upućeni ste u u dešavanja, zar ne?

– Volela bih da je tako. Ja sam Tula – rekla je, predajući Zanti umotanu *bugacu* i stavljajući kafu na pult.

– Ah, dakle, vi ste vlasnica kafea. Drago mi je što smo se upoznale. Ja sam Zanta. – Zastala je. Ljubazno hvala i doviđenja bi bilo dovoljno, ali prevagnula je ljubopitljivost o Agatinim komšijama. – Šta ste tačno čuli?

Tula je mahnula rukom. – Samo govorkanja o ženi koja se uselila u Agatinu kuću. Kažeš da se zoveš Zanta, pa sam sada sigurna. Ti si njena kumica, *naí*?

– Poznavali ste moju kumu?

– Koliko i ostali. Bila je povučena, ali smatrala sam je prijateljicom. Kada bismo razgovarale, mnogo je pričala o tebi. Razumem zašto ti je ostavila kuću. – Pritisnula je prstima sredinu prsa, i napeto posmatrala Zantino lice.

– Šteta što ne misle svi tako. – Zanta je zastala, nesigurna da li da nastavi ili ne. Kafe je bio tih, niko nije čekao u redu, a jedini gosti su sedeli napolju uživajući u doručku na suncu. Jedna mlađa žena bila je zauzeta brisanjem stolova u zadnjem delu kafea.

Zanta je prelomila. – Pretpostavljam da ste čuli za moj sukob s komšijama?

Tula je podigla lepo oblikovane obrve. – Čujem mnogo toga. A i svašta znam. Imam mnogo prijatelja, poznajem mnogo ljudi. – Pogledala je Zantu i uzdahnula. – Dimitrisova mama je...

– Dimitris?

– Tvoj komšija.

– Naravno, tako se zove – odgovorila je Zanta pošto ju je Tula zbunjeno pogledala, dok joj je prizor Dimitrisovog ljutitog, ali privlačnog lica igrao pred očima. – Agata ga je često pominjala u pismima, ali nisam shvatila da govori o komšiji, a on se nije predstavio. Nije ni njegova mama.

– *Naí*, pa, Irida, njegova mama... Kako da to kažem učtivo... – Tula je bacila pogled ka mlađoj ženi u dnu kafea i spustila glas. – Ona ima problema. Razumeš?

– Ne baš...

Tula je coknula jezikom. – Ne objašnjavam dobro. Kako da kažem... Meštani razumeju vidljive probleme. Fizičke probleme, ali teže ako su ovde. – Lupnula je prstima po čelu i prišla bliže pultu. – Mnogo je propatila. Dimitris brine o njoj, ali i on je morao mnogo toga da prebrodi. Mislim da je zbog toga tužan ovde. – Pritisnula je prste na prsa iznad srca pre nego što je naglo ustala i mahnula rukom. – Kažem da ne volim tračeve, a evo sad ja ogovaram.

Stariji gospodin s foto-aparatom i dvogledom oko vrata ušao je i pozdravio ih na engleskom. Tula je uzvratila i pokazala mlađoj ženi da ga posluži.

Zanta se ponovo okrenula ka Tuli. – Da li ovde dolaze uglavnom turisti?

– Uglavnom, ali dolaze i meštani, samo vole da se žale na sve – da sam preskupa. – Nasmejala se. – Ali ovde svi zarađuju od turista. Živimo od toga. Marija s njenom *Airbnb* sobom, Kostas prodaje ribu tavernama, Nikos Gabropulos organizuje izlete brodićem do plaža. Nikos Zanotis i njegova supruga kupuju zemljište kako bi izgradili vilu s bazenom za iznajmljivanje gostima. Trudimo se da zaradimo za život najbolje što umemo, celo ostrvo tako živi.

Zanti se dopao Tulin iskren opis meštana.

– Isto je bilo i s tvojim *papou* – rekla je Tula tiho, blistavim očima pažljivo posmatrajući Zantu.

– Poznajete mog dedu?

– Poznajem tvoju porodicu. – Tula je klimnula glavom. – Odrasla sam s tvojom mamom. – Zanta je bila iznenađena spominjanjem njene majke. Lin se toliko udaljila od ostrva i svoje porodice da je Zantu zapanjila pomisao kako je zapravo živela ovde i imala prijatelje. Povezanost koja je nestala sa Agatom iznenada je obnovljena kroz Tulu. Zanta je ustreptala od uzbuđenja pri pomisli kako će saznati nešto o svojoj porodici, povezati prošlost s majčinim razlogom prekida odnosa s grčkom porodicom.

– Izgledaš iznenađeno.

– Zato što jesam. – Zanta je pažljivo proučavala Tulu, razmišljajući da li joj deluje poznato ili ne. – Da li smo se ranije srele?

Tula je blago klimnula glavom. – Pre mnogo godina, bila si mnogo mala pa sam sigurna da se ne sećaš. Igrala si se s mojim sinom i ćerkama u vrtu tvojih bake i deke.

– Aha, ne, ne sećam se, ali lepo je znati da vi to pamtite.

– I *jeste* mi drago što te vidim, Zanta. – Glas joj je zadrhtao kao da joj je razgovor postao težak. Uspravila se, njenu iznenadnu melanholiju zamenila je vedrina. – Reci mi, jedeš li kako treba?

Zanta se nasmešila Tulinoj majčinskoj brizi. – Poslednjih nekoliko dana jela sam po restoranima, ali sada kada je kuhinja u vili čistija, mogu da spremam obroke – mada nisam neka kuvarica.

– Moraš doći kod mene. Spremiću nešto.

– O, bože, hvala vam, ali stvarno ne mogu da se namećem...

– Imam veliku porodicu. Još jedna osoba nije problem. – Tula je odlučno klimnula glavom. – Dođi kod mene na nedeljni ručak.

Zanta je znala da bi rasprava bila jalova, a zapravo, nije ni želela da se prepire. Tek što je upoznala Tulu, odmah joj je postala bliska, a njena povezanost sa Agatom i mamom zaokupila joj je pažnju.

Zanta je prihvatila ljubaznu ponudu, oprostila se i prošetala preko trga s bugacom i kafom, osećajući se malo spremnijom da se suoči sa izazovom sređivanja Agatine kuće. Nosila se mišlju da mami pošalje poruku o Tuli, ali je zaključila da bi bilo bolje da razgovara s njom.

Iako nije imalo svrhe raditi bilo šta u vezi sa zastarelom kuhinjom dok se zid između nje i dnevne sobe ne ukloni, rezultati njenog napornog čišćenja bili su vidljivi, i dok je raspakivala hranu i stavljala je u ormarić i tek opran frižider osetila je da bi mogla živeti ovde.

Od miša više nije bilo ni traga ni glasa, ali bila je sigurna kako je i dalje tu negde. Dok je otvarala vrata i prozore, a vila se punila suncem i toplim povetarcem, trudila se da ne razmišlja o tom malom stvorenju koje joj trčkara oko nogu. Iznoseći napolje stvari nagomilane u kuhinji da ih razvrsta, čula je ritmično lupanje iz pravca komšijske kuće. Pretpostavila je da to Dimitris zabija u zemlju drvene kočeve za ogradu, ali nije otišla da proveri.

Dok je radila, uz liste plesnih hitova na *Spotifaju*, to lupanje u komšiluku joj je do kasnog popodneva pravilo društvo. Kad god bi izašla napolje, kroz drveće bi spazila Dimitrisa. Svesna njegovog prisustva, tiho je pevušila uz „Shake It Off" i „Titanium" bez ijednog okreta, kakav bi inače izvela izvođačica sa Vest Enda. Iako su odlučili da izbegavaju jedno drugo, bilo joj je teško da se usredsredi znajući da je on tu, kao da je vazduh ispunjen nerazrešenom netrpeljivošću. Slagala se s većinom ljudi i živciralo ju je što su komšije o njoj imale mišljenje zasnovano na tome što joj je ostavljeno nešto što su smatrali da ne zaslužuje. Bila je u nedoumici zašto su mislili da imaju pravo na kuminu kuću, iako je i sama bila iznenađena Agatinom velikodušnošću da joj ostavi vilu *Aster*. Kako je popodne odmicalo, neprijatna napetost je rasla i odlučila je da pokuša da se pomiri s njima. Tako je, uočivši kasnije u vrtu kretanje gde je drveće i žbunje bilo proređeno, prišla bliže.

– *Yasou*, Dimitrise – rekla je.

Iznenađeno je podigao pogled. – Znaš kako se zovem?

– Upoznala sam Tulu u kafeu. Očigledno je da ovde nema tajni. – Podigla je obrvu pitajući se da li će shvatiti da zna kako su glasine o njoj stigle do Tule.

Dimitris je nešto promrmljao i zabio ašov u tvrdu zemlju.

Zanta je uzdahnula. Bar je pokušala da probije led, iako ga je možda malo žacnula tom primedbom. Nije želela tu stalnu nelagodnost između njih, pogotovo jer su joj Dimitris i njegova mama bili jedine komšije.

– Dobro izgleda. – Pokazala je na niz kočeva koje je već zabio u zemlju, gotovo savršeno pravolinijski duž vrta. Iščistio je mnogo korova i razdvojio neko žbunje, ali izgledalo je kao da ih je ponovo zasadio sa obe strane buduće ograde. – Mada je to mnogo posla za tebe.

Maslinastozelena majica bila mu je vlažna od znoja, rukavi podignuti do ramena kao na fotografiji koju je pronašla u fioci Agatinog toaletnog stočića. Mišići na rukama su mu se zategli dok je držao ašov. Jednostavno nije mogao da se opusti u njenom prisustvu. Obrisao je čelo nadlanicom i nastavio da radi.

Gledala ga je kako podiže ašov pun suve zemlje. Očigledno je naporno radio što se videlo po njegovim napetim mišićima i zajapurenim obrazima. A neprijateljstvo usmereno ka njoj iskazivao je stisnutom vilicom i namrštenim čelom.

– Kakav tačno problem imaš sa mnom? – upitala je konačno.

Dimitris je uzdahnuo. – Nisam ja taj koji ima problem.

– Šta to treba da znači? – Zanta je prekrstila ruke. – Ja sam problem? To je moja greška?

– Ne, samo, mama... – Stegnuo je šake na dršci ašova.

– Šta? Veruje da nije trebalo da dobijem kuću jer nisam bila tu? Jel' to u pitanju? – Što je on manje pričao, bivalo joj je sve nelagodnije. Dala je sve od sebe, šta je više mogla da uradi? – U redu, ako ne želiš da razgovaraš o tome, ostaviću te na miru.

– To *jeste* mnogo – naglasio je baš kad je htela da pođe. – Neću završiti danas i neću imati vremena tokom nedelje pošto radim – za druge ljude, razumeš? Čisto da znaš šta radim.

– Hvala ti. Cenim što ćeš srediti ovo.

Zadovoljna što su uspeli da vode uljudan razgovor, ostavila ga je da nastavi s poslom. Toliko o tome što je Džud bio uveren kako će upoznati zgodnog Grka. Dimitris možda jeste zgodan, ali to što je komplikovan i težak nije bilo ono što je tražila.

Ostatak dana je prošao brzo. Zanta se usredsredila da očisti i sredi kuhinju koliko god je to bilo moguće. Očistila je mišji izmet iz ormarića ispod sudopere i dodala humanu mišolovku na spisak stvari koje treba da kupi. Drveni sto je bio star i oštećen ali čist, i nakon što je pronašla vazu i ubrala nekoliko cvetova i zelenih listova, izgledao je mnogo bolje. Na kraju dana je bila izuzetno ponosna na ono što je postigla. Kad u ponedeljak dođe električar, nadala se kako će imati svetlo i struju, a sada je imala kuhinju u kojoj je mogla da priprema hranu.

Uzevši korpu, istražila je Agatin vrt, berući zrele paradajze s loze i nekoliko svetlozelenih paprika. Ritmično udaranje koje ju je pratilo celog dana je prestalo, a Dimitrisa nije bilo nigde na vidiku. Napravila je grčku salatu s paradajzom, tankim hrskavim paprikama, fetom, krastavcem i maslinama, da je pojede s parčetom hleba koji je kupila tog jutra.

Sela je na niski kameni zid koji je delio vrt i šumovito brdo. Dok je jela, pozvala je mamu.

– Samo trenutak, Zanta – odgovorila je mama pometeno. – Arči, izvedi Brambla napolje! Grebe po vratima... – Brat je rekao nešto što nije mogla da razazna. – Zašto ti? Zato što stojiš ispred mene, a ja treba da razgovaram s tvojom sestrom i ne želim da se Brambl upiški po podu, eto zašto! Izvini zbog ovoga – rekla je u telefon. – Momci me izluđuju, a Brambl nije ništa bolji, ali bar ne može da odgovara. Kako si ti?

– Dobro sam. Kakav ti je krvni pritisak?

– Oh, bio je to samo dug dan. Pada kiša i svi smo u kući. Trebalo je da ih nateram da svi izađu napolje bez obzira na vreme.

– Znaš da je ovde divno sunčano vreme... Mogla bi da na nekoliko dana pobegneš iz gungule, i to sama...

– Odlazak na Kefaloniju ne bi pomogao mom krvnom pritisku, to ti garantujem.

Zanta je znala kako nema svrhe da se raspravlja. Odlučila je da promeni temu. – Da li možda poznaješ Agatine komšije?

– Nisam sigurna da sam ih poznavala, barem ne tako dobro. Mislim da je neka porodica živela pored.

– Znači, ne sećaš ih se baš?

– Prošlo je skoro dvadeset godina, Zanta – rekla je šturo. – Kako se snalaziš?

Mama se povukla čim je pomenula Agatu, pa je odlučila da ne pominje Tulu. Tula je bila poput otvorene knjige i u kratkom razgovoru s njom saznala je više nego što je ikad čula od mame. Za sada će ćutati i videti šta će joj još Tula otkriti.

– Električar će doći u ponedeljak, a njegov zet je zidar pa će doći tokom nedelje da uradi predračun za krov i neke unutrašnje radove.

– Je li novac koji je Agata ostavila dovoljan da pokrije troškove?

– Više nego dovoljan. – *Ako nešto ne krenu po zlu.* Iako to nije rekla, nije želela da se mama još više brine. – Mama, zašto nisi ostala u kontaktu sa Agatom?

Tišina. Zanta je imala grozan osećaj da će mama prekinuti razgovor.

Lin je pročistila grlo. – Nisam ostala u kontaktu ni sa kim. Mislim, nikad nisam razumela zašto si ti ostala u kontaktu s njom.

– Ona mi je bila kuma i nekada ste bile bliske. Ne razumem zašto ti je to toliko čudno?

– Hm. – U pozadini, Brambl je počeo da laje. Zatim je Arči povikao. Lin je glasno uzdahnula. – Prokletstvo, moram da vidim šta se tamo, za ime sveta, dešava.

– Važi – rekla je Zanta, razočarana koliko je malo mama bila voljna da joj se poveri, uvek nalazeći izgovor da prekine razgovor – iako se, ruku na srce, činilo kao da je izbio Treći svetski rat. Nakon nekoliko dana provedenih u Grčkoj, primetila je koliko mama zvuči britanski, grčki naglasak joj je bio jedva primetan, a pravilna upotreba engleskih izraza sastavni deo govora. – Pozdravi ih sve.

– Hoću.

– Oh, i mama. Drago mi je što sam ovde i što radim ovo.

– Hm – odgovorila je.

Dok je zaključavala, Zanta je odlučila da boravak u hotelu produži za još nekoliko dana, dok električne instalacije ne budu popravljene, ne opere posteljinu i dok ne stigne iznajmljeni auto. Vraćajući se u selo, pozvala je Džuda i uhvatila ga na putu ka pozorištu. Ispričala mu je o razgovoru s Tulom u kafeu i pokušaju da bude ljubazna prema komšiji.

– Preplavi ih ljubaznošću – rekao je Džud. – To je najbolji način da se nosiš s nekim ko se ponaša kao idiot.

– Nisi to rekao za Ostina.

– Ne, ali Ostin se pokazao kao potpuni kreten, a komšije ne poznaješ, a sudeći po onome što je žena iz kafića rekla, možda se mnogo toga dešava ispod površine. Ne znaš njihovu pozadinsku priču.

– Ti i tvoja pozadinska priča. Baš si pravi glumac.

– Samo sam prokleto radoznao i želim da saznaš više. Budeš li ih se klonila, to ti zasigurno nećeš uspeti.

– U pravu si. I ja sam znatiželjna, zato sam danas i otišla da razgovaram s njim. Mada nisam baš mnogo postigla, ali barem sam se potrudila i zbog toga se osećam bolje. Znaš koliko mrzim sukobe.

– Osim ako nisu u scenariju.

– Upravo tako. Baš volim da ih glumim! – Zanta je morala da se nasmeje.

– Moram da idem, Zanta. Ovo je moja stanica.

– Da, u redu. Srećno. Nedostaješ mi. Molim te, dođi mi u posetu.

– Zato što si toliko vešta u ubeđivanju!

Pozdravili su se kroz smeh, Džud je nastavio ka *Lirik teatru* da nastupi pred nestrpljivom publikom, a Zanta se vratila u hotel da u miru provede veče. Smešno je pomisliti koliko je žudela da pobegne od svega kod kuće, a sada kad više nije tamo to joj je očajnički nedostajalo. Pa, ne baš sve, samo neki delovi njenog života. Zasigurno joj je nedostajalo društvo. Nabrala je nos, nije mogla da se seti kad je bila potpuno sama, barem ne duže od dan-dva. Biće joj potrebno vremena da se navikne, u to je bila sigurna.

8.

Samotno veče protezalo se pred njom i bez imalo želje da se ponovo prošeta do Fiskarda ili da troši novac na taksi, Zanta je sipala džin-tonik iz mini-bara i, sa svežnjem Agatinih pisama, smestila se u dvorišnu baštu iza hotela. Osim sredovečnog para koji je tiho razgovarao, brujanja klima-uređaja i dalekog žamora koji je dopirao iz taverne na trgu, svuda je vladao mir.

Prethodna vrućina je sve osušila i slatkast miris cveća u saksijama ispunjavao je ograđeno dvorište. Vazduh je bio miran, bez povetarca da ublaži vrelinu. Zanta je sela na dvosed od ratana s jastucima postavljen na zaklonjenom mestu ispod krošnje masline.

Pisma koja je Agata čuvala sezala su do prvog pisma koje joj je Zanta napisala kad je imala dvanaest godina. Bilo je tu i pisama drugih ljudi, ali trenutno ju je najviše zanimala njihova prepiska. Poslednji put kada je bila na Kefaloniji, tokom leta pre nego što joj je baka – njena *yiayia* – umrla od raka, Agata joj je tutnula u ruku komad papira sa svojom adresom i rekla da bi jako volela da dobije pismo od nje. Pitala se da li se Agata iznenadila kada joj je njeno pismo stiglo. Pisma su bila skupljena zajedno po hronološkom redu. Prelistala je do dna gomile i izvukla prvo pismo koje je napisala pre devetnaest godina.

> *Draga Agata,*
> *Rekla sam da ću ti pisati! Za Božić ću tražiti pravi papir za pisanje. Vratila sam se u školu u ponedeljak. Nije bilo loše, pretpostavljam, ali nije bilo ni zabavno posle ŠEST nedelja odmora i odlaska u Grčku. Samo je jedan od mojih prijatelja išao u inostranstvo, negde u Španiju, a svi ostali su išli*

u Devon ili Kornvol, mada je moja prijateljica Dejzi išla u Škotsku da poseti baku i deku. Prilično je uzbudljivo krenuti u drugi razred srednje škole i ove godine ću se prijaviti za ulogu u školskoj predstavi. Mama kaže da se mogu pridružiti i lokalnoj dramskoj grupi, što je neviđeno uzbudljivo. Možda bi mogla da dođeš i pogledaš predstavu ako dobijem ulogu? Sad moram da uradim domaći zadatak – već! Koliko je to bezveze! Pisaću ti uskoro ponovo i nadam se da ćeš i ti pisati meni.

Od Zante x

Zanti su navirala sećanja dok ju je glas iz detinjstva ponovo povezivao s prošlošću. Odjednom je opet bila u svojoj sobi, za radnim stolom u staroj kući u Houvu, s posterima grupe *Makflaj* i Orlanda Bluma na zidu, i pisala je Agati omiljenom hemijskom olovkom s mirisom trešnje. Prislonila je papir nosu i pomirisala. Sav zaostali miris izvetrio je tokom godina. Rukopis joj je bio poznat, ali drugačiji, a sećanja koja su njene reči probudile bila su veoma živa.

Mnogo joj je značilo što je Agata sačuvala ta pisma. Zanta je lupala glavu pokušavajući da se seti njenog odgovora. Kakav god da je bio, kuma ih nije posetila u Houvu niti je gledala predstavu *Petar Pan,* u izvođenju amaterskog dramskog kluba, u kojoj je dobila malu ulogu. Nikada je nije videla kako profesionalno nastupa, jer je Agata poslednji put boravila u Londonu pre nego što je Zanta debitovala na Vest Endu, iako ju je uvek bodrila izdaleka.

Sećanja su bila bolna, u prvom pismu je videla koliko je bila mlada i prostodušna, i koliko nije uspevala da shvati šta se dešavalo oko nje. Sledeće godine se sve promenilo. Ulazak u tinejdžerske godine bio je dovoljno izazovan i bez dodatne zapetljancije oko nepovratno narušenog odnosa njenih roditelja kada je izašlo na videlo da njen otac ima ljubavnicu.

Povik na grčkom odjeknuo je kroz mirno veče, praćen oštrim odgovorom – verovatno supruga grdi muža. Zanta se nasmešila i otpila gutljaj džin-tonika. Prelistala je nekoliko sledećih pisama dok nije pronašla ono koje je tražila, napisano na papiru krem boje sa zvezdama na vrhu i imenom *Zanta Foks* utisnutim zlatnim slovima.

Draga Agata,

Nisam dugo pisala jer je situacija kod kuće bila stvarno teška. Tata se iselio pre nekoliko nedelja. U stvari, mama ga je izbacila i rekla da se preseli kod svoje devojke. Teo je bio stvarno besan, vikao je na mamu i sve, a ona je stalno plakala. Nije ona kriva i on samo pogoršava stanje. Besan je i na tatu, ali on nije tu da bi vikao na njega. Tako da se sada mama i Teo svađaju umesto mame i tate. Svađali su se SVE vreme dok je tata bio ovde. Teo provodi većinu vremena u svojoj sobi slušajući muziku pojačanu na najjače. Opsednut je Linkin parkom. Ti nećeš znati ko su oni (blago tebi!).

Prijatelji me stalno pitaju da li sam dobro i pretpostavljam da jesam. Ne mogu ništa da promenim, a čini se da je mama, iako mnogo plače i uznemirena je zbog toga kako se Teo nosi s tatinim odlaskom, začuđujuće manje uznemirena.

Ranjivost u njenom glasu kao mlade tinejdžerke uzburkala je davno zakopana osećanja da iznenada isplivaju na površinu. Trauma nije bila posebno očigledna dok ju je preživljavala, ali duboko ju je pogodila. Spolja gledano bilo joj je lakše nego bratu, usmerila je pažnju na školu i prijatelje, istovremeno zakopavajući prava osećanja. Jedino tako je mogla da se nosi s tim. Imala je samo trinaest godina, dok je Teo bio ćudljivi petnaestogodišnjak i njegova teskoba se samo pogoršavala. Nikada nisu bili posebno bliski, ali su se još više udaljili nakon očevog odlaska. Ono što joj je najteže palo bilo je kako su roditelji lako nastavili dalje jedno bez drugog. Otac je ostao u vezi s nekadašnjom ljubavnicom, a nije prošlo mnogo pre nego što je mama pronašla novog partnera. Neželjeni stranci – *uljezi* – postali su deo porodice. A kada je mama zasnovala novu porodicu sa Zantinim očuhom, ona se, tada na studijama glume u Londonu, zaista osećala izgubljeno i usamljeno, dok je Teo otišao u Australiju da tamo započne potpuno nov život, udaljivši se skroz od cele situacije.

Preplavili su je tuga i osećaj odbačenosti. Duboko je udahnula i prelistala pisma koja je pisala tokom tinejdžerskih godina i kada je već ušla u dvadesete, godine njenog života ovekovečene u rečima. Nikada nije vodila dnevnik, pa je zamisao kako može da čita svoje misli od pre mnogo godina bila istovremeno zanimljiva i zastrašujuća.

Draga Agata,
OB! Uspela sam! Primljena sam na Kraljevsku akademiju dramskih umetnosti! Ostvario mi se san! Mislila sam da sam potpuno upropastila audiciju pa ne mogu da verujem da se ovo desilo. Dakle, u septembru se selim u London, studiraću glumu i započeću glumačku karijeru!
S ljubavlju, Zanta x

P.S. U slučaju da ne znaš, OB znači: O bože! :-)

Sećala se olakšanja, uzbuđenja i te čiste radosti zbog upisa na Kraljevsku akademiju dramskih umetnosti. To ju je uverilo da se snovi mogu ostvariti. Leto posle završnih ispita u srednjoj školi proteklo je u blaženstvu, išla je s prijateljima na zabave, uživala što je više mogla u samačkom životu, najviše razmišljajući o slobodi i mogućnostima koje su je čekale. Otada joj je bilo teško da ponovo pronađe tu opijajuću slobodu i odsustvo odgovornosti, iako je njeno preseljenje u London bilo početak uzbudljivog perioda.

Uzela je poslednje pismo koje je poslala Agati. Papir je bio gladak i debeo dok ga je rasklapala. Na stranici je bila ispisana njena nedavna prošlost, osećanja su još bila dovoljno sveža da oseti povređenost koja nije bila potpuno uminula.

Draga Agata,
Žao mi je što ti nisam ranije pisala. Nadam se da si dobro i da te kuk ne muči previše. Bar će zima na Kefaloniji biti blaža od grozne hladnoće i vlage u Londonu.
Više nisam sa Ostinom. Da si u Velikoj Britaniji, ili na Tiktoku/Tviteru/Instagramu, verovatno bi saznala novosti pre nego što bi ti ih ja rekla jer su njegovi ljubavni podvizi svuda po društvenim mrežama. Bez ulaženja u pojedinosti, prevario me je i to više puta. Osećam se kao budala što nisam

pretpostavila da će se to desiti. Trebalo je da znam da kad nešto deluje previše dobro da bi bilo istinito, onda obično nije istinito. Neki od prethodnih vikenda bili smo kod njegovih roditelja, i ponašao se kao da sam nešto najbolje što mu se desilo u životu, pričao o tome kako ćemo početi da živimo zajedno, a samo nekoliko dana pre toga spavao je s dvadesetogodišnjom manekenkom koja je postala glumica.

Smešno je kako život može biti gorko-sladak. Dok je on bio zauzet snimanjem druge sezone televizijske serije Begunac, koja je od njega napravila veliku zvezdu, ja sam radila na svom poslu iz snova s rasprodatim predstavama na Vest Endu. Napisala sam ti u jednom od poslednjih pisama da sam dobila ulogu Nensi u mjuziklu „Oliver!" i sve o osam nedelja intenzivnih proba. To je sve što sam oduvek želela od posla, zbog čega mi je teško što mi je lični život u neredu. Nisam sigurna da li sam jasna! Pretpostavljam da je ono što pokušavam da objasnim – bes i povređenost koje je Ostin izazvao u meni sve su upropastili. Srećom, imam neverovatne prijatelje. Džud je moj oslonac – volela bih da ga upoznaš. Čak mi je i mama pružila veliku podršku, često se raspitujući kako sam. Na čudan način, raskid sa Ostinom nas je zbližio. Znam da nije isto, ali počinjem da razumem šta je prošla s tatom i koliko ju je povredio.

Najteže je nositi se s tim što bilo gde da odem nešto me podseti na Ostina. Želim da ga zaboravim, ali to je nemoguće jer je on zvezda o kojoj se najviše priča, što je samo po sebi neviđeno čudno. Mislila sam da meni dobro ide, ali Ostinova slava je sasvim druga priča.

Nisam sigurna koliko ćeš od ovoga razumeti, u smislu da su društvene mreže i to što je on javna ličnost dodatno otežali naš raskid. Nehotično sam uvučena u tračeve o njemu i njegovim „mnogobrojnim ženama" (izraz koji koriste u medijima, nije moj) i uključena sam u to kao da sam za njega bila tek nešto više od neobavezne veze, a ne njegova devojka tri godine. Mediji me porede s njegovim drugim ženama, kritikuju moj

izgled, slavu – ili njen nedostatak u poređenju sa onima s ko-
jima se muvao. Valjda pokušavam da kažem kako je grozno!
Ili da to kažem jednostavnije na engleskom koji ćeš razumeti
– iskidao mi je srce na komadiće.

Izvini što ti pišem pismo puno loših vesti i stvarno mi je
žao što mi je trebalo toliko dugo da ti odgovorim. Obećavam
da sledeći put neću toliko dugo čekati.

S ljubavlju, Zanta xx

Zanta se vrpoljila na tapaciranom sedištu dok se nije namestila da sedi prekrštenih nogu. Presavila je pismo i spustila ga u krilo. Nije bilo sledećeg puta. Poslednje pismo Agati bilo je prepuno njenih jadikovki, i osim što ju je na početku kratko pitala za zdravlje, nije se zanimala za njen vrt kao što je to obično radila. Pokušavajući da umiri tugu koja joj je rasla u grudima, duboko je udahnula gledajući u krošnju nežnih listova. Bila je potpuno zaokupljena sobom i svojim mukama.

Pronašla je Agatino poslednje nedovršeno pismo. Kuma ju je hrabrila da gleda u budućnost nakon što su je skrhala Ostinova neverstva, što je sada imalo više smisla nakon što je pročitala svoje pismo. Zamisao o kretanju napred i usredsređivanju na svoje strasti, kao što je Agata predlagala, bila je očigledno ispravna. Da li je Agata znala da joj je vreme ograničeno kad je počela da joj piše taj odgovor? Zanta je više od svega želela da joj se zahvali i kaže koliko joj znači to što joj je ostavila vilu, omogućivši joj da uradi baš ono što joj je predlagala – da predahne i usredsredi se na oporavak. Dobrota i ljubav preplavljivale su njene nedovršene reči i nečitljive rečenice.

Rečenica u kojoj je napisala da se nada kako će njena kuma jednog dana upoznati Džuda snažno ju je pogodila. Nije samo za tim žalila. Pisala je Agati skoro dvadeset godina, ali nikada nije našla vremena da je poseti. Agata je više puta spomenula da je Zanta dobrodošla kod nje kad god poželi, ali ona je stalno bila zauzeta poslom i prijateljima, uzbudljiv londonski život uvek je bio važniji od posete kumi u godinama. Lekcija koju je trebalo naučiti – nikada ne odlaži da uradiš nešto jer možeš propustiti priliku.

Kefalonija je bila savršeno mesto za razmišljanje, pod uslovom da se kloni društvenih mreža koliko god može. Da bi sačuvala zdrav razum, prestala je da prati Ostina na *Instagramu*, platformi koju je najviše koristila, i bar joj je boravak van Londona i daleko od prijatelja omogućavao da ga potisne iz misli onako kako nije mogla dok ju je u okruženju stalno nešto podsećalo na njega.

Iskreno, kako to ide? Napravila je grimasu. Stvarno bi trebalo da zamoli Džuda da je ne obaveštava o Ostinovim poduhvatima. Naravno da je imao dobre namere, ali zašto bi ona morala da zna za to? Ako nešto otkrije, nema veze – na grčkom ostrvu joj bar nije svakodnevno pred očima. Koliko Grka je uopšte čulo za Ostina Kartera? Čak i ako jesu, verovatno ih nimalo nije briga za njega, baš kao što ni njoj više ne bi trebalo da je stalo. To je, naravno, teže sprovesti u praksi, ali svakako lakše ovde nego kod kuće.

Iskapila je ostatak džin-tonika i obećala da će se usredsrediti na sebe i suočiti se sa osećanjima. Možda bi očijukanje sa zgodnim Grkom bio savršen način da to postigne. Ono što zasigurno treba da uradi jeste da nevernog bivšeg dečka potisne iz misli. On je takav kakav jeste, a nije baš da je stalno mislila na ostale bivše momke. Mada joj nijedan od njih nije slomio srce kao Ostin, jer je on bio prvi muškarac u kojeg se zaljubila.

9.

Nakon što je nedelju provela nastavljajući da razvrstava Agatine stvari, Zanta je čvrsto usmerila pažnju na vilu i nije imala mnogo vremena da razmišlja o prošlim događajima. U ponedeljak popodne, s popravljenom strujom, svetlima koja ponovo rade i dovezenim iznajmljenim automobilom, činilo se kako je obiman posao obavljen. Zanta se nije čak ni brinula zbog plaćanja električaru jer joj se činilo dobro potrošenim novcem.

Vila je bila pravi projekat, koji je mogao u potpunosti da je zaokupi uprkos izazovu što je morala da procenjuje mogućnosti, donosi odluke, savlada upravljanje projektom, istovremeno upravljajući sopstvenim očekivanjima. Dugogodišnji san joj je bio da ima svoj prostor koji će preurediti, ali pošto je oduvek bila podstanar, nije imala praktičnog iskustva osim gledanja emisije *Veliki projekti*. Mada ovo svakako nije bilo tog obima.

Ipak, Zanti je bilo teško da se isključi iz londonskog života budući da je i dalje dobijala imejlove o kastinzima, i svaki put kad uđe na društvene mreže videla bi kako prijatelji objavljuju novosti o audicijama ili dobijenom poslu iz snova – ili bar onom koji će platiti račune. Zbog toga se osećala isključenom, što je mislila da želi, ali potcenila je koliko će joj biti teško da prekine s tim delom svog života, posebno kada se osećala izostavljenom. Stalna nesigurnost je nastavila da podstiče njenu zabrinutost kako je pogrešila što je život i karijeru nakratko stavila u drugi plan.

Volela je svoj posao. Svega ostalog joj je bilo preko glave – usredsređenosti na izgled, konkurencije za dobijanje uloga, stalnih glasina i pažnje javnosti usmerenih na njen odnos sa Ostinom. Kada bi se usredsredili na njenu glumu, to je bilo u redu. Možda bi trebalo potpuno da se odvoji od društvenih mreža, ili barem prestane da prati šta drugi rade i da razmišlja o sebi. To nije bilo sebično ako će tako zaštititi svoje mentalno zdravlje. Nakon raskida sa Ostinom, poljuljano joj je samopouzdanje, a sposobnost da pusti negativnost da prođe sama od sebe bila je ozbiljno narušena.

Zanta se tog jutra nevoljno odjavila iz hotela. Iako joj je Agata ostavila nešto novca, nije bilo u redu da ga troši na hotel, pogotovo jer je vila bila savršeno osposobljena za život. A pošto sada ima auto, konačno će moći da istražuje okolinu, pa je, nakon što je električar otišao, odlučila da se provoza. Nije želela da još jedno veče provede sama gledajući snimke na *Jutjubu* o krpljenju rupa i krečenju zidova.

Krenula je, napetih živaca. Za početak, bio je pravi izazov zapamtiti kojom stranom puta treba da vozi, ali uprkos početnoj uznemirenosti, obuzelo ju je zadovoljstvo kada je ugledala more i ostrvo prekriveno drvećem u raznim prelivima zelene. Pogled na plažu Mirtos, gde put prati obalu, oduzimao je dah, ali kad je propustila skretanje odlučila je da nastavi kroz selo i krene ka unutrašnjosti ostrva. Svidela joj se zamisao da nema posebno odredište.

Kada je ponovo izbila na obalu bila je na istočnoj strani ostrva, ali niže od Fiskarda. Odlučivši da je dovoljno vozila, parkirala se malo dalje od taverne pored plaže koja je od puta bila zaštićena drvećem.

Zaklonjena od otvorenog mora, Itaka je dominirala pogledom na zaliv, s belim oblacima koji su se na večernjem suncu skupljali iznad brda u izmaglici. Voda je privlačno svetlucala, a šljunkovita plaža bila načičkana ljudima koji se sunčaju. Zanta je volela da istražuje London s foto-aparatom u rukama, otkrivajući ljupke knjižare ili skrivene uličice s bogatom istorijom, ali ništa nije moglo da se poredi s prirodnom lepotom mora.

Otišla je do mesta gde je skup maslinovih stabala pružao hlad. Naslonjena laktovima na smotan peškir, legla je na šljunak, a obluci su joj se zabadali u bokove dok je posmatrala blede kamenčiće koji su postajali tirkizni nestajući u bistrozelenom pličaku. Fotografišući, razmišljala je o Agatinom poslednjem pismu i tome da prati svoje strasti. Fotografija je bila jedna od njih, toliko drugačija od glume koja je obično podrazumevala saradnju. Da, bila je kreativna i izražajna, mada usamljenička delatnost – barem dok je fotografisala pejzaže a ne ljude.

Nakon što je uzela piće iz taverne, sela je na plažu i izvadila svežanj Agatinih pisama iz torbe. Zanimala su je ona koja su datirala iz 1950-ih, kada je Agata bila mlada žena. Rukopis bi bilo teško pročitati na engleskom, a kamoli na grčkom, ali kako ih je Zanta pažljivo proučavala, postalo je jasno da izraz od milja za Agatu *agapití mou* – što znači draga moja – zajedno sa *volim te* na kraju svakog pisma znači da je u pitanju bila ljubavna prepiska, i to sa istim muškarcem, Gijom. Dok ih je iščitavala, činilo se kako je pisao Agati kad je ona otišla u Ameriku da nastavi umetničku karijeru.

Zanta je prešla na pisma datirana ranih 1990-ih, u vreme kada se ona rodila, a kuma bila u svojim pedesetim. Usredsredivši napore na njihovo prevođenje, primetila je kako se stalno ponavljaju isti izrazi, svako pismo je bilo sve kraće i sadržajnije, do poslednjeg, datiranog jula 1993. godine.

Nedostaješ mi, Agata. Želim da budem s tobom. Želim da budemo zajedno, kao što smo bili pre nego što si otišla. Ovo je poslednji put da te pitam. Ako je odgovor da, u petak u četiri ostavi otvorena vrata i doći ću kod tebe. Niko ne mora da zna. To može biti naša tajna. I ostaviću je zbog tebe, obećavam, ali samo ako me hoćeš.
Volim te.
Gio

To je izgleda bilo poslednje pismo od tog tajanstvenog Gija. Da li je Agata prihvatila njegovu ponudu i ostavila vrata otvorena, ili je mogući ljubavnik jednostavno više nije pitao jer ga je odbila?

Zanta je ostala na plaži dok svetlost nije izbledela, a zatim je tokom vožnje nazad razmišljala o tome ko je bio Agatin obožavalac – neko ko ju je očigledno voleo pre nego što se oženio nekom drugom i ko je godinama kasnije bio spreman da prevari suprugu i razvede se zbog nje. Zanta je znala da njena kuma nije bila udata, ali očigledno je u njenom životu postojao muškarac koji ju je volelo, kojeg je ona možda volela sudeći po rečenici: *Želim da budemo zajedno kao što smo nekad bili.* Pitala se da li će pronaći odgovor u Agatinim dnevnicima.

Bilo je mračno kad se vratila u vilu, ali svetla iz susedne kuće probijala su se kroz drveće. Iz majčine kuće preselila se u studentski smeštaj na Kraljevskoj akademiji dramskih umetnosti, a zatim s prijateljima u zajedničku kuću u Londonu, i nikada zapravo nije živela sama. Iako je pre mnogo godina napustila dom, bivajući sada sama u drugoj zemlji i obavljajući samostalno poslove imala je utisak, možda po prvi put u životu, kako je zaista zrela.

Dimitris je radne dane provodio na poslu. Njegovog kamioneta obično nije bilo kada se Zanta probudi, i nije se vraćao do večeri. Pretpostavljala je da drugi automobil parkiran na stazi pripada njegovoj mami Iridi. Kada je u sredu čula da se vratio, odlučila je da bude ljubazna – baš kako joj je Džud predložio – i ode do njih.

Uzevši bocu lokalnog crnog vina kao mirovnu ponudu, poravnala je nabore na šortsu i krenula do komšija.

Kuća je bila sličnog oblika kao Agatina, ali dvospratna, i umesto rustične kamene fasade, zidovi su bili omalterisani i ofarbani u tamnokrem boju. Velike saksije pune začinskog bilja bile su grupisane sa strane plavih vrata. Zanta je duboko udahnula i pokucala.

Nadala se da će Dimitris otvoriti, ali to je, naravno, uradila njegova mama. Nenašminkano lice joj se namrštilo čim je ugledala Zantu.

Zanta se bojažljivo osmehnula i progovorila na grčkom.

– *Yasas.* Izvinjavam se zbog načina na koji smo se upoznale. – Ne znajući kako da nastavi, pružila joj je bocu vina. – Donela sam vam ovo. Htela sam samo da vas poz...

– Mi ne pijemo. – Irida je uperila prst u bocu s vinom.

Zanta je bila zatečena. – Izvinjavam se, nisam znala. – Spustila je ruku. – Pre neki dan smo loše počele. – Bilo joj je teško da pokuša i uobliči ono što je htela da kaže na grčkom dok ju je sagovornica mrko gledala. Odlučila je da se ponovo predstavi. – Ja sam Zanta.

– Znam ko si. – Njene reči bile su prepune gorčine. – To što imaš grčko ime ovde te ne čini Grkinjom. – Ponovila je ono što je rekla tokom njihove prve ljutite rasprave i pritisnula pesnicu na prsa iznad srca.

– Možda ne znači, ali sam polu-Grkinja, ovde sam i pokušavam da odam počast sećanju na kumu.

– Ne! Ovde si da zaradiš novac! – Irida je zajedno protrljala palac i dva prsta. Fine bore na njenom licu su se produbile. – Ne zanima te ništa drugo. Petljaćeš oko kuće, prodati je i otići. To je sve što rade ljudi poput tebe!

– Mama! – Dimitrisov dubok glas presekao je majčin kada se pojavio iza nje. – Dosta je. To je završena priča. Agata je tako odlučila. Zanta je njena kumica, i to moramo da poštujemo. – Izgledalo je kao da će reći još nešto, ali se zaustavio, usana stisnutih u liniju.

Irida je promrmljala nešto nerazumljivo.

Dok joj se želudac grčio, Zanta je pogledala majku i sina.

– Pogrešila sam što sam došla. – Njen prvobitni predosećaj da treba da ostavi komšije na miru bio je tačan. Koraknula je unazad, usredsređujući pažnju na Dimitrisa i prešla na engleski. – Znaš šta, mislim da si bio u pravu. Trebalo bi da se jednostavno klonimo jedni drugih.

Stežući neželjenu bocu, udaljila se, napetih ramena. Čula je kako je Dimitris ponovo prosiktao „mama", pitajući se da li je besan na nju isto koliko je ona bila ljuta i uznemirena. Ponovo joj je pala na pamet njegova nedovršena rečenica od pre neki dan, kada se suzdržao da kaže nešto o svojoj mami.

Džud je bio potpuno u pravu u vezi s ljubaznošću i brzopletim prosuđivanjem ljudi, ali ovo nije vodilo nikuda, barem ne kada je Irida prisutna. Pukotina u Dimitrisovom oklopu se pojavila kada je razgovarala nasamo s njim, mala doduše, ali dala joj je nadu kako bi mogli barem uljudno da se ponašaju jedno prema drugom, ali njegova mama... Šta god da je prošla i sa čime god se suočavala, Zanta je odlučila da bi bilo bolje da ih ostavi na miru.

Zaustavila se tek kada je stigla do trema. Stegnutih pesnica i još uzlupanog srca, duboko je udahnula, dozvoljavajući spokoju okruženja da joj ublaži napetost. Dođavola, možda oni nisu želeli vino, ali njoj bi zasigurno prijala jedna čaša. Ušla je u kuhinju, otvorila bocu, sipala vino u veliku čašu i odnela je do najudaljenijeg dela vrta gde je bilo samo blistavo more i sumračno nebo uokvireno stablima maslina.

Do kraja nedelje, kada je trebalo da svrati zidar, Zanta je počela da se oseća izgubljeno. Električar je bio ljubazan, profesionalan i efikasan, i mada su joj preporučili i zidare, bila je svesna koliko lako mogu da je prevare. Na kraju krajeva, bila je mlada Britanka koja sama sređuje kuću – prokleti hodajući kliše. Podsetila se da je polu-Grkinja, kako joj je vilu ostavila kuma i da razume grčki – što nije imala nameru da obelodani. Ako bi pokušali da je prevare, bar bi mogla da ih suoči s tim.

Ali kada se Nikos, zidar, pojavio kasnije tog dana, Zanta je shvatila da bi mogla biti u nevolji iz potpuno drugog razloga, jer je s njim bio njegov nećak, Sakis. Bio je mnogo mlađi i toliko drugačiji od svog ujaka: bujna crna kosa spram kose koja se povlači, zavodljiv pogled i vilica kao isklesana spram umornog ali prijateljskog lica, jasno definisani trbušnjaci spram pivskog stomaka – ili možda suvlaki stomaka u grčkoj varijanti. Primetila je to kada je Sakis donjim delom majice obrisao znoj s lica, otkrivajući savršene trbušnjake. Bio je đavolski zgodan, a njegov zavodnički mig nakon što joj je Nikos objasnio sve pojedinosti i dok su se spremali da odu, nagoveštavao je da mu se sviđa isto koliko i on njoj.

Nikos je sa zadovoljstvom preuzeo popravku krova i rušenja zida, uklopivši to s drugim svojim obavezama, i obećavši da će početi s radom sledeće nedelje. Dok se kombi spuštao stazom u vrtlogu prašine, u Zantin um se već čvrsto usadila mogućnost upuštanja u neobaveznu vezu sa zgodnim muškarcem.

10.

Nakon duge i naporne sedmice, Zanta je bila zahvalna što ju je Tula za vikend pozvala na večeru. Njena kuća bila je u mirnoj seoskoj ulici, a Tula joj je poželela dobrodošlicu poljubivši je u obraze i pozvala je da uđe. Zidovi prekriveni porodičnim fotografijama, primamljiv miris nečega što se prži u kuhinji i sve veća galama davali su toj kući osećaj doma. Napolju, ružičasta bugenvilija se preplitala s nežnim svetloplavim cvetovima plumbaga prislonjenih na zidove krem boje. Velika drvena pergola prekrivena vinovom lozom pružala je hlad prostranoj terasi, na kojoj je bilo prijatno čak i kad večernje sunce zađe.

Galama desetak i više ljudi okupljenih oko dugačkog stola bila je prilično zaglušujuća. Ćavrljanje je bilo glasno i brzo, s više razgovora koji su se uzajamno nadmetali, i mada je Zanta znala grčki, s previše ljudi koji pričaju istovremeno bilo je teško razumeti bilo šta.

Tula je uhvatila Zantu za ruku i povela je do stola. Zanta je odmah zapazila da preplanula živahna lica ljudi koji razgovaraju i smeju se zajedno pripadaju različitim pokolenjima jedne porodice. Tula joj je pokazivala ko je ko: suprug, deca – s kojom se Zanta igrala kad je bila mala – i unuci, njeni roditelji, kao i tetka i teča koji su svi rame uz rame sedeli zbijeni oko stola prepunog punjenog paradajza, kriški prženog sira, činija saganakija, tanjira s ribom na žaru i raznih salata.

Jedno lice joj je posebno privuklo pažnju. Spazila je Dimitrisa na drugom kraju stola, i srce joj je zaigralo od iznenađenja, a od zbunjenosti je zurila u njega. Podigao je pogled i to pravo ka njoj. Izraz zaprepašćenja na njegovom licu ukazivao je kako ni on nije očekivao da vidi nju. Spustila je pogled, i usmerila pažnju na Tulu.

– *Ela*, Zanta. – Tula ju je privukla bliže i potapšala praznu stolicu pored mlade žene crne kovrdžave kose koja je na krilu cupkala bebu rumenih obraza. – Ovo je moja najstarija ćerka Marika i moj unuk Giorgos. – Štipnula ga je za bucmasti obraščić i poslala mu poljubac. – Moja srednja ćerka je u kuhinji i prži kolokitakije, a moj najmlađi sin, Vasilis, tamo je i razgovara s Dimitrisom – a njega naravno poznaješ *naí*. – To nije bilo pitanje i Zanta bi se zaklela da je na Tulinom licu zatitrao vragolast smešak.

– Ja, ovaj, da, ali nisam očekivala da ću ga videti ovde.

– Oh, Vasilis i Dimitris su dobri prijatelji. Zar ti nisam rekla? – Pogledala ju je bez skrivene namere, ali je Zanta stekla snažan utisak kako je svesno pozvala Dimitrisa, a da joj to nije rekla, i obrnuto.

U narednih deset minuta, dok je na sto donošeno još hrane, Tula je upoznala Zantu sa svakim ponaosob, iako im je ona odmah zaboravila imena. Tula je imala veliku porodicu, a dvoje od troje njene dece su imala svoje porodice. Bili su sličnih godina kao Zanta, a Vasilis, Dimitrisov prijatelj, bio je najmlađi, i s trideset jednom godinom već je imao petogodišnje dete i trudnu suprugu. Zanta je možda bila Grkinja s majčine strane, ali njeno odrastanje u Engleskoj bilo je izrazito negrčko. Nakon što je okrenula leđa ocu i svemu što je imalo veze s Grčkom i Kefalonijom, njena majka se poenglezila – hrana koja se tokom velikih porodičnih obroka delila služila se pojedinačno na tanjirima. Pošto je Teo daleko, u Australiji, porodična okupljanja bila su srazmerno mala, što je njena majka više volela od živopisnog, ali haotičnog načina grčkog obedovanja.

Život s prijateljima u zajedničkoj kući više je ličio na grčki način života u poređenju s njenom porodičnom situacijom, iako bi se moglo reći kako su i dalje živeli kao studenti, s raznim momcima koji su navraćali, prijateljima koji su nasumično spavali na trosedu i povremenim zabavama, kad je kuća vrvela od pijanih ljudi. Preseljenje sa Ostinom u zajednički stan bio je sledeći logičan korak. Bilo je krajnje vreme da odbaci taj studentski život pošto se umorila od njega. Koliko god je volela da deli kuću s Džudom i ostalima, želela je prostor koji bi zaista mogla nazvati svojim domom. Jedini problem bio je što nije očekivala da će to raditi sama.

Usredsredila se na razgovor za stolom umesto na vrtlog svojih misli. Zvučalo je kao da se svi međusobno svađaju, iako je smeh koji je stalno provejavao nagoveštavao suprotno. Zanta se prisetila kada je kao mala večeravala u bakinom i dekinom vrtu i smela da ostane budna dokasno – što je retko radila kod kuće. Na stolu bi bilo mnogo različitih jela i najmanje šest vrsta deserta i slatkiša, a čak i kada se vrpoljila od umora i pokušavala da suzbije zevanje, očajnički je želela da ostane budna sa odraslima. Slabo je razumela grčki koji je kružio oko stola, i uključivala se samo kada bi neko prešao na engleski kako bi i njenog tatu uključio u priču. Bio je to razgovor odraslih koji nije razumela, a reči daleko složenije od onih svakodnevnih koje ju je mama naučila. Čak i sada je imala poteškoća da prati razgovor koji je brzo prelazio s lokalne politike na najbolje omekšivače za rublje, a onda na Tulinu hranu i venčanje daleke rođake u Atini.

Uglavnom je bila zaokupljena hranom. Nakon nedelje u kojoj je pokušavala da kuva za sebe i mahom živela na salatama, njeno nepce za ukus prštalo je od radosti dok je probavala nekoliko kašika dimljenog patlidžana začinjenog maslinovim uljem i belim lukom, krupne paradajze punjene pirinčem i začinima zapečene u rerni dok nisu postali slatki, sočni i puni ukusa, prženi sir, hrskav i slan spolja, čvrst i ukusan kada se žvaće – a i raznovrsne salate koje su bile daleko ukusnije od njenih pokušaja.

Takođe je bila zahvalna što sedi na suprotnom kraju stola od Dimitrisa, iako je, gledajući ga obazrivo, uočila drugačiju stranu mrzovoljnog i ukočenog muškarca kakvog je dosad poznavala. Držao se opušteno sa Vasilisom, njihov razgovor bio je dobronameran i ispunjen smehom. Dakle, mogao je da bude prijatan i razgovorljiv. Samo, očigledno, ne s njom.

Marika joj je pravila društvo. Razgovor s njom bio je jednako ugodan i prijateljski kao i s njenom mamom, dok se zanimala za renoviranje Agatine kuće.

– U ponedeljak dolaze majstori – rekla je Zanta. – Biće bolje, ali sam zabrinuta.

Marika je klimnula glavom i poljubila sina u teme. – Pretpostavljam da ima puno posla. Znam Nikosa, tvog zidara. Dobro će obaviti posao, budi uverena.

– Sad mi je lakše.

Giorgos je upleo prste u Marikinu kosu. Obrazi su mu bili rumeni, a ružičaste usne su mu podrhtavale. Marika ga je ljuljala na kolenu.

– Bole ga zubi – objasnila je, prelazeći mu prstom preko bucmastih obraza.

Zanta je mrdala prste, oblikujući ih u oblik leptira. – *Koíta, mia petaloúda.*

Giorgos se vrpoljio u maminom krilu i gugutao, a podrhtavanje usne pretvorilo se u nagoveštaj osmeha.

– Sviđa mu se.

Zanta je promenila oblik prstiju u zeca. – *Tóra éna kounélaki.*

– Dobro ti ide s njim. – Marika se osmehnula. – Nemaš dece?

– Oh ne, nemam dece – rekla je Zanta prenaglašeno. – Ali imam mlađu braću blizance – sada su tinejdžeri, ali sam ih povremeno čuvala kad su bili mali.

S druge strane stola začuo se povik, praćen glasnim kikotanjem i grohotnim smehom Tulinog muža. Kucnuli su se čašama s cipurom i razgovor se nastavio, postajući glasniji kako su muškarci sve življe razgovarali.

Ovo je bila strana grčkog porodičnog života koja je predugo nedostajala u njenoj englesko-grčkoj porodici, i dok je Tula sedela pored nje Zanta je odlučila da sazna zašto.

– Zanta, uživaš li u večeri? – Tula je dohvatila bocu belog vina i dopunila im čaše.

– Da. Prošlo je dosta vremena otkako nisam učestvovala u nečemu sličnom, a hrana je neverovatna. Hvala ti što si me pozvala.

– Nema na čemu. Volim da imam goste.

– Pomenula si pre neki dan da poznaješ moju mamu? – Zanta je pitala stidljivo.

Tula je blago klimnula glavom u znak potvrde.

– Da li znaš zašto se udaljila od svih ovde?

– Stvarno ti nije ništa rekla? – Tula je odmahnula glavom u neverici, zbunjenog izraza lica.

– Pričala je ponešto o svom životu ovde... Ponekad bih pomislila da će zaboraviti na svoju ljutnju i spomenuti nešto iz detinjstva, neku srećnu uspomenu, ali jedva da je pričala o Kefaloniji niti je otkrivala šta ju je navelo na odlazak.

– Koje su bile njene srećne uspomene?

Zanta nije razmišljala o tome kako bi Tula možda želela da čuje o njenoj mami koliko i ona sama. Priče koje joj je mama pričala urezale su joj se u pamćenje, jer ih je bilo tako malo.

– Ne sećam se da je pominjala imena, ali ponekad je govorila o odrastanju na ostrvu – opisujući idiličnu sliku vrelih leta, druženje s prijateljima i šetnje prašnjavim stazama do plaže kako bi plivali.

Po Tulinom uzdahu i vlažnim očima koje su se zasvetlucale na svetlu lampe, Zanta je znala da je Tula spadala u tu grupu prijatelja.

Tula je spustila ruku na Zantinu. – i ja se sećam tih srećnih vremena. Imali smo lepo detinjstvo. *Ona* je imala lepo detinjstvo. – Mahnula je rukom. – Ali sve je jednostavno kada si mlad, kada ne razumeš svet.

– Volela bih da razumem šta se desilo kada je odrasla.

– Udaljila se od nas. Ne krivim je zbog toga. S porodičnim problemima ume da bude vrlo teško. Ali tužna sam što nije želela da ostanemo prijateljice.

– Žao mi je, Tula. – Zanta je saosećala sa ženom koja se prema njoj uvek ljubazno ophodila. – Udaljila se od svih ovde. Bila je tako tvrdoglava.

– Mnogi Grci su tvrdoglavi. To mogu da razumem!

– Ipak, to seže dublje od toga, i volela bih da znam zašto se tako snažno opire povratku. – Shvativši da Tula nije odgovorila na njeno prethodno pitanje, pokušala je ponovo. – Šta se zapravo desilo?

Zanta je sledila Tulin zamišljen pogled do mesta gde su Vasilis i Dimitris ispijali pivo. Iznenada se prisetila Iridine ljutite rečenice „Mi ne pijemo“ kada joj je ponudila bocu vina. *Pitam se da li zna da joj sin pije?* – pomislila je Zanta.

Tula se okrenula da je pogleda.

– Teško je. Ne znam celu priču jer me je isključila iz svog života. Isključila je sve nas. Bilo je strašno što je izgubila mamu, ali bila je veoma ljuta na svog tatu. Ništa mi nije rekla, mada sam povezala neke činjenice. Razmišljam o tome. Kažeš nešto i sve se... kako vi to kažete? – Napravila je pokret rukama, uvijajući ih jednu oko druge dok ih je spuštala.

– Sve se raspetlja? – predložila je Zanta.

– Baš tako! Sve se raspetlja. – Tula je dohvatila bocu vina i dopunila im čaše. – Nakon svađe s tatom, tvoja mama se nikada više nije vratila. *Papou* ti i dalje živi na ostrvu, i još poneko iz tvoje porodice. Trebalo bi da ti on to ispriča, ali... *ala*... Nije dobro.

– Nije?

Tula je odmahnula glavom. – U staračkom je domu u Argostoliju, i veoma je zbunjen. Ima *alcajmer*.

– Alchajmerovu bolest?

– *Naí*. – Tula je klimnula glavom.

– Nisam ga videla od svoje dvanaeste godine. Koliko znam, i on se udaljio od mame isto koliko ona od njega. Nisam sigurna da bi želeo da me vidi, iako, po svemu sudeći, ko zna da li bi me uopšte prepoznao?

– To ne znam. – Tula je napućila usne. – Ali što se tvog pitanja tiče, razmisliću o tome.

Zanta nije navaljivala da od nje još nešto sazna, iako se nadala da će joj Tula u nekom trenutku ispričati ono što zna. Morala je da razotkrije porodičnu prošlost.

11.

Kada je sto raščišćen, iznet je tanjir kserotigana – prženog peciva umočenog u med i posutog usitnjenim bademima – uz amigdalopitu, pitu s bademom, i alvu, sladunjavu poslasticu od griza ukrašenu pistaćima i suvim grožđem. Zanta odavno nije toliko jela. Čak ni njen obrok na obali u Fiskardu nije mogao da se poredi sa ovim.

Nakon što je Zanta ljubazno odbila drugi tanjir s desertom, Tula se nasmejala. – Ne jedeš kao Grkinja!

Tulin glas se preneo preko stola. Dimitris i Vasilis su se okrenuli ka njima. Da li je to bio smešak na Dimitrisovom licu? Zanti su se zarumeneli obrazi.

– Možda ne, ali samo što nisam pukla, i bila bih halapljiva da uzmem još, koliko god ukusno bilo – rekla je diplomatski. – Mama je uvek govorila kako se od grčke hrane goji. Mislim da mi se to urezalo u pamćenje. – Nasmejala se Tulinom užasnutom izrazu lica. – Znam da to nije istina. Sećam se kako mi je Agata potajno davala dodatno parče baklave i govorila da mediteranska ishrana doprinosi dugovečnosti. A i usrećuje. Mama nikad nije izgledala srećno, pa možda ima nešto u tome, jer tih nekoliko puta kada sam videla kumu, ona je uvek bila srećna.

– Agata je bila mudra. Bila je srećna na svoj način. Srećna kod kuće u svom vrtu. To je bila njena ljubav. – Bilo je sete u Tulinim rečima, i Zanta je bila sigurna kako je i u kuminom životu bilo tuge. Zasigurno je bilo usamljenosti, a da li je to bilo pitanje izbora, nije bila sigurna, naročito nakon što je pregledala svežanj ljubavnih pisama.

Tula je stavila ruku na Zantinu mišicu. – Kako ti je mama? Kažeš da nikad nije srećna?

– Nije bila, ali sada jeste. Bilo joj je veoma teško. Mama joj je umrla, izbacila je oca iz svog života, a onda je otkrila da ju je moj tata varao, pa su se razveli.

– Oh, Zanta, žao mi je.

Zanta je slegnula ramenima. – Tako je bilo najbolje jer je upoznala mog očuha, a on je dobar čovek, dobila je s njim dva sina i mogla je da se usredsredi na karijeru, s kojom se mučila kad smo Teo i ja bili mali. Tata je nije podržavao onako kako to čini moj očuh.

– Čime se bavi?

– Ona je projektna menadžerka u velikoj IT kompaniji.

Tula je otpila gutljaj vina i klimnula glavom. – Uvek je bila organizovana i vredna u školi. Uvek bolja od mene. Drago mi je zbog nje. Pozdravi je od mene kad budeš razgovarala s njom.

Zanti se dopao ovaj uvid u mamin život od pre mnogo godina; jedino što ga je kvarilo bilo je saznanje da joj je deda bolestan. Ali Tulino grčko gostoprimstvo i neverovatna hrana bili su upravo ono što je Zanti bilo potrebno. Jedino boravak pokraj mora bi veče učinio još boljim. Voda koja zapljuskuje obalu i slani povetarac bili bi pravo blaženstvo, što ju je podsetilo na to koliko je Agatina vila posebna, s tim pogledom na more i bujnim zelenim vrtom.

Nakon što je obilno jela i pila, Zanta je ustala, očajnički želeći da se olakša. Užasnuto je shvatila da i Dimitris ide u istom pravcu. Bilo bi čudno da se sad samo okrene i vrati nazad kako bi ga izbegla, a i zašto bi to učinila?

Stigli su istovremeno do otvorenih vrata kuće. Zanta je usporila i rukom pokazala ispred sebe. – Izvoli.

– Ne, u redu je. – Odmakao se, prelazeći pogledom preko kamenih ploča.

Zanta je uzdahnula zbog toga što nije bio u stanju čak ni da je pogleda. Promrmljavši hvala na grčkom, ušla je unutra, pronašla kupatilo i zaključala se.

Kada se vratila, Dimitris je ponovo sedeo s Vasilisom, i obojica su imala nove boce piva u rukama.

Zanta se smestila na stolicu pored Tule.

– Šta on ima protiv mene? – rekla je tiho, klimajući glavom prema kraju stola.

Tula je uzdahnula. – Misliš li da je Dimitris problem ili njegova mama?

– Oboje su bili neprijatni, ali pretpostavljam da je mamina prvobitna reakcija sve pokrenula.

Tula je izgledala zamišljeno dok je žvakala poslednji zalogaj slatkaste *alve*. Naposletku je klimnula glavom kao da se odlučila da kaže još nešto.

– Ti i Dimitris ste potpuno različiti. Teško je razumeti pošto je on blizak s mamom, a ti nisi bliska sa svojom.

– Oh, ne bih rekla da nismo bliske... – Zastala je, shvativši koliko to zvuči lažno. Nije znala ništa o porodici s majčine strane jer joj se ona nikada nije poverila. Tula je bila u pravu. Zanta je bila na obodu majčine nove porodice, ulazila je u njihov život i izlazila iz njega, nikada joj ne pripadajući u potpunosti. Ni oca nije često viđala, i mada nije imao još dece, živeo je izdvojeno na severu i provodio mnogo vremena na odmoru sa ženom zbog koje je napustio Zantinu majku.

– Ali kakve to ima veze s njihovim ponašanjem prema meni?

– On voli da se drži ovako. – Skupila se kako bi pokazala Zanti šta misli. Zanta je razumela. Kada je imala problem, volela je da priča o tome, uglavnom s prijateljima, retko s porodicom. Tula ju je savršeno razumela, kao i njenu porodicu.

Zanta je neupadljivo pokazala prema Dimitrisu. – Večeras deluje dovoljno srećno.

– Da, naravno, s prijateljem je, ali ne voli da priča o onome što je ovde. – Pritisnula je pesnicu na grudi. – Razumeš?

– Razumem, ali to i dalje ne objašnjava njihovu reakciju prema meni – nije bila lepa, Tula. Koliko si se ti ljubazno ponašala, oni su bili sušta suprotnost.

– Daj mu vremena. On pati. Bio je blizak sa Agatom, brinuo se o njoj.

– Zaista? Zašto joj je onda kuća bila u onakvom stanju? Očigledno je da joj niko nije pomagao.

– Ne, ne na taj način, odbijala je pomoć. Kažem ti, bila je tvrdoglava. Niko nije ulazio unutra, koliko znam. Ni ja, čak ni Dimitris. Ali pomagao joj je na mnoge druge načine, a i ona njemu. Dimitris pomaže svima, mami, Agati – velikodušan je sa svojim vremenom i veštinama. Pomaže ljudima oko vrtova. To je lepo, ali loše za njega, ne valja kad radi besplatno, a potrebno mu je više posla. Ponekad je previše dobar...

Muzika je odjednom ispunila vrt, prekidajući njihov razgovor. Iz CD plejera smeštenog na prozorsku dasku treštala je grčka muzika koja je istog trenutka nadglasala žamor. Razgovori su se nastavili, ali glasnije.

Zantin pogled je odlutao prema Dimitrisu koji je bio udubljen u razgovor s Vasilisom, njihovo dobronamerno šegačenje ukazivalo je na njegovu vedriju stranu. Agata je sigurno imala dobar razlog da mu ostavi deo vrta, i nesumnjivo je postojao razlog što je njegova mama mislila da je trebalo da mu ostavi celu vilu, posebno ako je istina da se Dimitris brinuo o Agati. Setila se oštre primedbe koju je uputila Dimitrisu o tome kako je izneverio Agatu ne pomažući joj. *Dođavola.* Iskapila je ostatak vina i ponovo napunila čašu. Nije joj čak ni palo napamet da i on možda tuguje.

Nekoliko članova porodice napravilo je krug na travnjaku. Udaljeni od terase osvetljene lampionima, lica su im bila u senci, ali je njihova radost bila očigledna dok su tapkali u ritmu muzike, a smeh je odjekivao u noći. Maglovite uspomene na grčko venčanje na kojem je Zanta bila kao mala vrzmale su joj se po glavi dok se Tulina porodica hvatala za ruke i počinjala da se kreće u krugu. Njen tata je tiho pijuckao pivo i odbijao da ga uvuku u kolo. Isto se ponašao i kod kuće na venčanjima i zabavama, kada se ne bi pomerao s mesta.

Tula je gurnula laktom Zantu i širom otvorenih očiju joj pružila ruku. – Voliš da igraš, zar ne?

– Volim. – Za razliku od njenog oca, studentkinja glume Zanta obično je prva izlazila na plesni podijum. Uhvatila je Tulu za ruku i ustala. – Ples je deo mog posla.

– Ah, onda će ti ovo biti lako.

Bilo je nemoguće odoleti Tulinom poletu ili slavljeničkom raspoloženju.

Stigle su do grupe na travnjaku i Tulin muž ju je uhvatio za drugu ruku.

– Samo me prati! – rekla je Tula dok su pravile korak ulevo.

Ritam muzike je prolazio kroz Zantu. Kako se melodija ubrzavala, zarumenjena lica članova Tuline porodice postajala su sve srećnija. Podsećalo ju je to na predstavu i Zanta je sve upijala, to je ono što voli, da se prepusti nečemu i ne brine šta bilo ko drugi misli. Isto je bilo i na pozornici, postajala je junakinja koju je glumila i prepuštala se predstavi. Dok ju je muzika obuzimala, verovala je svojim nagonima, pratila ritam i sledila Tulino vođstvo. Muzika se promenila i dok je Tula izlazila iz kruga Marika je zauzela njeno mesto. Toliko je uživala da nije primetila kada je Tulin muž nestao sve dok Dimitrisova ruka nije bila u njenoj, topla i čvrsta. Krug se pomerao ka unutra i Zantino srce je ubrzano zakucalo kada se Dimitrisova ruka na trenutak spustila na njeno golo rame. Da li je on izabrao da pleše pored nje, ili ga je neko naterao da im se pridruži?

Zanta se nije sećala ovakvog grčkog plesa kod svojih bake i deke. Zasigurno je bilo dosta razgovora do duboko u noć, ali nikada ovoliko bezbrižne sreće.

Odlučivši da preskoči sledeću igru, Zanta je pustila Dimitrisovu i Marikinu ruku i vratila se za sto. Popila je čašu vode i posmatrala kako se igranje nastavlja. Poželevši da je mogla to da predvidi i ponese foto-aparat, fotografisala je telefonom. Plesači su bili vrtlog boja, a noge su im se kretale istovremeno. Uhvatila je njihove radosne osmehe i kapi znoja koje su se slivale niz zarumenele obraze, primetila je Dimitrisov zadovoljan izraz lica, i pretpostavila da se potpuno prepustio muzici, pustivši stopala davno naučenim i uvežbanim koracima. Fotografisala ga je. Uokvirenog lika na ekranu, sa ozarenim osmehom na licu koji kao da mu je sezao do očiju, videla je njegovu drugačiju stranu, opuštenu i srećnu s prijateljem, u društvu Tule i njene porodice. Daleko od mame...

Kada je plesanje prestalo, muzika je nastavila da svira, prateći noćni bruj insekata. Tuline dve ćerke i kenjkavi Giorgos pridružili su se Zanti za stolom kako bi žene popile po čašu slatkog lokalnog vina, i tek kad Marika više nije uspevala da suzbije zevanje, Zanta je odlučila da je vreme da pođe. Uzela je torbu i telefon i otišla do Tule, koja je razgovarala s muškarcima ispod velikog duda.

– Ideš? – upitala je Tula.

Zanta je klimnula glavom. – Mnogo vam hvala što ste me ugostili. Bilo je divno.

Tula je ustala, stavila ruku oko Zantinog struka i povela je bliže grupi. – Moraš nam se ponovo pridružiti. – Okrenula se prema Dimitrisu i rekla mu na grčkom. – Dimitri. Isprati Zantu do kuće.

– Ja, uh – rekao je sa zabrinutim izrazom lica.

– Ne treba, Tula. – Zanta joj je stavila ruku na mišicu. – Mogu sama da se vratim... radim to stalno u Londonu.

Tula je coknula jezikom. – Nismo u Londonu i oboje sada odlazite, pa zašto je onda problem da idete zajedno? – Podigla je ruke u vazduh i pogledala između njih. Zanta je ćutke potvrdila da je u pravu. – Ne morate čak ni da razgovarate ako ne želite.

Čak ni Dimitris nije mogao da se pobuni protiv toga. Tula je ulivala strahopoštovanje i bila je u pravu. Živeli su jedno pored drugog, oboje su išli kući, pa u čemu je problem?

Pošto je poljubila Tulu za rastanak i ponovo joj se zahvalila, Zanta je primetila kako se Dimitris i Vasilis došaptavaju. Naravno, znala je da je *ona* problem. Neprijateljstvo koje je osećao prema njoj kao da je izviralo iz njega.

Dok su pozdravi „*kalinikta*" odzvanjali u noći, Zantino srce je potonulo. Bilo je to samo petnaest minuta hoda, ali pretpostavila je da će se činiti mnogo duže, s tišinom između njih, potpuno suprotnoj smehu koji su ostavili za sobom.

Cvrčanje cvrčaka im je pravilo društvo. Zalajao je pas, a zvuk s televizora dopirao je kroz otvoren prozor obližnje kuće. Razgovor i zveket escajga iz taverne ispunili su trg. Dok su ćutke napuštali selo, napetost je postala nepodnošljiva. Što su dalje hodali, Zanti je bilo sve teže da smisli šta bi mogla da kaže.

– Da li dugo poznaješ Vasilisa? – rekla je napokon, iako joj je glas zadrhtao.

– Od detinjstva.

Odjednom joj je palo na pamet kako to što Dimitris poznaje Tulu može značiti da poznaje i njenu porodicu, a možda se seća i njene majke. Upinjala se da se priseti vremena kada je boravila ovde. Koga je sretala? Tula je rekla da se igrala s njenom decom. Da li je Dimitris takođe bio tamo?

– Koliko imaš godina? – upitala ga je.

Dimitris ju je pogledao. – Trideset jednu. Zašto?

– Pokušavam da dokučim da li smo se sreli kada sam kao dete dolazila na Kefaloniju.

– Sumnjam.

– Zašto? Istih smo godina. Posećivali smo Agatu, a pretpostavljam da ste oduvek bili komšije?

– To je porodična kuća.

– Upravo tako.

– Ne sećam se da sam te upoznao.

Bože, baš je težak za razgovor.

Put koji je vodio izvan sela bio je obavijen tamom. Tulina zamisao da se zajedno vrate nazad bila je glupa. Više nije mogla da drži jezik za zubima.

– Ovo je smešno, isključuješ me svaki put kada pokušam da pričam s tobom.

Kao da je hteo da potvrdi njenu tvrdnju, Dimitris je ubrzao korak kao da očajnički želi da stigne kući i pobegne od nje.

Njegova reakcija ju je samo još više razljutila, ali setivši se razgovora s Tulom o njegovom odnosu sa Agatom, duboko je udahnula kako bi se smirila. Uhvatila je njegov korak. – Samo želim da razumem zašto si toliko ljut što mi je ostavljena kuća.

Dimitris je stao i okrenuo se prema njoj. – Nije me briga za kuću. – Glas mu je odjekivao u noći. Sa sjajem mesečine iza sebe, i licem u senci, izraz mu je bio nejasan, ali primetila je da ruke steže u pesnice. – Meni je bilo stalo do Agate.

Zantu je iznenadila ganutost u njegovom glasu, potvrđujući njenu raniju pomisao kako možda i on tuguje. – Žao mi je. Samo sam htela da razumem... – Osećala je kao da se saplice o sopstvene reči. Toliko toga je želela da otkrije, ali je znala kako mora postupati pažljivo. – Živeo si u komšiluku, zašto joj nisi više pomagao?

– Pomagao sam koliko je bilo u mojoj moći. – Ponovo je krenuo putem.

– Zaista? – Preplavio ju je nalet besa dok ga je sustizala. – Ako se pogleda stanje u kojem je kuća bila, čovek ne bi pomislio da je imala ikakvu pomoć.

– Zato što mi nije dozvoljavala uprkos stalnim pokušajima.

– Ali zašto je vrt tako lepo uređen, a unutrašnjost kuće nije?

– Zato što mi jedino oko toga nije dozvoljavala da joj pomognem. Obožavala je svoj vrt... više od svega. – Dimitris ju je pogledao. – Odbijao sam da mi plati za rad u vrtu, ali možda je trebalo da uzmem neki novac jer bi joj tako možda bilo draže da joj pomognem i u kući.

Zanta se prisetila pisama koja je Agata pisala, uvek s barem jednim pasusom posvećenim onome što trenutno cveta u vrtu ili onome što je posadila. I shvatila je kako je često pominjala Dimitrisa, samo kao „vrtlara", ali očigledno je bio prisutan u njenom životu.

– Vrt je prelep – rekla je Zanta dok su skretali na stazu koja je vodila do vile. – I nastavio si da se brineš o njemu, čak i nakon što je ona umrla.

– Nisam želeo da vidim kako propada. Volela je privatnost, i to sam poštovao, ali bila mi je prijateljica. Više od prijateljice. – Zvučao je zaista potreseno. – Gledao sam na nju više kao na baku. Na *yia-yia* koju nisam imao. Na nekoga s kim sam mogao da razgovaram. Mislim da je i ona volela da priča sa mnom.

Usporili su kad su stigli do puteljka koji je vodio do vile. Dalje niza stazu, kroz drveće se naziralo svetlo iz Dimitrisove kuće.

– Šta si mislio pre neki dan kada si rekao da nisam ja problem?

– Možda je mama previše stroga. Ne mislim uvek isto što i ona, ali ponekad je teško znati šta je istina, a šta nije. – Zastao je. – Ono što ti je tada rekla nije bilo u redu.

– Šta, onaj deo o tome kako sam ovde samo da bih zaradila novac?

– Misli da je Agata trebalo meni da ostavi kuću. I možda previše slušam mamu. – Slegnuo je ramenima. – Nisam joj porodica.

– Objektivno gledano, nisam ni ja.

– Nisi, ali si njena kumica i mnogo si joj značila. Mama nije razgovarala sa Agatom kao ja, tako da ne razume.

Bio je red na nju da bude ganuta njegovim rečima.

Pogledao je prema mračnoj vili. – Možeš da uđeš sama? – upitao ju je pre nego što je stigla da odgovori.

Preplavila ju je toplina zbog njegove iznenadne brige i neuobičajeno blagog tona glasa. – Sve je u redu, hvala ti. Sada imam struju i rasvetu koja radi. – Samo što nije pošla, ali se okrenula. – Ne želim da misliš da sam samo upala ovde i kako sređujem Agatinu kuću, a da i ne pomišljam na nju. Možda je dugo nisam videla, ali smo se dopisivale otkad sam bila dete. Kao i tebi, i meni je bilo stalo do nje. Nisam je tako dobro poznavala kao ti, ali uvek je bila deo mog života. Poslednje što sam očekivala je da mi ostavi kuću.

Dimitris je klimnuo glavom, njegov izraz lica ponovo su skrivale senke. – *Kalinikta*, Zanta.

– *Kalinikta* – otpozdravila je dok je odlazio. Gledala ga je kako se udaljava, blago pognutih širokih ramena, kao da se bori s velikim teretom. Uzdahnuvši, uputila se prema vili i krevetu, dok joj se milion misli rojilo po glavi.

12.

Zanta je bila zadivljena što su se radnici pojavili rano u ponedeljak ujutro, kao što su i rekli. To joj je ulilo nadu kako će renovirati kuću bez previše problema i da će, čim se popravi krov, ukloni pregradni zid između kuhinje i dnevne sobe i završi malterisanje, sve okrečiti pre nego što pozove procenitelja.

Počinjala je druga nedelja njenog boravka na Kefaloniji i Džud joj je mnogo nedostajao, iako su se svakodnevno dopisivali i razgovarali kad god su mogli. Ono malo što joj je Tula rekla o prekidu svake veze njene majke sa svojim ocem takođe joj se vrzmalo po glavi. Saznanje da joj je deda sâm i bolestan ju je pogodilo. Sada joj se činilo nemogućim da ponovo uspostavi odnos s njim, ali svejedno je želela da ga vidi, isto koliko i da razgovara s majkom o onome što je saznala.

Sakis, znatiželjnog pogleda, uspešno joj je skretao pažnju s briga. Nakon što se mesecima osećala bezvredno, kao i da nije lepa, seksepilna, poznata, pa čak ni dovoljno mlada da bi bila devojka Ostina Kartera, bilo je uzbudljivo što je privukla pažnju zgodnog muškarca. Kada je shvatila koliko ju je Ostinova izdaja duboko povredila, nije ga bilo teško preboleti – barem fizički. Jednom prilikom kad je izašla posle predstave započela je razgovor s fitnes trenerom pored kojeg se osećala dobro. Nakon noći brzog i strastvenog seksa, probudila se sledećeg jutra bez kajanja, odlučna da Ostin može da ide dođavola. Ali veza za jednu noć nije značila ništa u poređenju s tri godine provedenih s nekim za koga je mislila da će biti s njom do kraja života. Još nije mogla da izbaci Ostina iz glave, ali nije bila sigurna da li je to zato što joj je nedostajao on ili ljubav i ljubavni odnos, zbog čega joj je očijukanje sa Sakisom toliko prijalo. A on joj je olakšavao: zadržavajući prste duže nego što je potrebno dok mu je pružala piće, krišom joj namigujući kad njegov ujak ne gleda. Uživala je u Sakisovim sugestivnim pogledima i povremenom blesku preplanulih zategnutih trbušnjaka dok je brisao znoj donjim delom majice. Uspostavili su ugodan ritam rada, Nikos i Sakis su radili na krovu, a ona gulila staru boju s kuhinjskih ormarića.

Iako su zidari radili na vili *Aster* samo nekoliko dana između drugih poslova, bilo je lepo videti kako se izgled Agatine kuće popravio. Ograda koju je Dimitris pravio takođe je napredovala, doduše polako, jer je na njoj radio samo kratko uveče kad zahladi. Kada su zidari otišli, Sakisova zavodnička namigivanja, svetlucave oči i zgodan izgled zamenio bi Dimitris nekoliko sati kasnije, jednako zgodan, osim što su jedva progovarali. Zanta bi ga glasno pozdravila sa – *yasou* i mahnula, a Dimitris bi uzvratio podizanjem ruke. Nije bilo mnogo, ali bilo je bar nešto. Pitala se šta mu prolazi kroz glavu dok radi sâm u tišini. Nije izgledalo kao da sluša muziku. Bio je udubljen u misli dok je zakucavao letvicu između razmaknutih kočeva, a onda bi prešao na sledeću. Osetila je da voli da se osami.

Zato je bilo primetno kada u petak uveče Dimitris nije bio u vrtu, a njegov kamionet nije bio parkiran na prilazu. Zapitala se gde je. Bilo je smešno koliko je bila srećna zbog pomisli kako je izašao s društvom i da nije zaglavljen kod kuće s majkom. Međutim, zbog toga su joj u tom trenutku očajnički nedostajali njeni prijatelji.

Stigao je i vikend, njen treći na Kefaloniji, i Zanta je odlučila da više ne odlaže posetu dedi. Tula joj je dala ime staračkog doma i pozvala je prethodno da se najavi.

Lučki grad Argostoli, glavni grad ostrva, bio je udaljen sat vremena vožnje. Sunčana obala bila je puna ljudi. Duž širokog trotoara bile su načičkane palme s klupama između stabala, a prekoputa zaliva maglovito su se zelenela brda.

Starački dom je bio u skromnoj zgradi krem boje s prozorima sa šalonima i balkonima sa ogradama od belog kovanog gvožđa, koji su se uklapali s mnogim drugim duž obale. Daleko od toga da joj je deda živeo na lošem mestu, ali to nije bio njegov dom. Zanta je zastala pre nego što je prešla ulicu, iznenada nesigurna da li radi pravu stvar. Još nije razgovarala s mamom, njihova jedina komunikacija bilo je nekoliko razmenjenih poruka o tome kako joj ide sređivanje Agatine kuće i šta rade Džejkob i Arči. Kako će deda reagovati kad je bude video? Da li će je uopšte prepoznati? Susret s njim nakon toliko vremena činio joj se kao veliki događaj pošto još nije znala istinu o tome šta se dogodilo između njega i mame. Kolike su šanse da će on biti u stanju da joj to kaže? Činilo joj se pogrešnim da uđe unutra, a da mama ne zna za to. Zbunjena sopstvenim mislima i osećanjima, vratila se u automobil i pozvala starački dom da se izvini što neće moći da dođe u posetu.

Još je bilo rano, pa je Zanta odlučila da na povratku svrati na plažu Mirtos ne bi li se opustila. Uspela je da se snađe po vijugavom putu dok se spuštala strmim brdom. Tula joj je predložila da ode rano jer su kasnije tokom dana talasi postajali veći, ali uprkos tome što je plaža bila srazmerno puna, pored mora koje mirno zapljuskuje belo kamenje osetila je smirenje koje nije očekivala.

Uspela je da pronađe ležaljku dovoljno daleko od drugih ljudi, tako da se njihovo ćaskanje čulo u pozadini nasuprot stalnom zapljuskivanju vode. Ispred nje bilo je samo blistavo more, koje je u daljini postajalo tamnoplavo, a sa tri strane su se uzdizale visoke bele litice sa smaragdno-zelenim drvećem.

Iz bara na plaži do nje je došao mladić bronzanog tena da primi narudžbinu. Kada se vratio s ledenom kafom mangupski ju je odmerio i zavodnički namignuo.

Još je bilo rano u Engleskoj, ali Zanti je bilo potrebno da čuje prijateljski glas. Pozvala je Džuda, pretpostavljajući da se neće javiti ako još spava.

– Hej, ne uznemiravam te, zar ne?

Džud je gunđao. – Ako me zapravo pitaš da li je seksi muškarac u mom krevetu, razočaraćeš se kao i ja.

– Previše radiš da bi upoznao nekog.

– Srećem mnogo muškaraca, samo me nijedan od njih ne privlači, ili ih ne zanimam. – Zamislila je njegov izraz lica.

– Da, pa, jako mi je dobro poznat taj osećaj. – Zanta se naslonila na ležaljku i gledala kako se svetlucavo plavetnilo Jonskog mora susreće s cijan-plavom bojom neba. – Takođe sam potcenila koliko će mi nedostajati da budem okružena ljudima, i ne govorim samo o muškarcima. Mislila sam kako mi je potrebno vreme za sebe, i verovatno mi treba, ali možda mnogo vremena provedenog u samoći i nije zapravo toliko od pomoći. Nedostaješ mi.

– I ti meni nedostaješ. – Neuspešno se trudio da zaustavi zevanje. – Nije uobičajeno za tebe da se ne sprijateljiš s nekim.

– Srela sam nekoliko druželjubivih ljudi.

– Nekog posebnog?

Zanta je primetila prikriveni nagoveštaj u njegovom glasu.

– Samo Tulu, vlasnicu kafea. Brinula se o meni. Lepo je, znaš, imati nekog takvog.

– Majčinska ljubav...

Da li joj je to nedostajalo? Mama ju je volela, i bila uz nju kada je bilo potrebno, ali to je i bila suština. Trebalo je da se pojave stres ili uzrujanost kako bi njih dve valjano razgovarale. Nije bilo redovne komunikacije, dugih razgovora ili iznenadnih poziva – osim naravno kad bi mami nešto bilo potrebno. Tula je imala ljubavi u izobilju, koja je prevazilazila njenu porodicu i dočekala je Zantu raširenih ruku uprkos tome što ju je Zantina mama povredila u prošlosti.

Zanta je uzdahnula. – Kad smo već kod mame, moram da pričam s njom o dedi, ali plašim se da pokrenem tu temu. Saznala sam da ima Alchajmerovu bolest.

– Ozbiljno?

– Da. Pokušala sam jutros da ga posetim, ali dok sam stajala ispred staračkog doma sve mi je delovalo previše stvarno. Bila sam zabrinuta kako će on reagovati i šta će mama misliti. Plašila sam se da ga vidim.

– Oh, Zanta, to je teško. – Džud je zastao. – Ipak, dobro si postupila ako si se tako osećala, ali ne možeš to prenebregavati, inače će postati još veći problem. Trebalo bi da razgovaraš s mamom – i budi iskrena.

– O, bože, znam. – Zanta je uznemireno protrljala čelo. – Nalazim se na jednoj od najlepših plaža na svetu, a toliko sam prokleto napeta.

– Tebi je, draga moja, potrebno skretanje pažnje. Da li ti se još neko dopao tamo? – pitao je Džud šeretski. – Znaš, od one vrste visokih, tamnoputih i seksi muškaraca?

Iznenađujuće, prvo joj je Dimitris pao na pamet, prizor kako zabija ašov u tvrdu zemlju, kapljica znoja koja mu se sliva niz lice i zadržava mu se u čekinjastoj bradi. Nije imala nameru da ga spomene. Sakis, mišićavih ruku i manekenskog izgleda ubrzo joj je zaokupio misli, izazivajući u njoj talas požude. Dimitris ju je zbunjivao i bio problematičan, dok su Sakisove zavodničke namere bile neposredne i zapravo dobrodošle. Ispunjavao je sve zahteve za očijukanje. – Jedan od zidara je sladak.

– Sladak-sladak ili đavolski seksi-sladak?

– Ovo drugo. Pravi zavodnik, takođe.

– Što pretpostavljam da uzvraćaš istom merom?

– Glumim nezainteresovanost, a osim toga nisam sigurna. Da li je to dobra zamisao? Nedavno mi je slomljeno srce.

– Oh, ma hajde, Zanta! Stvarno više treba da se otkačiš od Ostina.

– Otkačila sam se.

– Pijana noć s gospodinom „vidi mi mišiće, ja sam fitnes trener, kako se ono zvaše" ne znači da si krenula dalje. Mislim, da li se uopšte sećaš toga?

– Sećam se mnogo stenjanja.

Džud je prsnuo u smeh. – I ja se sećam da sam čuo mnogo stenjanja!

– O, bože. – Zanta je pokrila lice. – Baš nije bio moj tip.

– Nemoj da te je sramota. Šta god da si mislila o njemu i koliko god je to bilo nepromišljeno, pomogao ti je da se odvojiš od Ostina. Samo kažem da bi bilo dobro da kreneš dalje i da se pritom zabaviš dok to radiš. Zaboravi na krelca Ostina.

– Manje razmišljam o njemu. Pretpostavljam da je to nešto.

– Ono što ti treba je žestok seks.

– Zaista to misliš?

– Šta te sprečava?

Zanta je namreškala nos i promrdala prste na nogama, jedini deo tela koji joj je bio na suncu.

– Bilo šta da preduzmem delovalo bi malo neprofesionalno, zar ne? Plaćam ih da obave posao. Osim toga, dvojica ih je, a stariji tip mu je ujak, tako da od toga neće biti ništa.

– Ali ipak možeš da maštaš...

– Oh, to svakako radim u izobilju – uzdahnula je. – Ne postoji savršen odgovor na bilo šta, zar ne?

– Na šta misliš?

– Mislila sam kako želim da se osamim, ali i to ima svoje izazove, dok u Londonu nisam mogla da podnesem osećaj kako me prepoznaju i pričaju o meni. Verovatno pokušavam reći da ne znam šta želim. – Čak i ovde, na jednoj od najlepših plaža u Grčkoj, njeni problemi su i dalje tiho brujali u pozadini. Niko ne može sasvim da pobegne od stvarnog života. Džud je bio u pravu. Moraš se suočiti sa situacijom, doneti odluke i naposletku krenuti dalje. *Naposletku* je ključna reč. Imala je vremena. To je bio pravi razlog dolaska na Kefaloniju – pružiti sebi dovoljno vremena kako bi razmislila... pa, o svemu. Da prihvati to što oseća prema Ostinu i odvoji se od njega umno, fizički i emocionalno. *Seks sa zgodnim grčkim zidarom bi pomogao*, pomislila je s gorčinom. Trebalo joj je vreme da se odvoji od pritisaka i uobičajene kolotečine. Nije ni čudo što nije imala hrabrosti da vidi dedu.

Ponovo se usredsredila na Džuda.

– Nikad nije ni trebalo da bude lako, Zanta, svi smo to znali. Uključujući i tebe. –Ton mu je bio blag, ali svidelo joj se što govori iskreno. – Možda si mislila da je to prilika da pobegneš, ali nije kao da si otišla u neki raskošni spa centar – renoviraš kuću. U Grčkoj, doduše, ali ipak... Kada je neki građevinski projekat ikada išao po planu?

– Šta ti znaš o renoviranju kuća?

– Za jednog gej glumca znam dovoljno.

Zanta je prasnula u smeh pri pomisli na Džuda kako zdušno riba Agatinu kuću ili kreči zid.

– Treba ti malo poznatog okruženja i udobnost doma.

Zanta je zastenjala. – Pričaj mi o tome.

– Pa sam zato rezervisao karte...

Zantina cika ga je prekinula.

– ... i dolazim u petak.

– Petak, misliš ovaj petak?

– Da. Za samo šest dana.

– O, bože, Džude, to su najbolje vesti! Hvala ti.

– Nema potrebe da mi zahvaljuješ. Osim što ću te videti, sebično se radujem nedelji u Grčkoj, tokom koje ću se sunčati, posmatrati lokalne frajere – uključujući zidare – i, naravno, pomagati ti. Sve pod uslovom da nekoliko večeri izađemo u provod.

– Dogovoreno. – Zanta nije mogla da suzdrži osmeh. – Iako ćeš, osim zidara, možda biti razočaran lokalnim Grcima. Oni koje sam dosad upoznala su stari, u braku ili prokleto teški. – Uključila je i Dimitrisa u tu grupu, iako je znala da bi se Džudu dopao. I Vasilis... zapravo, dopašće mu se ovde. – Oh, i znaš da nema bazena.

– Nema bazena! Onda ne dolazim – uzdahnuo je Džud. – Šalim se, naravno da stižem. Bazen ili ne, čak i bez seksi muškaraca!

– Takođe, možda bi radije spavao napolju nego u kući...

– Toliko je loše?

– Sunce sija i do plaže se stiže peške.

– Znači, prava rupa, kapiram.

– Zapravo, u poređenju sa stanjem u kojem je bila kada sam stigla, sada je kao palata, ali nema klima-uređaja, samo ventilatori na tavanici, i veoma je vruće, no osim toga...

– Pa, ovde lije kiša, tako da mi preznojavanje zvuči privlačno.

Nakon što su razgovarali još nekoliko minuta, pozdravili su se. Zanta se osećala okrepljeno. Očajnički joj je bilo potrebno da vidi poznato lice, i Džudov dolazak će joj pomoći da njene brige nestanu i da se suprotstavi neprijateljstvu koje je dosad doživela od određenih ljudi.

13.

Nakon vikenda koji je provela sama i ohrabrena vešću da joj Džud dolazi u posetu, Zanta se u ponedeljak ujutro probudila rano sa obnovljenim osećanjem svrhe, jedva čekajući da nastavi s radom na vili.

Upravo je završila doručak, grčki jogurt i voće, kada je čula da se kombi zidara zaustavlja na stazi. Zaklonila je oči rukom dok je Sakis lagano obišao ugao vile. – Danas si samo ti? – upitala je osetivši leptiriće u stomaku.

– *Naí, móno egó.* – Po načinu na koji je odgovorio na grčkom, rekavši „samo ja", dok ju je upijao pogledom, nesumnjivo je znala o čemu je mislio. – Jel' to u redu?

– Naravno. – Spustila je pogled. – Samo želim da se posao u kući završi.

Bio je previše lep dan da bi bila zatvorena unutra, a pošto je Sakis popravljao malter na kamenim zidovima s bočne strane kuće, i nije imala osećaj da je neprestano posmatra dok je slušala muziku na terasi bruseći kuhinjski ormarić s kojeg je tek skinuta boja. Mada joj to ni najmanje ne bi smetalo.

Dan ju je obavijao vrelinom koliko i Sakis pogledima. Tokom prethodne nedelje su se sve češće zagledali, a dok je prelazio s prednje strane kuće, da bi popravio malter oko prozora, videla je kako je svlači u mislima. Mada, da bude pravedna, isto je i ona radila njemu. Za početak, nije ni bio mnogo obučen. Bez ujaka u blizini, skinuo je majicu ubrzo nakon što je stigao. Bio je neodoljivo privlačan, a razgovor sa Džudom o seksu sa zgodnim zidarom bio joj je čvrsto urezan u pamćenje. Da li bi to zaista bilo loše?

Naravno da je to bila loša zamisao, ali nije mogla da se oslobodi te misli. Osim ljubaznih pozdrava ili razgovora o građevinskim radovima s Nikosom, jedva da je progovorila sa Sakisom, a opet, način na koji je delovao na nju... Bilo joj je dosta da se oseća neprivlačnom jer nije bila dovoljno dobra za Ostina Kartera. Nekada je bila samouverena, nekada se osećala seksi i privlačno, ali Ostinova prevara je to uništila, postala je predmet ogovaranja, podsmeha, poniženja i sažaljenja.

Seks sa Sakisom bio bi zabavan i jednostavan. Bez obaveza. Htela je da izbaci Ostina iz glave, želela je da se ponovo oseća privlačno i dobro u svojoj koži, želela je da očijuka.

Dan je bio topliji nego na plaži Mirtos, bez daška vetra, samo joj je sunce milovalo kožu. Do ranog popodneva, Zanta se presvukla u bikini i ponovo navukla šorts, a zatim napravila dva frapea. Iznela ih je napolje.

– Mislila sam kako bi nam dobro došlo nešto da nas rashladi. – Zanta je stavila čašu na sto na terasi i pogledala Sakisa u oči pijuckajući hladnu, slatku i kremastu kafu.

Sakis je spustio mistriju i lagano prišao, bez majice, mišići grudi sijali su mu se na isprekidanoj sunčevoj svetlosti. Posegnuo je iza nje kako bi uzeo frape, a ona je udahnula njegov vreo, omamljujući miris. Nije odvajao pogled od nje dok je otpijao gutljaj. Bio joj je tako blizu da je mogla da ga dodirne ako bi se usudila. Srce joj je lupalo u grudima, dok su joj razni prijatni osećaji prožimali telo.

Spustio je niže pogled, zadržavajući se na gornjem delu njenog kupaćeg kostima. Tačno je znala šta radi kada se presvlačila. Preplavilo ju je napeto iščekivanje.

Vrt je svetlucao na popodnevnom suncu, a okolno zelenilo je mirovalo, jedino su ptice lepršale između drveća, a debela pčela je lenjo zujala oko ljubičastog timijana.

Ćutali su. Silinu trenutka rasplamsavali su njihovi pogledi. Da li će on napraviti prvi korak, ili bi trebalo da ona to uradi?

Uzela je njegovu čašu i stavila je sa svojom na sto. Njegov razvučeni osmeh govorio je sve. Prišao joj je, i čim mu je uzvratila poljubac, lagano je kliznuo rukama po njenoj koži. Zantini nagomilani nezadovoljstvo i bol nestali su u sudaru radoznalih jezika i požude.

Milujući je po bokovima, svukao joj je gornji deo bikinija. Žmureći, Zanta je istraživala njegovu vrelu kožu i nepoznato telo. S lakoćom ju je podigao na sto i smestio joj se između nogu.

Dođavola, nadam se da će sto izdržati. Zamalo se nije nasmejala smešnom neseksepilnom prizoru u glavi kako padaju na beton – potres mozga i polomljene kosti nisu baš romantični... Trebalo bi da odu unutra, negde gde imaju privatnost, iako joj se nije svidela zamisao da vode ljubav u Agatinoj sobi. U glavi joj je vladala zbrka dok je stezala njegova mišićava ramena, a telo pokušavalo da razluči zbrkana osećanja. Sakis ju je poljubio u vrat i snažno pritisnuo prepone uz njene.

– Sakise! – Oštar glas se prolomio preko trema. – *Ti kánis!*

Brzo su se razdvojili, kao da ih je ubola sanjiva pčela koja je kružila oko cvetova timijana. Sakis je brzo povukao ruke sa Zantinih grudi, ostavljajući je da se snađe i pokrije. Skliznula je sa stola, uspravila se i susrela s gnevnim pogledom komšinice.

Dođavola, dođavola, dođavola, dođavola.

– Ovo zoveš odavanjem počasti svojoj kumi? – Irida se obrecnula na grčkom, pogleda uprtog u Zantu, nateravši je da poželi da se trem uruši i proguta je.

Vrelina joj je jurnula u obraze. Naposletku je došla do glasa. – Zaista mislim da vas se to ne tiče – rekla je na engleskom, previše uznemirena da bi pokušala da govori grčki.

Sakis je namestio šorts, uzeo frape i opušteno otpio gutljaj.

– A ti – rekla je Irida otrovno, okrećući se prema njemu. – Trebao bi da se stidiš. Muškarac koji vara suprugu je ništarija. Nije uopšte muškarac!

Zantin stid se pretvorio u bes dok se okretala ka njemu. – Oženjen si?

Sakis nije obratio pažnju na nju i preklinjućim tonom se obratio Iridi. – *Se parakaló, min peis káti stin yenaíka mou.*

Naravno da je želeo da Irida ništa ne kaže njegovoj supruzi. Zanta mu je pogledala ruke, nije bilo burme. Naravno, to nije ništa značilo. Zašto joj nije palo na pamet da pita? Zato što je bio mlad, izuzetno privlačan i od trenutka kada ga je prvi put ugledala davao joj je do znanja kako želi da je zavede. Uživala je u tome. Zaslepljena požudom i željom da se oseća bolje, nije razmišljala dalje od toga. Sada joj se sve to neverovatno obilo o glavu. Grozno se osećala.

Usamljenost i loša procena dovele su je do toga da skoro spava sa oženjenim muškarcem, a sada je osećala kako je osuđuje komšinica koja je već ionako mrzi.

– Moraš prestati da se ovako ponašaš! – Irida je bila zaista besna, preplanuli obrazi poprimili su joj boju cvekle, dok je razgovarala sa Sakisom kao da je nevaljali dečak. – Imaš suprugu i ćerku o kojima moraš da razmišljaš.

O bože, situacija je postala još gora. Zanta je posumnjala da je on mlađi od nje. Zasigurno se ponašao kao samouveren mlad čovek raspoložen za dobar provod, ali svakako nije pomislila da ima suprugu kod kuće, a kamoli dete.

Uznemirena što ju je Sakis prevario, skrenula je pažnju s njegovih golih prsa na Iridu.

– Zašto ste uopšte došli? – Zanta nije nameravala da zvuči tako ljutito, ali s obzirom na okolnosti, bilo je to teško izbeći.

Irida je stisnula usne. – Došla sam jer sam pre neki dan govorila nepromišljeno. Dimitris je rekao da sam prebrzo donela sud, ali... – Prostrelila je pogledom između Zante i Sakisa. – Možda sam bila u pravu.

Zanta je bila zatečena. Dakle, došla je s namerom da se izvini, a njeni postupci su samo pogoršali celu situaciju. Sada, kada joj srce više nije tako snažno lupalo, primetila je da Irida u rukama drži *taperver* kutiju – nije to bila Zantina boca vina u znak pomirenja, nego verovatno domaće đakonije. Pošto je Irida i dalje izgledala užasnuto, Zanta je bila uverena da je zbog njenog i Sakisovog ponašanja uništena svaka mogućnost da nastave dalje nakon onog nesrećnog prvog susreta.

Irida je netremice posmatrala Sakisa. – Kada ćeš prestati sa ovakvim ponašanjem? – odmahnula je glavom. – Moraš se promeniti zarad svog braka.

Gledali su je kako odlazi, sitna, pogrbljena i nekako ranjiva uprkos oštrom jeziku. Bila je vitka, ali obučena u odeću zagasitih boja koja joj je dodavala godine: crnu, sivu, prirodne prelive braon i krem, uzdržana i bezbojna, za razliku od svoje vatrene ličnosti. Bilo je i neke tuge u njoj, kao da u sebi nosi veliku bol.

Nakon nekoliko kratkih minuta strasti, Zanta se sada osećala budalasto što je podlegla Sakisovim čarima. Ali nije mogla da ga zaobiđe.

Čim je Irida odmakla i nije mogla da ih vidi niti čuje, Zanta se okrenula prema njemu.

– Oženjen si – ponovila je, odmahujući glavom. – Šta to, dođavola, radiš?

Nekako je uspeo da istovremeno izgleda krivo i razočarano. Zanta se tešila time da je moglo biti gore, da je Irida došla nekoliko minuta kasnije, ko zna kako bi ih zatekla. Zanta je bila hirovita i nepromišljena. Kako je mogla i pomisliti da bi zavođenje zidara koji radi na renoviranju kumine kuće bila dobra zamisao? Trebalo je barem da ga uvede unutra. Osetila je vrelinu na koži. Duboko je udahnula, bila je mlada i slobodna, i iako odlazak u krevet s muškarcem kojeg jedva poznaje možda nije bio najmudrija odluka, nije uradila ništa pogrešno – za razliku od njega.

– Razumela si šta je rekla? – pitao ju je Sakis na engleskom.

– Da. – Zanta je klimnula glavom. – Poznaješ je?

– Svi se međusobno poznajemo, ali da, išao sam u školu s Dimitrisom, mada je on stariji.

To što ga je Dimitris poznavao na neki način je činilo situaciju još gorom. I naravno da se svi međusobno poznaju. Šta je pre neki dan Tula rekla o tračevima koji kruže selom? Dođavola, nije želela da ovo izađe na videlo.

Sakis je iskapio frape i spustio praznu čašu na sto. Uzbuđenje, strast i nestvarno dobro iščekivanje su nestali, ostavljajući za sobom samo žaljenje i neprijatnost.

– Vreme je, ovaj, da stanemo. – Sakis je lupnuo prstima po satu.

Vreme za sijestu, baš zgodno. Umesto gimnastike u spavaćoj sobi, u krevet će otići sama.

– Napravio si glupost što mi nisi rekao da si oženjen. – Odlučna da se odupre neprijatnosti, izdržala je njegov pogled. – Nije kao da sam se ja tebi nabacivala, a tebe to nije zanimalo. Flertovanje je jedno, ali sprovesti ga u delo kad si oženjen i imaš dete nešto je sasvim drugo. Jadna tvoja supruga.

Sakis je iz paklice koja mu je bila u džepu šortsa izvadio cigaretu i stavio je između usana. Zapalio ju je i slegnuo ramenima. – Nikome nećemo reći, u redu? – rekao je na engleskom s grčkim naglaskom. Otpuhnuo je dim u mirisni vazduh vrta. – Samo Irida zna. Mi ćutimo. Sve je u redu.

– Baš si prava mustra. – Zanta je odmahnula glavom dok je Sakis opušteno otišao da pokupi alat.

Kako joj, dođavola, uspeva da ih izabere? Pogane muškarce kojima nije stalo do partnerki jer su previše zauzeti jurenjem drugih žena. Užitak zabranjenog seksa i uzbuđenje veza za jednu noć privlačniji su im od negovanja prave ljubavne veze. Kroz glavu joj je prošla pomisao kakvu je budućnost mogla imati sa Ostinom. Hvala bogu što je posrnuo kada jeste. Mogao je godinama da je zavlači. Naposletku bi možda bila kao Sakisova jadna supruga, koja sedi kod kuće s detetom ne sumnjajući ništa dok je on „radio" i pokušavao da zavede glumicu.

Kada se Sakis odvezao, Zanta je jedino želela da zatvori prozore, legne ispod uključenog ventilatora na tavanici i prespava kajanje zbog toga što ju je Irida zatekla, zbog nesvesnog zavođenja oženjenog muškarca, iako je on bio jednako voljan koliko i ona, zbog toga što ju je privukao i što je verovala da neko neće biti toliko glup da se na taj način petlja. Koliko je samo bila lakoverna.

Nije mogla da zaspi i izašla je nekoliko sati kasnije, bilo joj je vruće, bila je ljuta i još umornija i ogorčenija. Zaptivajuću vrućinu ublažio je blag povetarac koji je šuštao kroz lišće. Senke u vrtu su se izduživale, a sunce je otpočelo sporo putovanje ka horizontu.

Zanta je osećala stezanje u grudima, stres svega pretrpljenog tog popodneva se nagomilavao, a san izmicao. Uzela je foto-aparat i prošetala vrtom, usredsređujući energiju na fotografisanje boje i teksture cveća i biljaka, dozvoljavajući da joj okolna lepota ublaži bes, razočaranje i stid.

14.

Sat vremena kasnije, kada je Zanta nakon večere upravo htela da unese prazan tanjir u kuću, iznenadio ju je zvuk koraka.

Dimitris se pojavio s bočne strane vile sa izrazom lica koji je nagoveštavao da je to poslednje mesto na kojem želi da bude. Mogla je da zamisli koliko je Irida uživala pričajući mu o onome što je videla, pa ipak joj je bila zahvalna što se s njenim dolaskom sve prekinulo.

Pocrvenela je. – Ako si došao da mi prigovaraš, tvoja mama je već obavila sjajan posao.

Dimitris je ugurao ruke u džepove šortsa. – Došao sam da vidim jesi li dobro.

– Oh. – To nije očekivala. Još više je pocrvenela. – Dobro sam, samo se osećam budalasto.

– Pa da, jer je oženjen.

Vrelina joj je preplavila telo. Bio je potpuno u pravu u vezi s tim, ali ipak... Prekrstila je ruke. – Pa, nisam znala da je oženjen, a da jesam, ništa se ne bi desilo između nas.

Dimitris ju je gledao s nepoverenjem. Oponašao je njen stav, s prekrštenim rukama i ukočenim nogama čvrsto ukopanim na pločnik. – *Ništa* se ne bi desilo – ponovila je. Nije mogla da podnese koliko je delovao razočarano. Vinula je ruke u vazduh. – Znaš šta, veruj šta hoćeš. To radiš otkad sam došla ovde, pa zašto bi sad bilo drugačije?

Nije htela da mu objašnjava zašto je podlegla čarima privlačnog muškarca koji je očijukao s njom. Možda je trebalo da bude mudrija i nepoverljivija. Već se dovoljno loše osećala znajući da se nehotice ponašala slično kao Ostin, i bez toga da joj drugi ljudi dodatno pojačavaju osećaj krivice. Ipak, Ostin je tačno znao šta radi, dok je nju

Sakis obmanuo. Zapravo nije imala razloga da se oseća krivom kada je on taj koji je oženjen.

Uzdahnula je. – U svakom slučaju, samo smo se poljubili.

To je bila čista laž. Od prisećanja na Sakisove šake koje joj stiskaju gole grudi obrazi su joj još više goreli.

Dimitris ju je oštro pogledao. – Samo zato što vas je moja mama prekinula.

Zanta nije imala odgovor na to. Koliko bi se prepustili strasti da Irida nije naišla? Bilo je lepo izgubiti se u požudi za nekim i osećati se poželjno. Pa šta ako je želeo samo seks – i ona je jedino to želela. Da preboli Ostina, zaboravi na njega, da bude u nečijem tuđem naručju.

– Mislila sam da si došao da vidiš jesam li dobro?

– Da, jesam. – Dimitris je protrljao čelo.

– Pokazuješ to na čudan način. – Oklevala je, ne shvatajući zašto je doveo sebe u tako neprijatan položaj. Sigurno bi mu bilo najlakše da nastavi da je se kloni i izbegava da pominje neprijatnu situaciju. Osim ako... Iznenada joj je palo na pamet kako mu se možda zapravo sviđa. Odmah je odbacila tu pomisao i nadmeno nastavila. – Muškarci lažu. Žene takođe, ali Sakis je lagao mene – pa, tehnički nije me lagao, samo je propustio da mi kaže istinu. Zaveo me je. Nisam uradila ništa loše. Mlada sam i slobodna. Živim u skladu sa svojim položajem Britanke u inostranstvu. – Oštro ga je pogledala. – Čula sam da ste išli zajedno u školu. Da li ti je prijatelj?

– Ne, nije.

– Zato što znaš kakav je?

Dimitris je slegnuo ramenima.

Gledao ju je na način koji nije razumela. Treperenje u grudima i vrelina u obrazima nagoveštavali su da je to što je Dimitris saznao šta se dogodilo sa Sakisom bilo nekako gore nego da celo selo zna. Oni nisu bili bitni. Dimitrisovo mišljenje o njoj jeste. Njegov dolazak i ponašanje samo su dodatno podstakli prethodno razmišljanje da mu se možda sviđa.

– Sakis je *malákas* – rekao je s podsmehom. – Možda je trebalo da te upozorim na njega kad je počeo da radi za tebe.

– Ja sam odrasla žena, Dimitri. – Susrela je pogled njegovih dubokih smeđih očiju, punih duše. Tuga je zračila iz njega, umekšavajući oštrinu njenog odgovora. – Mogu sama da se brinem o sebi, samo ponekad pravim loše izbore. Zato ne brini što me nisi upozorio... nisi mogao znati da ću pasti na njegov šarm. – *Pasti* je bila potpuno pogrešna reč, i nadala se da Dimitris neće to shvatiti kao da joj se Sakis zaista sviđao. Nije želela ništa više od dobre zabave. Obrazi su joj ponovo planuli. – Ali cenim što si došao. I ne mogu ti opisati koliko mi je žao što je tvoja mama... pa, znaš.

– I ona je nekad bila mlada – rekao je uz tračak osmeha. Pokazao je prema nebu. – I Agata bi se nasmejala tome. Volela je da vidi srećne ljude.

Svetlost je smekšavala, a zujanje insekata ispunilo je vazduh. Zanta je klimnula glavom i ugrizla usnu. – Ali nisam srećna, u tome je problem. – Nije imala pojma zašto je odlučila da to otkrije Dimitrisu, ali bio je tu, i dovoljno mu je bilo stalo do nje da dođe iako je mogao da se kloni te situacije. – Pobegla sam od svog života kod kuće jer sam bila nesrećna. Momak koji je poznata ličnost me je prevario i bila sam iscrpljena poslom. Bilo mi je svega dosta. Da mi Agata nije ostavila ovu kuću, nemam pojma šta bih uradila. Pretpostavljam da bih verovatno samo nastavila da se mučim.

Dimitris je polako klimnuo glavom kao da pokušava da svari njene reči.

– Htela sam da se osetim bolje, znaš, sa Sakisom – naglasila je.

– Razumem. – Dimitris je podigao ruke kao da hoće da je zaustavi da kaže još nešto. Nije to ni nameravala – bilo je dovoljno strašno što je Dimitris znao da samo što nije otišla u krevet s njegovim starim školskim drugom, kako je Dimitris to lepo rekao, *malákas* – tikvanom.

Posegnula je da ga dodirne po ruci, ali se ipak predomislila. – Zaista mi je žao što sam opet uznemirila tvoju mamu.

– Nju je lako uznemiriti – rekao je ravnodušno. – Žao mi je što nisi srećna. Mislim da bi Agata želela da budeš. – Zastao je kao da je rekao dovoljno, ali onda se okrenuo prema njoj. – Ni Agata nije uvek bila srećna, ali ovde u svom vrtu jeste. Stalno je govorila da joj to donosi mir. Razumem to jer se i ja osećam isto. – Stisnuo je pesnicu uz prsa. – Zato volim ono što radim. Da li je tako i kod tebe s tvojim poslom?

To pitanje je nedavno postavljala sebi, a ipak, kada je to uradio Dimitris, uhvatio ju je nespremnu. – Da, postoje trenuci koje volim, ali sam umorna. Mislim da mi je bio potreban ovaj odmor posle svega što se desilo... bila sam glavna tema neprijatnih tračeva otkad me je momak prevario. Muškarci – rekla je, a zatim se trgla jer svakako nije mislila da se to odnosi i na njega. – To je veliko uopštavanje, izvinjavam se. Vidi, zaista je lepo od tebe što ti je bilo dovoljno stalo da dođeš. Mogu li da ti ponudim nešto za piće? Mislim, samo ako imaš vremena da ostaneš. Ili ako to želiš.

On je ponovo stavio ruke u džepove, naglašavajući mišiće na rukama. U sumraku se ocrtavala njegova silueta, bio je visok i snažan, zgodan i privlačan, ali bez onog nametljivog stava kakav je imao Sakis. Sada se pitala šta je uopšte videla u njemu, osim požude. Ono što je zapravo trebalo da uradi jeste da se usredsredi na načine kako da se ponovo oseća dobro bez oslanjanja na bilo koga drugog, a ponajmanje na muškarca punog testosterona koji želi seks.

– Trebalo bi da se vratim, ali hvala – rekao je Dimitris.

– Možda neki drugi put. – Zanta ga je otpratila preko trema i gledala dok nije nestao stazom.

Ne želeći više da priča o tome, ali osećajući potrebu da s Džudom podeli ono što se desilo, poslala mu je poruku znajući da će biti u pozorištu i kako neće moći odmah da odgovori. Tako je i bilo, poruka je stigla nedugo nakon što je legla u krevet.

Dođavola, Z.! To samo tebi može da se desi. Iako si, po svemu sudeći, izbegla opasnost. Kakav kreten. Stvarno umeš da ih izabereš. Ali iskreno, čak i ako završiš kao glavna tema tračeva, nisi uradila ništa pogrešno – on jeste, ti nisi. Zato prihvati to! Veliki zagrljaj x

Kada je sledećeg jutra Zanta svratila u kafe po uobičajenu kafu i parče pite, govorkanja o njoj i Sakisu već su stigla do Tule. Svesna da je napravila loš potez, i da se osramotila, mrzela je način na koji ju je Tula gledala zabrinuto i možda pomalo razočarano. Početak razgovora dok je Zanta naručivala bio je napet. Tula se raspričala tek kada je poslužila momka koji je bio pored Zante, nakon što je otišao i seo napolje.

– Sakis je *malákas*. – Tula je ponovila ono što je Dimitris juče rekao. – Razumeš šta kažem?

– Tikvan, duduk, šupljoglavac... mogla bih dalje da nabrajam – rekla je Zanta kreveljeći se.

– *Naí*, on je sve to što si nabrojala. – Tula ju je prodorno pogledala i spustila glas. – Ovo nije prvi put da je uradio nešto slično. – Podigla je lepo oblikovanu obrvu.

– I dalje se ne osećam ništa bolje. Najgore je biti predmet tračeva.

Tula joj je stavila hladnu ruku na mišicu. – Govorkanja će prestati zbog njegove žene. Ona će mu oprostiti kao i uvek, i svi će to poštovati – čak i ako se ne slažu. Svi nastavljamo dalje. *Ti* nastavljaš dalje. – Zastala je i izgledala zamišljeno, pre nego što je blago klimnula glavom kao da je donela neku odluku. – Dimitrisova mama voli da rastrubi glasine, a ti si joj samo dala povod. Dimitris je povređen jer mu se sviđaš.

Zanta se namrštila, ali je osetila leptiriće u stomaku.

– Nemoj da izgledaš iznenađeno. Naravno da mu se sviđaš. Šta tu ima da se ne sviđa?

– To što sam zamalo spavala sa oženjenim čovekom?

– Pih! Nisi ti kriva. – Nabrala je crne obrve. – Znam da je drugačije za mladiće nego za devojke. Srećom, nikada nisam prošla kroz nešto slično s Vasilisom. On je dobar momak. Vaspitala sam ga da poštuje sestre, suprugu, mene, sve žene, razumeš. Ali devojke krive sebe. Mladići misle da je nešto značajno i muževno to što švrljaju – tako kažete na engleskom?

Zanta je klimnula glavom.

– Nije. Ti si povređena, njegova supruga je povređena. Sada je i Sakis povređen jer su ga supruga i majka grdile. A ljudi šire glasine, to se dešava. Ovo je malo selo i seti se kako sam ti već rekla, volimo da ogovaramo. – Zanta je morala da se nasmeje videvši Tulin zlobni osmeh. – To je postalo trač zahvaljujući Iridi. Ima oštar jezik. Ne voli Sakisa ni tebe, zato širi glasine o tebi.

– Zaista mi ne pomažeš da se osetim bolje, Tula.

Pritisnula je pesnicu nasred prsa. – Želim ti dobro.

– Znam da želiš, hvala ti.

Zanta je mrzela što je postala deo seoskih tračeva, ali ono što ju je najviše pogodilo bilo je to što je nevoljno postala ona druga žena. Bila je budalasta što je imala toliko poverenja i što se zanela. Previše sunca, usamljenost i pažnja naočitog kršnog grčkog zidara su je savladali. Ništa od toga ne bi bilo problem da je on bio slobodan. Bilo joj je dosta lažljivih i nevernih muškaraca.

Planirala je da se drži po strani, bude povučena, posveti se renoviranju vile i pokuša da sazna više o svojoj porodici, ali naposletku se samo još više udaljila od Dimitrisa i njegove mame, od meštana i uspomene na Agatu. Skrenula je s puta.

– Hvala ti na razumevanju. – Zanta je podigla kafu, ali se okrenula nazad prema Tuli. – Htela sam da te pitam znaš li nekoga po imenu Gio. Pronašla sam neka ljubavna pisma koja je Agata čuvala, sva su potpisana tim imenom. Pitala sam se da li znaš od koga su?

– Gio. – Tula se namrštila. – Ne mogu da se setim nikoga. Da li su davno napisana?

– Da, kasnih pedesetih i ranih devedesetih. Ništa skorije.

– Možda će tvoja mama znati.

Zanta je uzdahnula. Sada je imala još jedan razlog da pozove mamu.

– Da, možda. Pokušaću ponovo da razgovaram s njom.

Zanta je bila razočarana što joj Tula nije mogla pomoći da otkrije ko je bio Agatin tajanstveni udvarač, ali ono što joj je do kraja dana ostalo u mislima bilo je Tulino zapažanje da se sviđa Dimitrisu, zbog čega se osećala još više posramljenom jer je znao šta je zamalo uradila s nekim koga nije mnogo cenio.

Kada se Zanta vratila u vilu, radnici su već bili stigli, ali umesto Sakisa bio je tu stariji čovek od pedesetak godina, potpuna suprotnost zgodnom i mišićavom Sakisu. Kako je dan odmicao i zidari završavali popravljanje pročelja, a Zanta počela da guli staru boju sa šalona, veoma joj je laknulo što on nije tu.

Nikos nije spominjao Sakisa niti se prema njoj ponašao drugačije, a kada im je napravila frape, veselo je ćaskao s njom u hladu japanske jabuke. Na osnovu svega što je saznala od Iride, Dimitrisa i Tule, nije bilo prvi put da Sakis švrlja i činilo se kako su svi nameravali da jednostavno nastave dalje, uključujući i njegovu suprugu, mada se Zanta sažalila na nju. Da joj je Ostin bio muž, a ne samo momak, i da su imali decu, koliko li bi tek tada situacija bila zapetljana i teška?

Nakon što su radnici otišli, stajala je sama u vrtu, razmišljajući o tome da zaboravi na obnavljanje vile i jednostavno je proda u sadašnjem stanju. Mogla bi da se vrati u London i usredsredi na ono u čemu je dobra, da se ponovo uhoda u izvođenje osam predstava nedeljno, pevanje, plesanje i glumu. Stotine ljudi bi joj aplaudiralo, umesto da je stranci grde zbog njenog ponašanja i preispituju razloge zbog kojih je uopšte došla na ostrvo.

Mama bi se sigurno složila, ali znala je šta bi Džudi rekao, Parminder i Lusi takođe: ne bi trebalo tako lako da odustane. Gluma ju je očvrsnula. Borba za uloge, razočaranja, okrutna iskrenost o njenoj građi, visini i izgledu, da ne spominjemo duboku uznemirenost kada bi čitala kritike. Bila je snažnija nego što je mislila, pa možda samo treba da stisne zube. Renoviranje kuće na grčkom ostrvu koja je čuvala tolike uspomene njene okrnjene porodice nije ni moglo biti lako.

Dok je šetala kroz vrt s foto-aparatom i prstima prolazila kroz mirisni origano i timijan, ponovo se prisetila reči koje je Dimitris juče izgovorio o tome kako je vrt mesto na kojem je Agata bila najsrećnija. Dok je stajala na terasi okruženoj granama maslina i dudova koje su se blago njihale, mir i lepota su bili sveobuhvatni. Nikada nije bila na mestu poput ovog, a to da ga još dobije na poklon prevazilazilo je njene najluđe snove. Bilo bi teško odustati jer je, baš u tom trenutku, uprkos svemu, bila potpuno zadovoljna.

15.

Radovi na vili su brzo napredovali, a pošto je krov postavljen i malter na fasadi popravljen, pregradni zid je uklonjen za samo nekoliko sati. Nikos je obavestio Zantu kako će se Sakis vratiti krajem nedelje da zakrpi rupe i izravna zid gipsom kako bi Zanta mogla da ga okreči. Trebalo je da pokupi Džuda sa aerodroma, pa će joj biti lako da nestane i izbegne ga.

Uprkos bolnim ramenima i suvim rukama, uživala je u procesu guljenja boje i šmirglanja vrata kuhinjskih ormarića, a dosta je napredovala i na šalonima sa spoljne strane. Ponavljajuća priroda posla pružila joj je dovoljno vremena za razmišljanje, a volela je da radi napolju, povremeno se pomerajući da bi ostala u hladu. Predahnula je kako bi sedela na suncu dok ruča, zatim je radila jogu i otišla na siestu pre nego što je nastavila s poslom uveče, kad je malo zahladilo. Takođe je do kraja nedelje uspevala da izbegne Iridu, ali je nakratko videla Dimitrisa kad je krenuo na posao i kad se kasnije vratio.

Ušlo joj je u naviku da se svako jutro sa šoljicom kafe vrati u krevet kako bi čitala Agatine dnevnike. Rukom pisane stranice bile su teže za čitanje od pisama koje joj je Agata slala, možda zato što je izgledalo kako da je tu pratila tok svesti, a ne pažljivo oblikovane i sročene misli. Četiri beležnice bile su ispunjene dnevničkim zapisima, s datumom napisanim na vrhu svake stranice. Često bi bile preskočene nedelja ili dve, jer bi Agata zapisivala jedino kad je imala nešto da kaže. Umesto da pokušava da iščitava stranice teškog grčkog pisma, Zanta je tražila imena kako bi suzila izbor koje odeljke će pokušati da prevede, i uvek bi se više zainteresovala kada bi ugledala svoje ime, mamino, Dimitrisovo i neuhvatljivog Gia.

Jedan dnevnički zapis se posebno istakao.

Pismo od Zante! Tako sam srećna. Nadala sam se da će pisati, ali nisam to očekivala, ne nakon svega što se desilo, ali pretpostavljam kako ona ne zna za to. Možda je tako i najbolje. Volela bih da mogu da popravim situaciju za Elinu. Razumem koliko joj je srce slomljeno, koliko je i besna i tužna što je izgubila mamu, što je saznala za tatu. Duboko u sebi sam znala, pre nego što je istina izašla na videlo, i boli me što znam kako me ona krivi. Ali mislim da je besna na sve. Nadam se da će vreme zalečiti Elinu i da će pronaći način da oprosti, zbog sebe, ni zbog koga drugog. Ali drago mi je što se Zanta javila i što mogu da joj pišem. Volim njen duh i mladalačku radost. Biti mlad i nevin, biti slobodan od problema odraslih. Drago mi je što je Elina ima. Odgovoriću joj, ona mi je i dalje kumica.

U dnevnicima je bilo mnogo ovakvih zapisa koji su postavljali još više pitanja: za šta je mama krivila Agatu? Zašto je bila ljuta na sve, uključujući i Agatu? Kuma je očigledno znala za razdor u Zantinoj porodici, ali nikada nije pričala o tome, isto kao ni njena mama. Agata je izgleda uvek zapisivala misli nakon što bi primila pisma od Zante, i bilo joj je drago da zna kako su ona bila željno dočekana.

Bilo je izazovno čitati Agatin rukopis i dešifrovati veliki deo napisan na grčkom jeziku, tako da je sve išlo veoma sporo, ali pregledala ih je kad god bi imala vremena.

Bilo je zanimljivo biti sama svoja šefica i odlučivati šta i kada će raditi. Bio je neopisivo dobar osećaj što može da predahne i prošeta do sela kako bi fotografisala ljubičastu bugenviliju koja cveta iznad krečnobelog zida, ili zabeležila spokoj tirkizne vode koja zapljuskuje kredasto bele kamenčiće na plaži. Jednostavne sitnice za koje nije ni shvatila koliko su joj očajnički bile potrebne. Pričinjavalo joj je zadovoljstvo da objavljuje fotografije na *Instagramu*, kombinujući prelepe i zadivljujuće prizore sa stvarnošću renoviranja vile. Imala je osećaj kako je tek zagrebala površinu onoga što ostrvo ima da ponudi, a svaki put kada bi razgovarala s Tulom, ona joj je preporučivala neko drugo mesto da poseti.

Život u Londonu odvijao se vrtoglavom brzinom i uvek je radila nešto: probe, nastupi, izlasci s prijateljima, neprestano razmišljanje unapred šta je sledeće. Stalno šta je sledeće. Ovde je mislila samo o sutrašnjem danu, o jednostavnim i neophodnim sitnicama u životu, kao na primer šta će jesti. Bar je bilo tako dok nije postala obuzeta time da je zavede zgodni i veoma oženjeni Sakis... Namrštila se zbog drame koju joj je napravio u životu.

Međutim, bila je odlučna da živi u trenutku, pa kada ju je agentkinja Felisiti neočekivano pozvala u četvrtak te nedelje, to ju je izbacilo iz koloseka.

– Kakav je život na grčkom ostrvu?

– Nisam mislila da ću uživati u sporijem tempu, ali mi prija. – *Uglavnom je bilo dobro*, pomislila je Zanta sedeći na ivici kreveta i zureći kroz otvorena vrata terase.

– Čak i dok renoviraš kuću? – rekla je Felisiti s nevericom.

– Da, čak i dok to radim.

– Pa, nemoj se navikavati. – Felisiti je zastala. – Znam da si rekla da želiš na neko vreme potpuno da prekineš s radom, ali pojavilo se nešto što je previše dobro da bi ga odbacila, pa sam htela da čujem šta misliš.

Zanti se zgrčio stomak.

– Glumica koja je trebalo da igra Eponinu u *Jadnicima* morala je da odustane, i žele da vide tebe. Oduvek si bila u igri, u suštini si njihov drugi izbor, i naglasili su da su teško doneli odluku. Prevagnulo je to što je izabrana glumica poznato ime, pa su odmah odabrali nju. Tek sada sam čula za to, inače bih od samog početka navaljivala da te upoznaju. Zapamti, poznatije ime ne znači nužno i veći talenat.

To je bila uloga života, ona koju je Zanta žarko želela više od bilo koje druge, i sada joj se pruža mogućnost – barem prilika da stane pred kasting direktora i pokaže šta može.

– Pa, šta misliš?

– To je sjajno, ali neočekivano.

– Ovo je jedna od uloga o kojoj si, još od našeg prvog razgovora, govorila da je želiš. Savršena si za nju. Ja to znam, ti to znaš i, obećavam ti, kad se nađeš u prostoriji s njima, i oni će to znati.

– Iskreno ne znam šta da mislim – rekla je Zanta polako dok je usmeravala pogled na listove vinove loze oko vrata koji su se presijavali na suncu i pokušavala da dokuči da li je osećaj u stomaku strah ili uzbuđenje.

– Objasnila sam im da si odsutna, i ponudili su se da organizuju povratne letove i prevoz. Biće u Londonu one druge nedelje i žele da te upoznaju u ponedeljak.

– Tako brzo. – Dođavola, zasigurno je osećala strah.

– Da, tako brzo. Našli su se u prilično nezgodnoj situaciji. Oduzeće ti samo nekoliko dana, ali imaj na umu kakva je to prilika.

– Mogu li da razmislim o tome? – Osećala je da je previše naglo odmah doneti odluku preko telefona.

– Da, ali moraš mi javiti sutra do tri sata. – Felisiti je ponovo zastala. – Ako se ne sastanu s tobom, biće drugih, Zanta, koje očajnički žele tu ulogu. Moraju što pre da nađu nekoga. Početak proba je zakazan za avgust.

To je bilo za samo nekoliko nedelja. Da, dotad će već biti kod kuće, njen odmor na Kefaloniji će se završiti, a ipak...

Pozdravile su se. Zanta nije znala šta da misli. Znojavi dlanovi i strepnja nisu bili u skladu sa uzbuđenjem koje je trebalo da oseća.

Pomisao na povratak u London i pritisak koji bi sama sebi nametnula kako bi se pripremila za audiciju za ulogu koju je oduvek želela izazvali su joj unutrašnji nemir. Srce joj je govorilo – ne, glava – da, ali iznenađujuće, bilo je to suprotno onome što je očekivala.

U petak, Zanta je bila uzbuđena što će videti Džuda, pa je jedva čekala da sedne u kola i ode po njega na aerodrom. Poranila je kako bi imala vremena da stane i usput kupi farbu, ali je takođe želela da izbegne da bude u vili kad se pojavi Sakis.

Vožnja do jugozapadne strane ostrva bila je duga, ali prelepa, i omogućila joj je neometano vreme za razmišljanje o sastanku za *Jadnike*, kao i o grešci sa Sakisom, koja joj je još bila sveža u sećanju. Meštani će sigurno imati mišljenje o njoj, i nijedno od njih neće biti dobro. Osim Tule. Ona je bila pravo osveženje i glas razuma.

Ako je iko bio kriv, to je Sakis. Ipak, pomisao na ono što je uradila neprestano ju je uznemiravala. To što je Dimitris proveravao da li je dobro, umesto da je grdi kao njegova mama, bilo je koliko iznenađujuće toliko i slatko. Bilo je trenutaka tokom nedelje kada bi ga videla da dolazi kući, i bila je u iskušenju da ga pozove na piće, ali nije želela da stekne pogrešan utisak, posebno kada je njegovo mišljenje o njoj verovatno bilo narušeno onim što se desilo sa Sakisom.

Njene brige su nestale kad je Džud sa osmehom na licu izašao u aerodromski hol za dolaske, obučen u šorts i belu majicu preko koje je nehajno nabacio košulju kratkih rukava s printom šarenih flamingosa. Bože, koliko je volela svog jednostavnog najboljeg prijatelja, savršeno osveženje u poređenju sa ozbiljnim, zamišljenim, seksi, ali zbrkanim Grcima koje je upoznala. *Njih obojicu*, pomislila je. Džud sebe nikad ne bi smatrao jednostavnim, ali njihovo prijateljstvo je bilo tako savršeno jer nikada nije postojala verovatnoća za međusobnu privlačnost.

Čvrsto su se zagrlili, a Zanta je uživala u njegovom neprekidnom brbljanju dok su išli ka kolima i napuštali aerodrom. Spuštenih prozora, sa sunčanim naočarima na očima i rukom koja se odmarala na suncu, osećala se opuštenije nego proteklih dana.

Vozili su se samo dvadesetak minuta, ali Zanti su već krčala creva u trenutku kad su se parkirali i pronašli sto u taverni pored plaže Agios Tomas i naručili hranu. Ispod pergole obavijene listovima vinove loze, koja je pravila hlad na terasi zasutoj peskom, bilo im je mnogo bolje dok su pijuckali ledene napitke od jagode i uživali u pogledu na prepunu plažu, nego da se prže na podnevnom suncu.

– Pobogu, Zanta. Ovo je raj na zemlji. – Džud je pokazao na plažu ispod njih i prema brdu u izmaglici obraslom zelenilom, gde se ostrvo izdizalo nad morem pa se opet povijalo nazad. – Izgoreću kao rak, pazi šta ti kažem.

– Moramo tvoju bledu kožu da namažemo zaštitnom kremom s faktorom pedeset pre nego što krenemo na plažu.

– Da li možda, nekim slučajem, pokušavaš da izbegneš povratak u kuću? – Džud ju je pogledao preko čaše.

– Možda. – Zanta mu je isplazila jezik. – Dobro, da. Zidar je tamo.

– Misliš *onaj* zidar? – Nasmejao se kad je Zanta nabrala nos i klimnula glavom. Mahnuo je rukom preko hrane na stolu. – Mada, ovo je prilično posebno. Drago mi je što radimo ovo.

– Upravo tako. Ovo je prilika da obiđemo više ovaj deo ostrva kad smo već tu. Mesta na kojima ni ja nisam bila.

Džud je iscedio limun preko lignji i ubacio jednu u usta. Dok je žvakao glasno je mljackao, a lice mu je poprimilo zadovoljan izraz.

– Ovo je nenormalno dobro.

Zanta je viljuškom odlomila komad fete posut origanom. – Napravila sam grešku i potpuno se osramotila.

– Sa zidarom?

– Da.

– I naposletku čak niste ni spavali.

– Skroz sam zabrljala na svim nivoima.

Džud je podigao obrvu. – Dakle, osramoćena *i* seksualno osujećena.

– Slobodno kaži kako jeste.

– Uvek. – Iskezio se kao sumanut i viljuškom nabo komadić fete.

Morski vazduh, pomešan s mirisom ribe na roštilju i slatkih jagoda, bio je opojan. Nije bilo boljeg osećaja od jedenja morskih plodova pored mora na nesnosnoj vrućini. Jedino što bi moglo to da nadmaši bilo je uživanje u ledeno hladnom pivu s nogama uronjenim u hladan plićak.

– Ovo je život, Zanta. – Džud se zavalio u stolicu i uzdahnuo. – Jesti ribu pored plaže i lepo se isćaskati.

– Nema boljeg. – Zanta se kucnula s njim.

– Znam da ti je bio potreban predah, ali nisam shvatio koliko je i meni to trebalo sve dok nisam seo na taj avion. Nisam imao vremena ni da dišem, a kamoli da razmišljam. Ne bih usporio da ti nisi ovde, i toliko si mi prokleto nedostajala.

– I ti meni. – Zanta je zabila viljušku u komad paradajza. Pogledala je preko stola prema njemu. – Iskreno, nisam mislila da ćeš uzeti odmor, tako da se osećam još bolje što te sada vidim.

– Živimo zajedno, ali, znaš, kao da smo samo brodovi koji se mimoilaze. Zauzeti smo karijerama, žongliramo u odnosima i nosimo se sa stvarnim životnim problemima. Osetio sam da mi ovo stvarno treba. – Uzeo je parče lignje i prevrnuo očima od zadovoljstva dok ju je žvakao. Progutao je i naslonio laktove na sto. – Takođe sam na putu ovamo razmišljao koliko je lepo što smo oboje slobodni. Nisam želeo da Ostin uradi to što je uradio, ili da vas dvoje raskinete, ali sebično govoreći, uživao sam što sam te poslednjih nekoliko meseci imao za sebe. Takođe, bukvalno blistaš. Očigledno ti prija što si slobodna i u Grčkoj.

– Sunce i morski vazduh pomažu, ali zapravo, u pravu si. Nisam želela da se desi to što se desilo, ali počinjem da shvatam da mi ne nedostaje da budem u vezi sa Ostinom. – Namrštila se. – Ono što mi zaista nedostaje jeste seks.

Džud se nasmejao. – Zar nam ne nedostaje svima!

– Mada, da li je to loše, želeti samo tu stranu odnosa s nekim, umesto da budeš posvećen ili se prokleto zaljubiš?

– Ne, zašto uopšte pomišljaš da je to loše? Seks je uobičajen, prirodan deo života. To je ljudska priroda i zaslužuješ da se zabaviš. – Stavio je ruku na njenu i nasmeši se od uva do uva. – Samo treba pametnije da biraš.

– Ne podsećaj me.

Džud se namrštio. – Mada, kad već pričamo o Ostinu. Da li si ga stvarno volela?

– Da, naravno. Bio je prvi muškarac kojeg sam volela, prvi s kojim sam se upustila u ozbiljnu vezu i mogla da zamislim budućnost s njim. Ne bih se tako osećala da ga nisam volela.

– Možda. – Džud nije delovao uvereno. – Ali zbog njega si prošla kroz čitav medijski cirkus. Dodatni pritisak zbog toga što se sve odvijalo pred očima javnosti zasigurno nije pomogao da preboliš raskid.

– Da, to mi uopšte nije nedostajalo, što me vodi do druge teme o kojoj želim da razgovaram s tobom. – Zanta je zavrtela u čaši ostatak osvežavajućeg smutija od jagode. – Felisiti me je juče pozvala da mi kaže da sam u konkurenciji za ulogu Eponine u *Jadnicima*.

Džud ju je uhvatio za mišicu. – To je velika stvar, Zanta!

– Mada, nisam bila njihov prvi izbor. Glumica koju su imali na umu je odustala. – Ispričala mu je pojedinosti. – Šta ako nisam toliko dobra kao što misle?

– Ti si im drugi izbor i za ulogu kao što je ova to je neverovatno. Pristala si, zar ne?

– Rekla sam joj da ću razmisliti. Moram da joj dam odgovor do tri po podne danas.

– Moraš to da uradiš.

– Moram li zaista?

– O, bože! To je uloga koju si čekala. Nemaš šta da izgubiš – ako te ne odaberu, to ne menja ništa, ali ako te žele, to je izuzetna prilika. Zažalićeš ako ne odeš.

Zanta je znala da je Džud u pravu. Pre godinu dana ne bi oklevala da Felisiti preko telefona vrisne veliko, glasno *da*. To kako se osećala zbog toga što je trebalo da uđe na audiciju u prostoriju s poznatim kasting direktorom za ulogu koja bi joj uzdigla karijeru na viši nivo ukazivalo je koliko joj je Ostin poljuljao samopouzdanje. A činjenica da se tako osećala značila je kako on i dalje uspeva da upravlja njenim životom.

– Iskreno, zatečen sam što nisi odmah zgrabila priliku. – Džud je odgurnuo prazan tanjir i odlučno je pogledao. – Pošalji joj sada poruku i pristani.

Zanta je napravila grimasu i zagledala se u more. Čak ni ovde, sa zadivljujućim pejzažem i mediteranskim suncem, život nije bio jednostavan. Još je bilo odluka koje je trebalo doneti. Nije mogla da izbegne sve što je delovalo izazovno. Celu karijeru je izgradila na tome da se izloži i kaže da čak i kada nešto deluje izuzetno zastrašujuće. Zašto bi sada bilo drugačije?

Džud ju je pažljivo posmatrao. – Ozbiljno, Zanta, ovog sekunda ću ti uzeti telefon i poslati joj poruku.

Izbegavala je da se vrati kući, izbegavala da se stavi u položaj gde bi mogla ponovo biti odbijena i povređena, ali to nije bio dovoljan razlog da propusti životnu priliku. Zgrabila je telefon i odgovorila na poruku koju joj je Felisiti poslala nakon razgovora.

Za nekoliko minuta joj je odgovorila.

To! Ugovoriću sastanak što pre i obavestiću te o pojedinostima čim ih budem saznala. Oduševićeš ih, budi sigurna!

Zanta je pokazala Džudu poruku. – Eto, zadovoljan?

– U potpunosti.

Zanta je vratila telefon u torbu. – Jesi li završio?

– Ne bih mogao da pojedem više nijedan zalogaj.

– Želim da stanemo samo na još jednom mestu pre nego što se vratimo. Tula mi je rekla za jednu prelepu plažu nedaleko odavde.

Džud se nasmešio. – Sigurno je dosad zidar već odavno otišao na sijestu?

– Zar bi ti stvarno radije da ga sretneš nego da provedeš popodne na idiličnoj grčkoj plaži?

Džud je isplazio jezik, Zanta je ostavila nekoliko novčanica na stolu i napustili su punu terasu taverne.

Kratko su se vozili duž obale do druge plaže. Hodajući uskom peščanom stazom povremeno bi videli more dok im je kasno popodnevno sunce milovalo ramena.

– Neverovatno. – Džud je uglavio naočare za sunce u kosu i stao, s rukama na bokovima, gledajući u mirno tirkizno more.

Zanta je izvadila peškir iz ruksaka, raširila ga na pesak blizu vode i izula patike. Džud je sledio njen primer i zajedno su seli, obuhvativši rukama gole noge. Osim nekoliko klinaca koji su se igrali u pličaku i mlađeg tinejdžera koji je skakao sa stene u vodu, uz zadovoljavajuće prskanje, nije bilo ničega osim svetlucavog mora.

Kao što je Džud rekao, kod kuće im je nedostajalo da provode vreme na ovako dobar način – kao i pejzaž. Zanta je ispružila noge i uživala u hladnoj vodi koja joj je milovala prste na nogama dok se oslanjala na ruke. Naravno da su razgovarali i u Londonu, ali retko su imali vremena za opušten ručak. Uvek su bili previše zauzeti poslom ili druženjem s drugim ljudima. Čak bi se i odlasci u bar ili restoran ponekad pretvorili u prilike za umrežavanje, umesto u vreme za uživanje u prijateljstvu.

Džud je uzdahnuo. – Ovo me je nagnalo da se zapitam šta propuštam živeći u Londonu.

– Voliš London.

– Volim, ali ovo... – Mahnuo je rukom prema pogledu ispred njih.

– Živeti negde je uvek drugačije od odlaska na odmor. Nigde nije savršeno, čak ni na ovako lepom mestu.

Pobegla je od slomljenog srca i tračeva, samo da bi se obrela u središtu ogovaranja na Kefaloniji. Ne, nijedno mesto nije savršeno, čak ni idilično grčko ostrvo, ali možda je u tome i bila suština. Težnja savršenstvu bila je nemogući san, i jednom kad se bude pomirila s tim, možda će – samo možda – pronaći sreću.

16.

Želeći da se za dana vrate u vilu, Zanta ih je odvukla s plaže. Bio je petak, Sakis je već trebalo da ode, Džud joj je pružao podršku i imali su nekoliko dana da se zajedno opuste. Takođe je morala da prestane da brine o tome šta drugi misle. Ranije su je manje poga-đale bolne opaske, mučne kritike predstave i surova istina izlaganja sebe na audicijama i kastinzima, ali bilo je mnogo teže kloniti se razvlačenja njenog privatnog života po medijima, i pogađale su je uvrede i neistine, jer su bile napisane crno na belo svima na uvid.

Morala je da u sebi probudi staru Zantu, onu veselu, samouvere-nu, spremnu na sve, odvažnu ženu koja je pre Ostina živela punim plućima.

Zanta se parkirala ispred vile. Posmatrala je Džuda kad je izašao iz auta i razgledao unaokolo, upijajući prizor čempresa koji prave hlad na zadnjem delu kamene vile, koja je skrivala pogled na more.

– Ostavi stvari u kolima – rekla je Zanta krenuvši travnatom stazom. – Želim prvo da ti pokažem okolinu.

– Na osnovu onoga što si rekla, zamišljao sam da je stvarno oro-nula, ali zapravo je šarmantna i starinska. – Dotakao joj je ruku. – A ja volim starinsko.

– Izgleda bolje sada kad je krov popravljen.

– Ah da, zidari...

Zanta ga je ošinula pogledom. – Nemoj da me podsećaš.

Džud ju je uhvatio podruku. – To se završilo i nisi uradila ništa loše, zato idemo dalje. – Zaobišli su ugao vile. – Dođavola, Zanta. Ovo je prelepo, bokte.

Iako nije imala nikakve veze sa izgledom vrta, osetila je ponos. S paletom svetlozelenih preliva mestimično prošaranih ružičastim, belim, ljubičastim i žutim cvećem, vrt je bio vešto osmišljen da iskoristi zasenjene delove, skrivena mesta i otvorene prostore koji otkrivaju pogled. Sve zahvaljujući Agatinoj viziji i Dimitrisovoj brizi.

Zanta ga je pustila da ide ispred nje. – Hajde, lepo razgledaj.

Pratila je Džuda vijugavom stazom pored graničnog dela najbližeg vili, punog začinskog bilja, čija je zemljana svežina bila u suprotnosti s prijatnim mirisom susednog dela s mnogim biljkama koje pčele i leptiri vole. Nastavili su do mesta gde su najstarije masline pravile hlad po obodu terase.

Zanta je zadržala dah kada je Džud izašao iz hlada na kamene ploče vrele od sunca.

– Bože moj, Zanta – rekao je ne skidajući pogled s mora koje je blistalo na popodnevnom suncu. Njegovo čuđenje ju je podsetilo na njeno samo tri nedelje ranije.

– Znam, zar ne? Baš je posebno.

– Ne misliš valjda ozbiljno da prodaš ovo mesto, zar ne? – Osvrnuo se oko sebe. – Mislim, pogledaj ovo.

– To je plan... – Iridine grube reči o tome kako ona jedino želi da zaradi od prodaje Agatine kuće proletele su joj kroz glavu. Porekla je da je to razlog, ali zar njena namera nije bila da obnovi i proda kuću, i novac iskoristi kao depozit za kupovinu sopstvenog doma?

– Mogla bi da iznajmljuješ kuću turistima. Dođavola, *mi* bismo mogli ovde da provodimo odmore. – Džud je uzbuđeno gestikulirao. – Kako to nije jedna od mogućnosti?

– Ti bi provodio odmor ovde čak i bez bazena?

Okrenuo se na terasi. – Zanta, ima dovoljno prostora za bazen.

– Znaš li da se bazeni u Grčkoj smatraju luksuzom, pa se na njih plaća porez?

– Prokleti lopovski gadovi. Grčka *jeste* mesto gde bi svi trebalo da imaju bazen.

Zanta se potpuno slagala s njim, i dok su se vraćali prema vili, zamisao da zadrži kuću kako bi je iznajmljivala i provodila odmore tu uvukla joj se u glavu. Naravno da je to bila mogućnost, ali bi to odložilo san da ima sopstveni dom.

– O bože! – Džud je naglo stao i zgrabio je za ruku. – Ko je to, dođavola?

Zanta je pratila njegov pogled iza drveća, do nove ograde koja je oivičavala Agatin vrt, gde je Dimitris farbao letvice ograde.

– Komšija, Dimitris.

– Ma, nemoguće. *On* je komšija? – Džud je podigao obrvu. – A rekla si mi da nema zgodnih Grka osim onog oženjenog blesana.

– I donekle sam govorila istinu – rekla je tiho, povukavši Džuda pre nego što ih Dimitris primeti. – Kad smo tada razgovarali, iskreno sam mislila da je bezveznjaković, zgodan, ali ipak bezveznjaković.

Džud ju je ćušnuo u rame. – Znači, promenila si mišljenje o njemu?

– Aha.

Od razgovora na povratku kući od Tule smekšao je prema njoj, a ona počela da se zagreva za njega. Bio je skup suprotnosti i nije ga bilo lako shvatiti, iako se činilo da mama ima ogroman uticaj na njega. Bio je zgodan i zanimljiv, ali Zanta je bila oprezna i zasigurno nije želela da je Džud ohrabruje da bilo šta preduzme, što je znala da bi uradio ako bi naslutio da joj se Dimitris imalo sviđa.

Uzeli su Džudov prtljag iz kola i smestili ga u čistu, ali oskudno nameštenu gostinsku sobu. Zanta je pripremila večeru – meze sa svežim hrskavim hlebom, maslinama, paradajzom iz vrta, preostalom spanakopitom i *melicano* salatom, ukusnim namazom od dimljenog patlidžana koji je prvi put probala kod Tule. Kada su ponovo krenuli napolje da uživaju u poslednjim zracima sunca, Zanta se zapitala kako je njena mama mogla da se odrekne svega ovoga. Razumela je kako porodična svađa može da razdvoji ljude, ali da se baš odreknu svega, uključujući i hranu – posebno hranu – zbunjivalo ju je. Njena mama je postala nova osoba. Odbacila je grčko nasleđe na svaki mogući način, uronila u britanski način života, nedeljom je spremala pečenje i kobasice pečene u testu. Rado bi napravila lazanje, ali nikada pastićo ili musaku. Ipak, tek sada je Zanta počela da shvata koliko toga mama propušta, ne samo hranu i sâmo ostrvo već i kontakt s prijateljima i porodicom. I sa ocem, Zantinim dedom. Mamine odluke uticale su i na Zantu i njenog brata. Da li je ono što ih je razdvojilo zaista bilo dovoljan razlog da mama prekine sve veze? Cele nedelje je odlagala da je pozove i ispriča joj šta je saznala; možda će skupiti hrabrost sada kada je Džud tu.

S tanjirima hrane u krilu, sedeli su na drvenim stolicama na udaljenom delu terase, s nogama naslonjenim na niski kameni zid.

– Treba da nabaviš stolice s jastučićima. – Džud se namrštio dok se meškoljio. – Utrnuće mi zadnjica.

– Mnogo toga bi ovde moglo da se uradi, ali ne želim nepotrebno da trošim novac.

– Zato što još planiraš da prodaš kuću?

Zanta nije odgovorila, jer nije bila sigurna šta da kaže. Džud joj je zasigurno dao ideju, ali ona je zahtevala mnogo razmišljanja.

– Znam da sam ovde da ti pomognem – nastavio je Džud. – Ali moramo makar jednom da se sunčamo i pijemo koktele na plaži.

– Pomoć je samo dodatak, zaista sam srećna što si ovde sa mnom. I da, iskoristićemo tvoj boravak ovde na najbolji mogući način. Biće lepo s tobom videti još neke delove ostrva.

Džud joj je poslao poljubac.

Nekoliko oblaka, nalik vati, sjajilo se ružičastonarandžastom bojom, dok je glatko more odražavalo prelive zalazećeg sunca iza njih. Na trenutak je očarano posmatrala prizor.

– Tužna je pomisao da kuma nikada nije pronašla pravu ljubav. – Okrenula se ka Džudu. – Pokušavam da pročitam neke od njenih dnevnika i pisama koja je čuvala. Teško mi je da čitam na grčkom, ali je neverovatno videti tu njenu stranu koju nisam poznavala. Neko joj je pisao ljubavna pisma, neko koga je očigledno volela pre nego što se oženio s nekom drugom. Kuma je naposletku ostala sama.

– Možda joj nije bio potreban muškarac? – rekao je Džud zamišljeno. – Možda je bila srećna sama.

– Možda. Ali provejava tuga u onome što sam pročitala. U tim ljubavnim pismima, njen udvarač u suštini predlaže da budu u tajnoj vezi, ali ne znam da li je to uradila ili ne. Pokušavam da čitam njene dnevnike po vremenskom sledu, ali to traje čitavu večnost i ima toliko toga što ne razumem. Ono što zasigurno znam jeste kako joj se dopadalo da bude ovde, zbog čega je ovo mesto i izabrala za svoje poslednje prebivalište. – Uzdahnula je i nasmešila se Džudu, čije je bledo pegavo lice blistalo obasjano zlatnom svetlošću. – Zaista ti ne smeta da spavaš na gradilištu?

– Čak i ja mogu to da podnesem – pokazao je u pravcu vile – kada postoji sve ovo.

Džud je shvatio, a ona se plašila da neće. Nikada nije bio sklon skromnom životu, uživao je u udobnosti doma i kafi s mlekom iz lokalne kafeterije, ali činilo se da ga je ovo mesto neprimetno očaralo.

Sporiji ritam života i blizina mora počeli su da deluju i na Zantu. Oduvek joj se dopadalo da živi u Londonu, žudela je za tim gradskim stilom života, nepredvidivošću i uzbuđenjem glumačkog posla, ali da li je to bilo sve što je želela? Da li je taj stalni ciklus rada i audicija, gde su usponi često izazovni koliko i padovi, ono što je želela na duže staze? Ili je možda zaslepljena mirom i lepotom na Kefaloniji, a zapravo joj je samo potreban odmor pre nego što se sa oduševljenjem vrati londonskom životu i ulozi u *Jadnicima* – ako je dobije. Na kraju krajeva, tamo su joj prijatelji, posao. To je ono što je volela.

Otpila je gutljaj pića i zagledala se u more obasjano srebrnastim tonovima sumraka. Trenutno nije mogla da zamisli mesto koje bi moglo da nadmaši ovo, po svojoj lepoti i osećanju zadovoljstva, mesto gde može da utaži brige, da se oporavi i pronađe čudo u jednostavnim stvarima.

Zanta je održala obećanje dato Džudu, i nakon spokojnog izležavanja u subotu ujutru, odvela ga na ručak u riblju tavernu u Fiskardu. Zatim su proveli popodne sunčajući se i kupajući u moru na plaži Emplisi, pre nego što su se vratili u vilu sa zalihama vina i džin-tonika.

U nepomičnoj vrelini tople junske večeri, dok su pijuckali pića na terasi, čuli su graju i glasnu muziku koji su dolazili iz susedne kuće, što je bilo posebno primetno jer je obično bilo tako tiho, čuli su se jedino cvrkut ptica, zujanje insekata i blag povetarac koji je ljuljuškao lišće, podsećajući na talase koji zapljuskuju obalu. Do njih su dopirali glasovi komšija, bilo je teško prenebregnuti Iridin isprekidan glas, ali je Zanta sada čula samo dublje muške glasove. I smeh. Bilo je neuobičajeno da to dopire iz susedne kuće.

– Dakle, komšija – rekao je Džud. – Onaj mladi zgodni...

– Dimitris.

– Da, on. Nije li malo čudno što i dalje živi u kući s majkom?

– Za Grčku ne naročito.

– Hmm. – Džud je zvučao neubeđeno. – Šta ako želi da dovede devojku – ili momka – kući da provedu noć zajedno?

– Verovatno to radi tiho. – Zanta je slegnula ramenima. – Nisam razmišljala o tome.

– Šta, Dimitrisov lični život te nije držao budnom noću? – Džud je glumio zaprepašćenje.

Zanta se podrugljivo osmehnula. – Ne baš, nije.

– A da li bi volela da te *on* drži budnom?

Zanta je odmahnula glavom, ali je iznutra gorela. – Molim te, nemoj pokušavati da me spojiš ni sa kim, ponajmanje s komšijom koji ima mnogo problema u koje ne želim da se mešam.

Džud je spustio ruku na sredinu grudi iznad srca. – Obećavam da ću se pristojno ponašati. – Zanta mu nimalo nije verovala. Stresao se. – Ne bih mogao ni da zamislim da i dalje živim s mamom.

– To je zato što ona ne bi mogla da te trpi.

– Joj!

– Ne gledaj me tako, znaš da je to istina. Da budem pravedna, ni ja ne bih mogla da živim s mamom, i sto posto sam sigurna kako bi me dosad izbacila da sam ostala.

Držeći piće, Džud je naslonio laktove na kolena i nagnuo se bliže. – Ali ozbiljno, u čemu je fora s njim, zašto i dalje živi tamo?

– Kao što rekoh, nije to naročito neobično. To je porodična kuća, on radi na Kefaloniji, neoženjen je...

– Slobodan?

Zanta je prešla preko opaske. – Koliko sam čula, njegova mama ima problema s mentalnim zdravljem.

– Znači, brine se o njoj? To je nekako slatko.

– Sudeći po priči, brinuo se i o Agati koliko je mogao. Izgleda da je odbijala bilo kakvu pomoć.

– Dakle, zgodan *i* brižan. Pun pogodak! – Džud je podigao obrve. – Shvataš li da zvuči kao da su napravili zabavu.

– Sumnjam – rekla je Zanta, pomislivši na Iridin uvek smrknuti izraz lica, i kako nije delovala kao osoba koja priređuje zabave.

Džud je ispio džin i ustao. – Postoji samo jedan način da saznamo.

17.

Džud je prošao kroz vrt prema ogradi pre nego što je Zanta uspela da bilo šta kaže. Jureći za njim, okrznula je butinom ružin grm. Opsovala je kada je na mestu ogrebotine izbila tanka krvava linija.

Konačno ga je sustigla, daleko od svetlosti koja je dopirala iz vile. Bili su obavijeni tamom ispod velikog drveta masline pored ograde, ali su iznad žbunja videli travnjak gde su se Dimitris i nekoliko prijatelja opuštali u stolicama oko niskog stola, s mrežom za odbojku postavljenom iza njih.

– Vidiš, zabava.

– Četiri momka koji piju pivo ne čini zabavu, Džude.

– Ali četiri zgodna Grka s nama dvoma je čini. – Vragolasto joj se osmehnuo. – Trebalo bi da im se pridružimo.

– Ne, zaista ne bi trebalo. – Zanta je odlučno odmahnula glavom.

– Šta je najgore što može da se desi? – Prekrstivši ruke, izazivački je podigao obrvu, a zatim je usledio drzak osmeh.

Mnogo toga, htela je Zanta da kaže, ali je krišom priznala da je najgore što bi moglo da se desi bilo da ih Dimitris jednostavno zamoli da odu.

– U tome i jeste suština – rekao je Džud pošto je ćutala. Povukao ju je nazad do mesta gde su sedeli, zgrabio bocu džina i pružio joj bocu tonika. – Ne možemo otići praznih ruku.

Zanta je uzdahnula. Džud je imao običaj da iz nje izvuče ono najbolje i najgore, uvek je ohrabrujući da radi ono u šta nije bila sigurna – kao što je bilo i sa sastankom za *Jadnike* u Londonu. U prošlosti ju je nagovorio da prihvati mogućnosti koje su joj zasigurno pomogle u karijeri, prilikama za umrežavanje i audicije. Mada, tako je upoznala i Ostina, pošto su se Džud i ona uvukli na privatnu zabavu u klubu. Nije sve ispalo dobro, premda su zajedno proveli tri lepe godine.

– Mama mu je aždaja – upozorila je Zanta dok su se vraćali ka ogradi.

– Stvarno misliš da je tu dok se on opija s drugovima? – Odmahnuo je glavom. – Hajde, znaš da to želiš.

Bio je neverovatno samouveren i nikada se nije dvoumio oko upoznavanja novih ljudi ili upadanja na zabavu. Mada, da li je ona bila išta bolja? Koliko je puta u izlasku otišla do nekog nepoznatog momka kada je Džud bio previše stidljiv da mu priđe? Njen najbolji prijatelj je gradski lik, živeo je za noćne izlaske i žudeo za uzbuđenjem. Koliko god slikovita bila Kefalonija, divan vrt s pogledom na more nije mogao da se meri sa opijanjem i celovečernjim provodom sa šačicom Grka...

– Stvarno bi trebalo da odemo okolo, na glavni ulaz – rekla je Zanta uznemireno dok je Džud, s bocom džina u jednoj ruci, koristio onu slobodnu da se nesigurno popne preko Dimitrisove novopostavljene ograde.

– Zvuče dovoljno pripito da ih je baš briga. – Dočekavši se na noge, osvrnuo se ka njoj. – I otkad si ti postala gospođica Dobrica?

Bio je u pravu, ali ona je bila svesna pometnje koju je već izazvala, ne računajući upadanje na zabavu.

Ne želeći da ostavi Džuda samog, kako je ne bi uvukao u bog zna kakvu neprijatnost, Zanta mu je pružila bocu tonika. Šapućući „jebote, jebote, jebote" sebi u bradu, povukla je kratku suknju i krenula da se penje preko ograde.

Do trenutka kada se čvrsto osovila na noge na širokom rubu, Džud je već išao prema Dimitrisu i njegovim prijateljima vičući: *yasou*!

Pažljivo ga je sledila, zadovoljna što je već malo popila jer je Dimitrisova, a zatim i pažnja njegovih prijatelja prešla s Džuda na nju.

– Nadam se da vam ne smeta – rekao je Džud mašući bocom džina. – Pošto smo prve komšije, pomislio sam kako bismo mogli da svratimo i pozdravimo se. Ja sam Džud. – Spustio je bocu džina zajedno s bocom tonika na sto i pružio ruku. – A ti mora da si Dimitris. Dosta sam čuo o tebi.

Ovo zasigurno nije bio prvi put otkako je stigla na Kefaloniju da je Zanta poželela da je zemlja proguta.

– Zaista mi je žao – rekla je Grcima koji su zaprepašćeno ćutali. Četiri para tamnih očiju izgledala su potpuno zbunjeno. Povukla je Džuda za majicu. – Trebalo bi da pođemo.

Dimitris je ustao i rukovao se s Džudom, čija je ruka i dalje bila ispružena. – Ne, u redu je. – Zadržao je pogled na njoj. – Pridružite nam se. Ovo su Mihalis i Aleksi. Zanta, Vasilisa već znaš. – Pokazao je na njih. – Ovo su Zanta i Džud...

– Ja sam Zantin najbolji prijatelj. – Džud je privukao slobodnu stolicu, seo i klimnuo glavom prema mreži za odbojku postavljenoj na travi. – Igrate li svi?

– Većina Grka igra – rekao je Vasilis. – Barem dok smo mladi.

– Igraćete večeras?

I tako, Džud se jednostavno odomaćio i započeo razgovor. Dimitris se pomerio na dvosedu od pruća i pokazao na mesto pored sebe. Zanta je sela, i kad joj je Dimitris pružio čašu, sipala je sebi džin-tonik. Nemir u stomaku polako je počeo da popušta pošto je Dimitris bio gostoljubiv, a Vasilis i Aleksi su razgovarali s Džudom.

Džud je bio jedan od prvih ljudi koje je Zanta upoznala na glumačkoj akademiji, i odmah su se zbližili zbog zajedničke ljubavi prema mjuziklima, grupi *1975* i izlascima u klubove. Džud je lako sklapao prijateljstva, a Zanta je bila srećna u ulozi njegove drugarice. Imala je samopouzdanja, ali je jednostavno bila zadovoljna time da ga pusti da radi šta želi. On je bio ekstrovert u njihovom prijateljskom odnosu i voleo je pažnju, dok je ona obožavala da bude u središtu pažnje dok nastupa, ali je mnogo više volela razgovore jedan na jedan. Džud je bio majstor u obraćanju velikim grupama i sjajan pripovedač. Zanta je zamišljala da bi bio dobar stend-ap komičar, da je izabrao taj put umesto da postane glumac.

– Posekla si se. – Dimitris je pokazao na njenu butinu. – Mogu da donesem nešto iz kuće.

– Nije to ništa, samo sam se ogrebala na ružu. – Prećutala je: *Kada sam se provlačila kroz žbunje da bih te špijunirala.*

Problem je bio u tome što nije znala šta da kaže Dimitrisu, pa joj je laknulo kada se on uključio u razgovor s Džudom. Obično nije ostajala bez reči, ali pred Dimitrisom bi joj se zapetljao jezik jer nije znala na čemu je s njim. Za ovo kratko vreme koliko je bila ovde, videla je kako mu se raspoloženje promenilo od ljutitog do brižnog, ali nije bila sigurna šta zaista misli o njoj. Nije ovo bio prvi put da poželi da je sama više nalik Džudu. On je bio dobar u tome da se uklopi s neznancima i lako je sklapao prijateljstva, ali mu je srce često bivalo slomljeno u prijateljstvu koliko i u ljubavi. U poslednje vreme je postao izbirljiviji kada su u pitanju prijatelji i ljubavnici, ali ove večeri je ponovo videla svog prijatelja u izdanju kada se prepušta situaciji sa stavom – nema kajanja. Možda je ovo savršeno mesto da i ona postane nova osoba. Takođe je stvarno morala da prestane da se oseća krivom zbog toga kako su postupci drugih ljudi uticali na njen život, i da jednostavno uživa.

Dok je Džud brbljao, a Vasilis i ostali naizgled sa zanimanjem slušali o radu na Vest Endu, Zanta je razgledala okolinu. Kuća je bila delimično skrivena drvećem, ali bila je u mraku, pa je pretpostavila da Irida ili nije kod kuće ili spava, ali u svakom slučaju, želela je da na vreme bude upozorena ako postoji mogućnost da ih ona iznenada prekine.

Zanta je privukla Dimitrisovu pažnju i pokazala na prazne boce na stolu. – Tvoja mama nema ništa protiv ovoga?

– Imala bi, ali nije ovde.

– Oh?

– Otišla je u posetu mom brata u Patrasu, na kopnu.

– Nisam znala da imaš brata. Starijeg ili mlađeg?

– Mlađeg. On ne dolazi u posetu, ali mama ide da vidi njega i njegovu porodicu što češće može.

U tonu glasa bilo je nagoveštaja tuge i njegovo opušteno držanje se promenilo. Vratila se napetost koja je izgleda stalno upravljala njime.

Imala je toliko pitanja. – Da li ga viđaš?

– Ne, ne često.

Svakako nije svojevoljno pričao o sebi, ali najzad, znala je ona kako izgleda kad nerado pominješ porodicu, imala je mnogo iskustva s mamom. Nije nameravala da tek tako odustane od Dimitrisa.

– Šta se desilo pa ste se posvađali?

– Nisam rekao da smo se posvađali.

Zanta je primetila da je Vasilis preusmerio pažnju s razgovora s Džudom na nju i Dimitrisa. Nije bilo teško primetiti njegovu zabrinutost.

Zanta je odlučila da se povuče. – Izvini, nisam htela da budem znatiželjna.

– Volim svog brata. On je taj koji, hm... – Dimitris je duboko uzdahnuo. – On ne želi mene da vidi i ne želi da dođe ovamo, zato između nas postoji veliki jaz, razumeš?

Nije razumela, ali kada je Aleksi ustao, uzeo loptu za odbojku i pozvao Džuda da mu se pridruži, to im je srećom skrenulo pažnju.

Vasilis je takođe ustao.

– *Éla*, Džude! – pozvao ga je. – Dođi da igraš.

Džud je odmahnuo rukom. – Oh ne, jedan na jedan jednostavno nije fer. Treba mi još jedan igrač u timu. Da li se tako kaže u odbojci? Tim?

– *Entáxei*. U redu – rekao je Vasilis. – Olakšaćemo ti. Aleksi je najbolji igrač, on će biti s tobom. Mihalis je sa mnom.

Mihalis je uzvratio na grčkom kako misli da je on najbolji, što je nasmejalo Zantu. Džud je bio spreman i na nogama bez dodatnog ubeđivanja, a njegov saigrač Aleksi mu je pokazivao kako da prebacuje loptu preko mreže.

Zanta je pogledala ka Dimitrisu. – Čini se da smo uspeli da se izvučemo iz igre...

Dimitris je otpijao pivo. – Hm.

Vasilis je bacio pogled ka Dimitrisu i namignuo. Bilo je brzo i jedva primetno, u tren oka, ali Zanta je primetila. Setila se Tuline opaske o tome kako se dopada Dimitrisu, a budući da je Vasilis Tulin sin i prijatelj s Dimitrisom, pitala se ima li u tome istine.

Džud je isprobavao tapkanje lopte sa Aleksijem, dok su ga s druge strane mreže, Mihalis i Vasilis podsticali, dobronamerno se šaleći s njim mešajući grčki i engleski jezik. Prostrani travnjak bio je obasjan mesečinom i sa svetiljkom na stolu i solarnim lampama postavljenim u žbunju i cvetnim lejama imali su dovoljno svetla.

122

– Pretpostavljam da voliš da igraš odbojku pošto imaš mrežu u vrtu?

– Kada imam priliku, da. – Dimitris je spustio bocu piva na koleno. – Baviš li se ti nekim sportom?

– Vežbam jogu i mnogo plešem zbog posla, ali to je zapravo nešto što radim od malih nogu. Molila sam mamu da me vodi na časove baleta kada sam imala šest godina, ali sam ga na kraju zamrzela. Onda sam otkrila stepovanje i džez ples. To je takođe i korisnije za karijeru u mjuziklima.

– Igrao sam odbojku i košarku kad sam bio mlađi, a i mnogo plivam. Nekada sam voleo trčanje i bio dobar u atletici.

– Obožavala sam kros-trčanje u školi. Bila sam baš dobra u tome, ali prijateljica i ja smo koristile vreme kada nismo bile nastavnicima u vidokrugu da potajno zapalimo cigarete. Bljak. Odrekla sam se te loše navike odmah posle glumačke akademije i usredsredila se na zdravlje i izdržljivost zbog napornog rasporeda rada.

– Više ne trčiš?

– Nemam baš vremena, a i više volim jogu. Da li ti još trčiš?

– Previše je naporno za kolena. – Smešak mu je zatreperio preko usana.

– Stižu te godine, zar ne?

Slegnuo je ramenima. – Stara povreda. Vrtlarstvo me održava u formi. Tokom nedelje retko kad sednem.

– Voliš svoj posao?

Dimitris je klimnuo glavom. – Volim da budem napolju i da radim sâm.

– Moj posao je sušta suprotnost. Stalno sam unutra, bilo na probama ili predstavama, i uvek sam okružena ljudima. Ne bi ti se nimalo dopalo, ako toliko voliš da imaš prostora.

– Verovatno mi se ne bi dopalo iz drugih razloga – rekao je sa osmehom.

Zanta se nasmešila. – Misliš, pevanje i ples nisu za tebe?

– Baš nisu.

– Videla sam te kako plešeš kod Tule pre neko veče, bio si sjajan.

Nabrao je nos kao da je u neverici. – To radim odmalena, želeo da igram ili ne.

Začuo se uzvik sa odbojke, i Zanta je shvatila da su, dok je Aleksi "bacao petaka" Džudu, ne samo počeli da igraju nego je on i postigao poen.

– Vidiš, najbolji! – Aleksi se podrugljivo nasmejao preko mreže, pokazujući na sebe, a zatim na Džuda.

Vratili su se na mesta i ponovo udarili loptu prebacivši je preko mreže. Njen visoki plavokosi prijatelj isticao se među zdepastijim, tamnokosim Grcima, ali volela je Džuda zbog toga što se tako strastveno upustio u igru. Bilo joj je drago što ju je naterao da dođe ovamo. Razgovor s Dimitrisom o običnim temama poput njihovih hobija bio je osvežavajući i sviđalo joj se koliko izgleda opušteno, mada je to, ako je zato što njegova mama nije tu, bilo tužno.

– Mogu da shvatim zašto ti se sviđa da budeš vrtlar. – Skrenula je pogled sa odbojkaškog meča nazad ka Dimitrisu. – Ne znam mnogo o vrtlarstvu i nikad nisam imala vrt, ali Agata je uvek u pismima pominjala svoj – šta cveta i šta je radila tokom godišnjih doba. Njena ljubav prema vrtu je bila očigledna, i sada kada sam ga videla... Pa, potpuno je razumem.

– Naučila me je mnogo toga – rekao je Dimitris tiho, pogleda čvrsto uprtog u igru. – Zanimalo ju je koje biljke i cveće pčele i leptiri vole i za šta se sve može koristiti začinsko bilje. Raspored vrta bio je njena zamisao i napravljen je pre mnogo godina kada je bila dovoljno zdrava da sama brine o njemu.

– A onda si ti preuzeo.

– Isprva sam joj pomagao, ali naposletku sam, uz njeno vođstvo, preuzeo sve. I dalje je radila šta je mogla, ali mahom je sedela u hladu i uživala u vrtu.

Moljac je lepršao oko lampe na stolu, udarajući krilcima po staklu. Takođe se pojavio i dosadni komarac. Iako se prskala citronelom, nadala se da sutra neće ustati s crvenim ugrizima koji svrbe po celom telu.

Razgovor o Agati i njenom vrtu bio je emotivna tema, ali ona koja ju je zanimala. Zanta se osećala loše što je isprva donela pogrešne zaključke o tome da Dimitris nije pomagao Agati, kada su očigledno bili bliski i brinuo se o njoj kako je jedino mogao. Na jedini način koji mu je ona dozvolila. Iz onoga što je uspela da sklopi o njemu, bio je brižna osoba. – Tula je rekla da besplatno održavaš vrtove nekih ljudi.

– Tula previše priča.

– Ali radiš to? Radiš besplatno?

Pogledao je u stranu i otpio pivo. – Pomažem nekim starijim ljudima kad mogu.

– Dakle, to je da. – Zanta je podigla obrvu. – To je lepo od tebe, ali zasigurno moraš nešto i da zaradiš?

– Snalazim se. – Mahnuo je rukom prema kući.

Zanta je shvatila da on živi u porodičnoj kući, što verovatno znači da su mu troškovi manji, ali čak i tako, postoji granica – koliko neko može raditi besplatno, a da to ne utiče na stvarnu zaradu.

– Tula je takođe rekla da tražiš još posla. – Nadala se kako neće dovesti Tulu u nepriliku.

– Jel'? – Vilica mu se stegla.

Iznenada je ponovo zauzeo odbrambeni stav, kao da mu je to osnovno stanje, postavljajući zid oko sebe čim pitanja postanu lična ili neprijatna.

Džud je ostalima pokazivao znak za tajm-aut. Brišući donjim delom majice znoj sa zajapurenog lica, došao je do njih. Uzeo je bocu piva iz rashladne kutije na travi, otvorio je i otpio gutljaj.

Odlučivši da bude otvorena prema Dimitrisu, Zanta se okrenula prema njemu. – Shvataš da Tula samo pokušava da bude od pomoći, zar ne?

Dimitris je slegnuo ramenima.

Džud je bacio pogled između njih. – O čemu pričate vas dvoje?

– O tome kako da Dimitris kao vrtlar nađe više mušterija.

– Imaš li veb-sajt? – pitao je Džud.

– Imam neki jednostavan, koji sam napravio pre nekoliko godina.

– Daj da pogledam. Koja je veb-adresa?

Dimitris mu je rekao i Džud ju je potražio na mobilnom.

– Fotografije izgledaju zastarelo. – Džud je nabrao nos. – I zašto nema nijedne tvoje?

– Radi se o vrtu, ne o meni.

Džud je frknuo. – Veruj mi, ako želiš više posla, fotografije na kojima si ti će biti dovoljne. A imaš sreće jer poznaješ izuzetnog fotografa.

Dimitris se namrštio. – Poznajem?

– Sedi pored tebe.

Zanta je mahnula rukom. – Bilo bi mi više nego drago da napravim nekoliko fotografija.

– A ja mogu da ti osvežim veb-sajt. – Džud se nagnuo napred.

– On pravi neverovatne veb-sajtove – ubacila se Zanta. – To mu je dodatni posao, uz pevanje, ples i glumu.

– Koje moji roditelji ne smatraju pravim poslom. – Prevrnuo je očima. – Ali da, voleo bih da ti pomognem da tvoj sajt bude privlačan i profesionalan.

– Ljubazno od vas, ali nema potrebe.

– Shvataš da nećemo prihvatiti odbijanje? – Džud je prekrstio ruke. – Dozvoli nam da ti pomognemo.

– Voli da zapoveda kada je pijan. – Zanta se nasmejala Dimitrisovom zaprepašćenom izrazu lica, i saosećala je s njim, jer su ga izbombardovali zamislima o fotografisanju i osavremenjivanju njegovog funkcionalnog, ali dosadnog veb-sajta.

– Vidi – Džud je ovog puta govorio nežnije. – Ulickani veb-sajt će ti pomoći da dobiješ više posla, ja ga mogu dodati u svoju zbirku radova, a Zanta će uživati u iskustvu da te fotografiše.

Zanta je prenebregnula sugestivni ton u Džudovim rečima.

Dimitris je pogledao između njih. – *Entáxei.* U redu. To je ljubazno od vas.

– Nikakav problem. – Džud je odmahnuo rukom i otpio pivo. – Povedi Zantu sa sobom na nekoliko poslova. – Nagnuo se napred i stavio ruku na Dimitrisovu mišicu. – Usput, kako bi bilo da joj pokažeš neka od tvojih omiljenih mesta? Znaš, ona manje turistička – skrivene dragulje. Siguran sam da bi joj se to dopalo. – Namignuo je Dimitrisu, stavio polupraznu bocu piva na sto i ustao. – Ljudi, spreman sam za revanš!

Zanta se nasmešila dok se Džud vraćao ka mreži za odbojku, ovaj put se uparivši s Vasilisom. Njegova opuštena priroda i činjenica da je bio autsajder na neki način su njoj olakšali da se uklopi. Ne bi bila toliko hrabra da nepozvana ode na zabavu da Džud nije bio tu.

Krajičkom oka je pogledala Dimitrisa i sa olakšanjem primetila tračak osmeha dok je gledao kako ponovo počinje odbojkaški meč. Bože, koliko je nesvakidašnje zgodan kad se smeška. Borice oko očiju, te pune usne, brada koja se nazire...

– Da li je uvek ovakav? – Dimitris je klimnuo glavom prema Džudu. – Vrlo... ne mogu da smislim pravu reč.

– Nametljiv, iskren, otvoren, samopouzdan, voli da zapoveda, neposredan. Džuda mogu da opišem na mnogo načina.

Dimitris se stvarno nasmejao, dubokim i toplim smehom koji je odjeknuo kroz noć. – Te reči ga dobro opisuju. I sviđa mi se. Dopada mi se njegova iskrenost.

– Da. Džud je takav kakav je. No ima zlatno srce.

– Pretpostavljam da takođe pažljivo i bira prijatelje. – Njegove tamnosmeđe oči su se sa odbojke usredsredile na nju.

Dimitrisu se sviđa Džud, a ona je Džudova prijateljica, pa znači li to da mu se i ona sviđa? Šta god da je mislio, odlučila je da to shvati kao kompliment.

18.

Gledali su zajedno odbojku, i Zanta se prvi put osećala opušteno u Dimitrisovom društvu. Ljubav i briga s kojima se posvetio uređenju Agatinog vrta bile su očigledne i u njegovom vrtu. Sigurno je to bilo čarobno mesto za život, ali čak i s prijateljima ovde, Zanta je osećala njegovu usamljenost. Jeste, imao je dobre drugove i posao koji je, činilo se, voleo, ali dok bude brinuo o mami i podržavao je, šta je mogao da očekuje? Pitanje budućnosti mučilo je i nju samu, posebno nakon poziva njene agentkinje. Toliko veliki deo života se provodi radeći, nije želela da ga protraći ili se kaje zbog nečeg. Dosad ni zbog čega nije zažalila, shvatala je koliko je srećna što zarađuje radeći posao iz snova, ali šta dalje? Da li je zaista želela da ima tako nezgodno radno vreme kada bude u četrdesetim, ili čak pedesetim godinama? To je, naravno, bilo pod uslovom da ima dovoljno sreće i u tim godinama i dalje dobija uloge. Delovalo je daleko, isto kao što su joj se tridesete činile udaljenim čitavu večnost kada je kao ushićena dvadesetjednogodišnja studentkinja glume diplomirala na Kraljevskoj akademiji dramskih umetnosti, i bum!, sad već ima trideset jednu godinu.

Misli su joj se opet vraćale na teme koje su je uznemiravale. Nije želela da razmišlja o svojoj budućnosti kada je, prvi put, Dimitris delovao opušteno i dobro raspoložen.

Skrenula je pažnju sa odbojke na njega. – Kada ti se mama vraća?

– Nisam siguran. Voli da bude tamo što duže može, da provodi vreme sa unukom, ali mislim da je bratovoj ženi teško sa svekrvom u kući. – To što je rekao unuka umesto bratanica i bratova žena umesto snaha potvrđivalo je da nije blizak s njima. Stegao je pivsku bocu. – Mislim da se brzo zasite jedna druge. Krenu da se svađaju, i onda svima postane stresno, pogotovo mami.

– Šta se dogodilo između tebe i tvog brata? Ne delujete blisko?

Džud se strovali na stolicu pored njih. – Umorio sam se! – Znoj mu je izbijao po čelu, obrazi su mu bili zajapureni, ali osmeh mu je obasjavao lice.

Dimitris je jedva dočekao da što brže ustane s dvoseda od pruća. Potapkavši ga po leđima srdačno je čestitao Džudu na prvom pokušaju igranja odbojke. Posegnuo je u rashladnu kutiju, otvorio sveže pivo i pružio ga Džudu.

Zanta je uzdahnula u sebi zbog loše usklađenog prekida razgovora upravo kada je počela da ulazi malo dublje u priču, iako Dimitris verovatno ne bi ni odgovorio na njeno poslednje pitanje.

– Treba nam još protivnika! – Vasilis je vikao na grčkom u vedru noć posutu zvezdama dok se Aleksi pridruživao Džudu i sipao sebi džin-tonik. – *Éla*, Zanta, Dimitri!

Džud je frknuo. – Na tebe je red, Zanta!

Bila je u kratkoj suknji, ne baš prikladnoj, ali svakako nije nameravala da traži izgovore, posebno kada je Dimitris već išao prema mreži. Dovršila je džin-tonik i ustala uz povike i uzvike ohrabrenja.

– Jesi li igrala pre? – upitao je Dimitris kad mu se pridružila na suprotnoj strani mreže protiv Vasilisa i Mihalisa, koji su se izmotavali tokom zagrevanja.

– Mislim, prebacila sam loptu preko mreže nekoliko puta, ako se to računa kao igranje...

– Znači, nisi! Samo prati mene – rekao joj je dok je lopta koju je udario Mihalis letela preko mreže. Zanta se pomerila omogućivši Dimitrisu da uzvrati udarac.

Zanti se vrtelo u glavi od opojne mešavine alkohola i vrućine, pa nije marila koliko možda smešno izgleda dok lopta leti napred-nazad, a ona se trudi da je vrati preko mreže. Nadala se da će ushićenjem nadoknaditi nedostatak tačnosti.

Dimitris je zasigurno bio glavni, vraćajući loptu nazad i vičući njeno ime kad bi išla ka njoj. Njegov osmeh kad je osvojila poen ispunio ju je ponosom. „Bacili su petaka" jedno drugom, a nasmejani pogledi su im se susreli.

Ponesena naletom endorfina, izgubila je usredsređenost, pažnju je prebacila sa odbojke na Dimitrisov očaravajući osmeh, koji je, činilo se, bio ispunjen pravom srećom, pa kad se lopta vratila preko mreže, odlučila je da ide na nju.

Dimitris se pojavio niotkuda, skočivši u vazduh u istom trenutku kad je posegnula za loptom koja je letela između njih. Njegovo visoko, čvrsto telo joj je izbilo vazduh. Izgubila je ravnotežu i okliznuvši se na travi snažno pala na zadnjicu, sa suknjom podignutom do struka.

– Dođavola! – Dimitris je stajao iznad nje, nasmejane oči sada su mu bile širom otvorene od zabrinutosti, obrazi rumeni od napora, ili možda stida, dok mu se pogled podizao naviše prema njenom licu. Pružio je ruku i podigao ju je na noge. – Jesi li dobro?

Srce joj je ubrzano kucalo dok je hvatala dah i gledala ga, s rukom i dalje u njegovoj. – Samo ugruvana zadnjica i povređen ponos – rekla je, nameštajući suknju.

Vasilis ih je oboje pljesnuo po leđima, a zatim prebacio ruke preko njihovih ramena vodeći ih ka stolicama. – Možda bi sada trebalo da prestanemo i samo pijemo, a? Pre nego što ponovo oboriš Zantu – namignuo je Dimitrisu, čiji su se obrazi još više zarumeneli.

Dok su Džud i Aleksi imali napad smeha, proglasili su kraj igre. Grci su bili puni hvale za Zantinu volju i Džudov polet, a međusobno su se zadirkivali na mešavini engleskog i grčkog jezika. Džud je uživao u pažnji, i Zanta je videla da je zaista bio srećan što su ga uključili u igru. Iako nije afektirao, kao gej glumcu koji pleše i nastupa u mjuziklima često mu je bilo teško da se poveže s „muškarčinama". Razlike su svakako bile manje primetne miljama daleko od kuće, na grčkom ostrvu.

Sat vremena kasnije, nakon mnogo pića i razgovora, kada je Vasilis glasno zevnuo, a ostali na grčkom prokomentarisali da se ponaša kao starac jer je postao otac, Zanta je shvatila da je vreme za polazak.

– Hvala vam što ste me naučili da igram odbojku – rekao je Džud Grcima.

– Nema na čemu – odgovorio je Vasilis. – Iznenađujuće si dobar za engleskog glumca!

Dok su se ostali šalili s Džudom, Zanta se približila Dimitrisu. – Znaš, ako ikada poželiš da razgovaraš o nečemu, o bilo čemu

– rekla je nežno, stavljajući mu ruku na mišicu i gledajući ga u oči – tu sam, prva vrata od tebe, i odlično slušam.

Znala je kako verovatno izgleda pijano, ali svaka reč joj je bila iskrena. Nagnula se i poljubila ga u obraz. Njegova brada joj je okrznula usne, i udahnula je miris vrele kože i osvežavajuće kolonjske vode pomešane s gorkom aromom piva.

Klimnuo je glavom. – Hvala, Zanta.

Dok je sklanjala ruku s njegove mišice, on ju je uhvatio za nju. Od tog dodira su joj trnci prošli telom. – Zaista mi je žao zbog načina na koji sam ti se obratio kad smo se prvi put sreli i zbog toga kako se mama ophodi prema tebi.

– Nema veze – rekla je Zanta, stisnuvši mu ruku. – Sada smo prijatelji, zar ne?

– *Fysiká*. – Klimnuo je glavom. – Naravno.

Pustila ga je. – *Kalinikta*, Dimitri.

Kada su im i ostali poželeli laku noć, Džud ju je zagrlio, a ona je njega obuhvatila oko struka, i tako su krenuli preko suve trave, sudarajući se kukovima dok nisu uskladili korake. Što su bili manje usklađeni, to su se više smejali, sve dok nisu počeli nekontrolisano da se kikoću.

– Zašto, dođavola, ponovo preskačemo ogradu kad možemo da idemo okolo? – Zanta se toliko smejala da su joj se suze slivale niz lice.

Agatin vrt obasjan mesečinom bio je u sivkastoj izmaglici kada je krenula da se penje preko ograde, a kratka suknja joj se zakačila za drvo.

– Ovako pružaš momcima povod za smeh, a Dimitrisu sjajan pogled. Ponovo! – rekao je Džud veselo dok joj je oslobađao suknju, gurao joj zadnjicu i prebacivao je preko ograde.

Uz napor i mnogo psovanja, Džud je doskočio pored nje u naletu kikotanja. Zajedno su se gegali kroz rastinje i došli do staze koja je vijugala ka vili.

Džud se oslonio na zid dok je Zanta pretraživala torbu u potrazi za ključevima. – Molim te, poljubi ga, Zanta. Znam da to želiš.

– Oh da, to bi baš bilo pametno, zar ne, da još dodam i ljubljenje komšije svom već ukaljanom ugledu.

– Dimitris bar nije oženjen...

Zanta ga je šljepnula po mišici.

– Naravno, mogao bi negde da ima tajnu suprugu. Mislim, on je grdno zamišljen i tajanstven. Ko zna kakva mu je prošlost.

– Ti previše dramiš, a on je samo tužan. – Zanta je petljala s ključem u bravi i gurnula vrata. – To je moj utisak. Mislim da mnogo toga ima veze s njegovom mamom. Večeras je delovao mnogo srećnije, u društvu prijatelja.

– Ipak, pored tvoje urnebesne odbojkaške epizode, on nije baš duša zabave.

– Znaš, dragi moj, ne može svako da bude otvoren, napadno bučan i da na sav glas peva numere iz mjuzikla.

– Ne, naravno da ne, život bi bio nepodnošljiv kad bi svi bili poput mene! – prevrnuo je očima. – Ali zasigurno bi trebalo malo da živne.

Zanta je upalila rasvetu u kuhinji i trepnula od iznenadne svetlosti. – Upravo to i kažem. Deluje mi potišteno.

– Onda se sprijatelji s njim, Zanta. Ova priča s fotografisanjem za veb-sajt je savršena prilika. Osvoji ga svojim čarima. Sviđaš mu se.

Zanta je nabrala nos, ali nije mogla da prenebregne leptiriće u stomaku nakon što je Džud to rekao.

– I nemoj mi praviti taj izraz lica. Naravno da mu se sviđaš – ti si najdopadljivija osoba koju poznajem i božanstveno izgledaš. Da mi se ne sviđa Dimitris – ili da budem iskren, Vasilis, Mihalis i Aleksi – svakako bih tebe izabrao.

Zanta je frknula. – Uvek znaš kako da me oraspoložiš.

19.

Zbog misli o Dimitrisu koje su joj se motale po glavi i prilično bolne zadnjice nakon veličanstvenog pada, Zanta dugo nije mogla da zaspi. Nakon što su oboje popili po dve šolje kafe, pomisao na doručak kod Tule pre nego što provedu dan na plaži olakšala im je mamurluk, iako je Tulino *kaliméra* u znak dobrodošlice bilo preglasno za Zantinu osetljivu glavu.

Zanta je otpozdravila i predstavila Džuda.

– Ah, drago mi je da upoznam Zantinog prijatelja. Da li si i ti glumac? – pitala je Tula počevši da priprema pite od sira za njihovu porudžbinu.

– Da, plaćam svoje grehe! – Tula se namrštila, a Džud objasnio: – Glumim u mjuziklima, isto kao i Zanta, ali rado prihvatam bilo koju ulogu kako bih se zadržao u poslu.

– Da li si oduvek želeo da glumiš? – Tula je umotala pite i stavila ih na pult.

– Sudeći po mojim roditeljima, nastupao sam pre nego što sam prohodao. Oduvek sam privlačio pažnju.

– Moja unuka je takva. Uvek peva i pleše.

Džud je nabrao nos. – O, bože, zvuči kao da imate malu glumicu u nastajanju.

– To mi se dopada! – Tulina crna kovrdžava kosa je poskakivala dok se smejala. – Mi Grci takođe volimo da nastupamo s našim plesom, muzikom i hranom. Sve je to predstave radi.

– Mislim da ću se onda savršeno uklopiti!

– Džud trenutno nastupa u *Laku za kosu* na Vest Endu – rekla je Zanta.

Tula je širom otvorila oči. – Stvarno?

– Samo sam deo plesnog ansambla, ali to je velika produkcija. Veoma je zabavno.

– I upravo je počeo s probama za *Zaleđeno kraljevstvo* – ubacila se Zanta.

– Opet, sporedna uloga, ali obožavam sve u vezi s tim.

– Moja druga unuka obožava *Zaleđeno kraljevstvo*. – Tula je pogledala Zantu. – Koji je engleski izraz kada nešto mnogo volite.

– Opčinjen?

– Tačno! Kaliopa je opčinjena *Zaleđenim kraljevstvom*. Stalno peva. Slično vama dvoma.

– Bolje onda da joj ne kažemo da je na akademiji Zanta igrala Elsu u studentskoj produkciji.

– Stvarno jesi! – Tula je pljesnula rukama. – Morate doći na Kaliopin rođendan u četvrtak i upoznati je. Tema slavlja je *Zaleđeno kraljevstvo* – vidite, kažem vam da je opčinjena. Biće oduševljena. Jedino ako imate vremena i nemate druge planove.

– Voleli bismo to, zar ne? – Zanta je pogledala Džuda, koji je klimnuo glavom.

– Prestajem da postavljam pitanja i puštam vas da idete.

Dok su išli ka vratima, Zanti je pala na um jedna zamisao. Verovatno je bila glupa i jedna od onih zbog kojih će zažaliti, ali sada nije mogla da je izbaci iz glave. Okrenula se nazad ka Tuli. – Pravite zabavu za nju ovde ili kod kuće?

– *Naí*, ovde posle sijeste. Nešto hrane, nekoliko društvenih igara, malo muzike i plesa.

– Aha. – Zanta je klimnula glavom. – Mogla bih da otpevam nekoliko pesama iz *Zaleđenog kraljevstva*. Sigurna sam da bi i Džud takođe to želeo. – Okrenula se ka njemu, s podignutom obrvom.

– Da li me zezaš? – nasmejao se Džud. – Biće mi zadovoljstvo!

– Zaista? – Tulin iznenađeni izraz lica brzo se pretvorio u osmeh.

– Naravno. – Zanta je klimnula glavom. – Možemo doneti delić *Zaleđenog kraljevstva* u grčki kafe vrelog junskog dana. Nema problema.

– Divni ste! – Tula je brzo obišla pult, uhvatila Zantu i poljubila je u obraze, a onda i Džuda. – Pričaćemo! Dogovorićemo se kasnije, ali sada idite dok je još sveže.

Izašli su iz kafea praćeni njenim uzbuđenim ćeretanjem na grčkom s pomoćnicom. Zanta je sijala od zadovoljstva zbog Tulinog iskrenog uzbuđenja.

– Nadam se da ti ne smeta što sam te uvukla u ovo – rekla je dok su prelazili seoski trg do mesta gde su parkirali auto.

Džud je uhvatio Zantu podruku. – Da li sam ikada odbio priliku da zablistam?

Iako je vazduh mirovao pod čempresima, bilo je hladnije nego na prašnjavom putu gde su parkirali. Put do plaže Dafnudi vijugao je ispod visokih i vitkih stabala, krivudajući niz šumovitu padinu. Zvuci su bili prigušeni ispod senovitih krošnji, čuli su se samo poj ptica, krckanje grana i pucketanje grančica pod nogama. Da su ostali mirni, mogli bi da čuju i najtiše zvuke insekata u žbunju i šuškanje guštera koji nestaje ispod kamena, ali previše su pričali da bi obratili pažnju na pojedinosti sve dok put nije postao strmiji i kamenitiji, prisiljavajući ih da se usredsrede na korake. Naposletku, razmak između stabala im je otkrio odredište – belu šljunkovitu plažu u zaštićenoj uvali s pogledom u daljinu na more ka ostrvu Lefkada koje je bilo u izmaglici.

– O, bože, Zanta, jedini smo ovde!

Dok je sledila Džuda ka plaži, shvatila je da je u pravu.

Van utabanih staza i nakon prijatne šetnje po šumi, plaža je bila okupana suncem i pusta.

– Sigurna sam da neće dugo ostati takva, pa hajde da to iskoristimo što više možemo.

Zamenili su patike obućom za plažu, razmotali peškire i položili ih blizu drveća koje je zaklanjalo zaleđinu plaže, nadajući se kako će im kasnije pružiti hlad. Džud se skinuo u kupaće gaće i zakoračio u plićak, dok su njegovi uzvici „uh" i „ah" naterali Zantu da se nasmeje dok je uranjao u smaragdnozelenu vodu.

Sledila ga je, svukla šorts i majicu ostajući samo u bikiniju. Uzela je foto-aparat, prošetala do središta plaže, uživajući u toploti na koži dok je fotografisala Džuda kako se ljuljuška u moru. Dok je plutao na leđima, istraživala je, ulazeći u hladne dubine pećine sa zasenjenom šljunkovitom plažom.

Čučeći kod drugog ulaza u pećinu, gde je voda zapljuskivala oblutke, Zanta je videla Džuda kako pliva. – Pogledaj ovo! – viknula je.

Okrenuo se u vodi kao da pokušava da shvati odakle dolazi njen glas, ugledao ju je i doplivao do nje.

– Skrivena pećina? – Sagnuvši se, krenuo je da izlazi iz mora, kapajući vodom po kamenju dok joj se nije pridružio. – Ovo je savršeno.

Kamen iznad njihovih glava bio je hladan na dodir, izbrazdan i čvrst, mestimično prekriven crtežima nalik grafitima starim nekoliko decenija.

Seli su na peškire da se osuše na suncu. Zanta je pomislila koliko je divno deliti ovako prelepo mesto s najboljim prijateljem.

Džud je otpio gutljaj vode iz boce, a Zanta mu je pružila jednu od pita sa sirom koje su kupili kod Tule. Dok je jeo zadovoljno je mljackao.

– Odmori s prijateljima su najbolji. – Obrisao je sa usana mrvice kore od pite. – Porodični odmori dok sam bio mali su bili bezveze, i to ne samo zato što smo uvek išli u Batlins, a nikad u inostranstvo, više je imalo veze s tim što su roditelji stalno želeli da se međusobno poubijaju.

– Da, potpuno razumem tu potisnutu napetost. Nije bilo toliko očigledno kod mojih roditelja, ali napetost je zasigurno bila prisutna. – Zanta je progutala veliki zalogaj pite sa sirom i zalila ga vodom. – Smešno je, razmišljala sam o tome, kako odrastanje toliko utiče na naš život, a mi to zapravo ne uzimamo u obzir.

– I sve je pitanje sreće imaš li pristojne roditelje ili ne. Kao Parminder, čiji bi roditelji voleli da ona bude u dogovorenom braku, ali su poštovali njenu odluku da se bavi glumom. S tradicionalnijim roditeljima, moglo je da bude i drugačije. Ali uprkos tome, vidi se kako ima osećaj da ih je razočarala.

– Istina, ali barem živi život kakav *ona* želi.

– Ali ono što želim da kažem je kako su oni i pored toga uticali na to kako se ona oseća – izbegla je dogovoreni brak, ali ne i osećaj neuspeha.

– Roditeljski uticaj, zar ne? – Zanta se oslonila na peškir i ispružila noge na suncu. – Možda moje uverenje kako nikada neću pronaći pravu ljubav dolazi od toga što sam posmatrala kako se okončava brak mojih roditelja. Tada nisam ni shvatala da nešto nije u redu. Tek sada, kad se osvrnem, vidim maminu ogorčenost zbog toga što je mlada postala majka, kad je došla u Englesku da studira, jer je imala ambicije i želela karijeru...

– I onda je upoznala tvog tatu?

– Da. Nisam primećivala tu napetost dok sam bila dete – bilo je svađa, ali mislim da sam bila previše mala da bih razumela. Ali mama je bila tako tužna i ogorčena. Otuđila se od svoje porodice, a zatim okončala brak jer ju je tata varao – to mora da joj je teško palo. Nije imala nikoga osim mene i Tea – a on je godinama bio neverovatno besan na nju. I na tatu, ali s dobrim razlogom.

Koža im se sjajila na suncu, Džudove blede pegave noge u oštroj suprotnosti sa Zantinim preplanulim.

– U mom slučaju – rekao je Džud ponovo nanoseći kremu za sunčanje – to što tata posle razvoda nije bio mnogo prisutan u mom životu meni je olakšalo da se autujem, jer zapravo nisam imao šta da izgubim – teško da sam mogao manje da ga viđam.

– Bio je razočaran?

– Oh, da. Razočaran je blago rečeno, užasnut je tačniji izraz.

– Ali tvoja mama je uvek bila kul u vezi s tim.

– Da, najbolja je. Rekao sam ti već kako se nije nimalo potresla, kazala je da je znala i bila srećna što sam bio iskren s njom. Uvek je bila tako dobra, samo se sukobljavamo oko drugih tema, znaš, zato smo previše prokleto slični.

– Jake ličnosti se uvek bore za prevlast.

Džud je završio s mazanjem kreme po grudima i pružio Zanti bočicu. – Na to sam mislio kad sam rekao da ne mogu da živim s njom i obrnuto. Kratke posete su najbolje jer se i dalje volimo kad odem, a i znamo da ćemo nedostajati jedno drugom.

– Savršena ravnoteža.

– Jeste. Moram da pazim da ne ostanem predugo.

Zanta je bacila pogled iza sebe dok je jedna porodica pristizala, dobro opremljena suncobranima i igračkama na naduvavanje za dan na zabačenoj plaži.

– Mama je provodila mnogo vremena sa mnom i Teom dok smo odrastali, ali uvek je postojala nekakva gorčina jer zbog nas nije mogla da se posveti karijeri koju je želela sve dok nije bila već mnogo starija.

Džud je zinuo od iznenađenja. – To ti je rekla?

– Ne, nije. Čitam između redova. Sada je uspostavila ravnotežu s mojim očuhom i blizancima. I mislim da ja osećam ogorčenost prema toj srećnoj porodici koju sada ima, a koju, gledajući unazad, ja nisam imala jer je mama bila uznemirena i tužna. I tata je bio, samo što se on nosio s tim tako što je imao ljubavnicu. Mama je zasigurno bila ogorčena što je dvadesete i rane tridesete provela s nekim ko je nije voleo i poštovao onako kako je trebalo. Onako kako je moj očuh sada voli.

– Dakle, uvek ima nade – rekao je Džud. – To što se bojiš da nikada nećeš pronaći pravu ljubav samo znači da još nisi srela pravu osobu. Ostinovo bezvezno ponašanje koje je izbilo u javnost omogućilo ti je da pustiš vezu koja te nikada ne bi usrećila. Barem ne dugoročno.

Zanta je klimnula glavom, znajući da je u pravu. Možda je veza sa Ostinom bila jednaka propaloj vezi njenih roditelja, samo što oni nisu otišli toliko daleko da stupe u brak i dobiju decu.

Porodica se smestila s druge strane plaže, blizu kamenih hridi koje su se pružale u more. Jedno od dece čučalo je na krečnobeloj steni i rukom praćakalo po vodi. Videvši kako je preplanulo, Zanta je pomislila da su verovatno ceo odmor proveli napolju i vratila su joj se sećanja na njene odmore na Kefaloniji tokom detinjstva, kada su i oni činili isto. Bila su to srećna vremena. Kao mala, nije shvatala šta su izazovi i uznemirenost, dok je sada sve analizirala i brinula se o tome kako će joj izbori uticati na život.

Zanta se okrenula ka Džudu. – Voliš li da dizajniraš veb-sajtove?

– Odakle sad pa to?

– Ne znam, moguće da sam razmišljala o onome o čemu smo pričali sinoć.

– Hoćeš da kažeš, razmišljala si o Dimitrisu. – Šljepnuo ju je po laktu. – Ali da, sviđa mi se. Kreativno je. Mislim da imam oko za to i razumem šta funkcioniše i privlači ljude.

– Vidiš li sebe kako jednog dana to radiš puno radno vreme?

– I šta, da se odreknem glume? – Izgledao je zaprepašćeno.

Zanta je klimnula glavom i rukama obgrlila noge. – Ovaj način života sa audicijama, kastinzima, putovanjima, neizvesnošću, nemogućnošću da ponekad planiraš više od nekoliko meseci unapred u našim godinama je u redu, ali šta ćemo kad budemo stariji? Hoćeš li i dalje želeti tu neizvesnost i rad do kasno u noć kad budeš u pedesetim?

– Prvo, ne gledam to kao neizvesno već kao ludo uzbudljivo. Volim tu raznolikost i to što nijedan dan nije isti.

– Osim ako nisi angažovan na duži rok.

– Ali čak i tada, može da bude drugačije s različitom publikom, ili ako umesto tebe nastupa zamena. To mi se dopada. Mislio sam da se i tebi to sviđa?

– Uglavnom da, ali ima ograničeni rok trajanja. Kako budem starila, biće sve manje uloga za mene, i nisam sigurna koliko će kasnije takav način života biti praktičan.

– Zašto? Zato što želiš da se skrasiš?

– Možda. *Ako* upoznam pravog muškarca.

– Tu smo različiti. Čak i ako bih upoznao pravog tipa, on bi za mene bio pravi jedino ako bi me podržavao u onome čime se bavim, što je verovatno razlog da su sve moje veze propale.

– Treba da proširiš vidike dalje od neurotičnih glumaca.

– I ti, takođe – nasmešio se Džud. – Ali ne želim decu, a znam da bi ti volela da ih imaš jednog dana. Vidim kako to može promeniti situaciju, ali čak i tada, ljudi u našem poslu uspevaju da pomire obe strane. Pretpostavljam da sve zavisi od toga koliko to stvarno želiš.

– Tokom priprema za prijemni na glumačkoj akademiji, jedan vrlo mudar kolega mi je rekao da postanem glumica samo ako je to *jedino* što želim da radim u životu. Ukazao mi je na to da moraš biti veoma usredsređen i da stremiš glumačkoj karijeri, jer to zahteva određene žrtve.

– Da pogodim, bio je to stariji glumac koji je već dugo u poslu i prilično je razočaran time?

– Nešto slično. – Zanta je podigla topli oblutak i držala ga u ruci. – Ipak, bio je u pravu. Međutim, tada to nisam uopšte razumela.

Imala sam osamnaest godina i u potpunosti bila posvećena karijeri u pozorištu ili na filmu. Nisam bila sitničava, samo sam očajnički želela da se upišem na glumačku akademiju, dobijem prvi posao i postanem zvezda.

– Moj problem je što stalno dobijam sporedne uloge, a *nikad* glavne, pa razumem odakle mu to. – Džud je mahnuo rukom kada je Zanta otvorila usta da se pobuni. – To sam što jesam i pomirio sam se odavno s tim. To je mukotrpan rad i ponekad uništava dušu, ali ne bih ga menjao ni za šta na svetu, ne ako to zavisi od mene. Nastaviću da radim dok ne prestanu da mi nude poslove. Dizajniranje sajtova je moja sigurnosna mreža, jer nisam glup. Koliko god bih voleo da ceo život radim kao glumac, shvatam da je verovatnoća da od toga dugoročno zarađujem za pristojan život prilično mala i radije bih dizajnirao sajtove nego konobarisao.

Zanta nije znala šta je čeka u budućnosti. Nije očajnički želela decu, ali za razliku od Džuda, nije mogla da zamisli život u kojem ne bi osnovala porodicu, ali, slično kao i on, prvo je morala da upozna pravog muškarca. Da li je mogla sebe zamisliti kao glumicu za deset ili dvadeset godina? Nije bila sigurna. Uvek je živela za sadašnji trenutak, gledala samo nekoliko godina unapred, praveći raspored rada i razmišljajući kako najbolje da napreduje u karijeri. I shvatila je da nije jedino želela da se bavi glumom, barem ne otkako joj je fotografija postala strast.

Ostali su na plaži još nekoliko sati, povremeno bi se bućnuli u more da se rashlade, ili se povlačili u prijatnu hladovinu pećine, gde je more blistalo od sunčevih zraka. Bilo im je vruće nakon dana provedenog na plaži, koža im se zategla od soli, a kosa se sušila ukrućena od morske vode. Povratak uz šumovitu padinu do auta zahtevao je napor, posebno jer su još bili umorni od prethodne noći provedene na zabavi. Kada su stigli u vilu, nakon što su se istuširali i sprali sa sebe kremu za sunčanje i miris mora, te obukli čistu odeću, Zanta im je sipala po čašu vina.

Uputili su se ka njenom omiljenom mestu na udaljenom delu terase i podigli noge na kameni zid, posmatrajući pogled koji joj nikada neće dosaditi. Osećaj prostora i slobode bio je čudesan.

Obožavala je živost Londona, mogućnost da iznebuha ode na branč, kasnovečernje piće s prijateljima, ili da bira između toliko toga što se može raditi da ponekad naposletku ne uradi ništa, ali bilo je nečeg izuzetno posebnog u vezi sa ovim mestom. Privukli su je Agata i grčki jezik zahvaljujući kuminim pismima, ali sada kad je bila ovde, privlači je i samo ostrvo, njegova priroda, lepota, ljudi, hrana, način života i tajne.

20.

Stalni kasni odlasci na počinak zbog nastupa u predstavama pretvorili su Zantu u noćnu pticu, dok se na Kefaloniji, sa otvorenim šalonima i prozorima, budila uz cvrkut ptica i sunčeve zrake koji su bacali zlatni sjaj po šarenim pločicama.

Otkad je Džud došao Zanta je prestala da čita Agatine dnevnike, ali tog jutra, dok je Džud još spavao, napravila je kafu i vratila se u krevet kako bi pročitala najskorije zapise u dnevniku, unete samo nekoliko nedelja pre nego što je umrla. Rukopis je bio nečitak i mnogo grublji nego u ranijim zapisima, ali na stranici je iznenada iskočilo Dimitrisovo ime, i to ju je zainteresovalo.

Sporo je čitala na grčkom. Zastajala bi da prevede reči za koje nije bila sigurna šta znače, a čak i tada je morala da pogađa njihovo značenje. Naposletku je uspela da prevede: *Vidim da je Dimitris mnogo sličan meni. Brinem se da će završiti sâm.*

Naslonjena na jastuke u nekadašnjoj kuminoj spavaćoj sobi, Zanta je spustila dnevnik u krilo. Ražalostilo ju je što je Agata bila usamljena, bilo zato što je to izabrala ili sticajem okolnosti, nije bila sigurna, ali na neki način je bilo još tužnije što je brinula o Dimitrisu i njegovoj usamljenosti.

Nastavila je da prelistava dnevnik, pronalazeći druge delove u kojima se pominje Dimitris. Često ga je pominjala, bio je stalno prisutan u Agatinom životu – a po onome što joj je Dimitris rekao, i ona je bila veliki deo njegovog.

Zašto onda, ako je Agati bilo stalo i očigledno se brinula zbog njega, nije ostavila imanje koje je najviše volela osobi koja joj je bila najbliža?

Zanta se istuširala i obukla, a zatim ostavila Džudu poruku da ide po doručak. Mesecima je radio bez prestanka, a ona se setila koliko je bila iscrpljena kad je napokon sišla s te neprekidne vrteške nastupa u kasne sate. Zaslužio je da se naspava.

Ponevši Agatin dnevnik sa sobom, Zanta je krenula stazom. Pogledala je prema Dimitrisovoj kući i pitala se da li još spava, a onda je shvatila da je ponedeljak i da njegov kamionet nije tu, što znači da je već na poslu. Misli su joj odlutale na subotnju noć u vrtu i na njegovu tihu nenametljivu prisutnost kao i opuštenost dok je uživao u društvu prijatelja.

Dimitrisov lik joj se pojavljivao u glavi i nestajao dok je hodala, prizor njegovih punih usana i očiju koje su je očarale, tople, čokoladne boje sa zelenim pegicama. Osećajući da joj je vruće više nego što bi trebalo na svežem jutarnjem vazduhu, ubrzala je korak kad je stigla do glavnog puta ka selu. Dimitrisova privlačnost bila je skrivena, mišići su mu bili sputani majicama i šortsevima, nije bio neposredno seksepilan ni zavodljiv – za razliku od Sakisa. Ipak, kada je reč o Dimitrisu misli su joj zasigurno lutale u tom pravcu...

Obrazložila je sebi kako se ovako oseća jer su proveli iznenađujuće prijatno veče. Bio je svakako prijemčiviji i opušteniji bez mame u blizini. Pomenuo je probleme u prošlosti i nesuglasice s bratom, mada je njegova mama očigledno održavala odnos s drugim sinom, što je nagnalo Zantu da se zapita šta se dogodilo.

Mešavina mirisa kafe i pita koji su se širili iz Tulinog kafea najbolje su išli zajedno. Zanta je prešla trg, posmatrajući poznata lica i prizore: staricu u crnom širokog osmeha, smežurane kože i sa sjajem u očima, koja je sedela na tremu prekrštenih ruku posmatrajući ko dolazi i odlazi, mačkica s krznom nalik kornjačevini se, kao i obično, pojavila žalosno mjaučući dok se trljala o kameni zid, pored kojeg će provesti veći deo dana sklupčana u snu. Uobičajena grupa starijih muškaraca već je sedela za jednim od stolova ispred taverne. Da li je neki od njih poznavao njenog dedu? Da li ga posećuju? Da li ga iko posećuje?

– *Kaliméra!* – Tulin veseli glas je odjeknuo kad je Zanta ušla u kafe. – Tvoj prijatelj danas nije s tobom?

– Ostavila sam ga da spava.

– Videla sam juče Vasilisa i rekao mi je kako Džud nije stidljivi Englez, već je veoma zabavan, kao mi Grci!

– Oh da, Džud je daleko od stidljivog. Dakle, Vasilisu i njegovim prijateljima se dopalo što je Džud igrao odbojku s njima?

– Naravno, veoma im se svidelo! – Pokazala je na sveže napravljene pite. – Hoćeš li jednu od svake, sa sirom i kremom?

– Da, molim. Džudu su se mnogo dopale.

– I lepo si se provela s Dimitrisom?

Zanta je imala osećaj kako Tula pokušava da sazna nešto više od nje. – Da, svi smo.

– Dobro je za njega kad mu mama nije tu. – Umotala je kriške bugace sa sirom i kremom i počela da pravi kafu.

– Delovao je mnogo srećnije bez nje. – Zanta je razmislila koliko bi trebalo da otkrije i da li da se poveri Tuli ili ne. Ali bilo je neophodno ako je želela da joj ona pomogne. – Dimitris je, hm, usamljen, zar ne? I njegova porodica je u prošlosti imala problema?

– To je nešto o čemu ćeš morati s njim da razgovaraš. – Zanta je bila leđima okrenuta prema aparatu za kafu, tako da nije videla Tulin izraz lica, ali ton njenog glasa je ostao nepristrasan.

– Da, naravno, i nameravam. – Zanta je zastala. – Samo, prelistavala sam Agatine dnevnike i u njima često pominje Dimitrisa. – Kad se Tula s kafama u rukama okrenula prema pultu, Zanta je izvadila dnevnik iz torbe i držala ga u ruci. – Ali u nekoliko poslednjih unosa teško mi je da rastumačim rukopis i grčki jezik. Pitala sam se da li bi jednom bila voljna da pogledaš?

Tula je pružila ruku. – Pogledaću sad. – Uzela je dnevnik od Zante, potražila naočare iza nje i stavila ih. Otvorila je dnevnik na stranici koju je Zanta obeležila.

Zanta je primetila blago širenje njenih očiju, klimanje glavom i micanje usana dok je čitala.

Posle nekog vremena koje je delovalo kao večnost, Tula je podigla pogled. – Zašto ova stranica?

– Napisala je to neposredno pre smrti, i ja se tu pominjem.

– I Dimitris takođe.

– Aha. – Zanta je strpljivo čekala dok je Tula ponovo pregledala stranicu.

– Govori o Dimitrisu s ljubavlju. – Pritisnula je pesnicu na grudi. – Nečitko je, rukopis joj je ovakav. – Oklembesila je ruku i izgledala bespomoćno.

– Slabašan?

Tula je tužno klimnula. – Nije bila dobro, a opet je... – Odmahnula je glavom. – I dalje odbijala pomoć. Na ovoj stranici piše kako je bio topao dan za oktobar. Sedela je napolju s ćebetom i gledala kako Dimitris radi u vrtu. Kaže da je uvek sâm kao i ona i kako bi volela da on ima nekog ko će ga voleti i brinuti se o njemu. Plašila se šta će se dogoditi kada nje više ne bude bilo.

– Gotovo kao da je znala da joj nije ostalo mnogo vremena. – Tuga je zatekla Zantu nespremnu. Kada je saznala za Agatinu smrt, bilo je čudno tugovati za nekim s kim se samo dopisivala. Agata nije bila stalni deo njenog života, nije joj svakodnevno nedostajala jer ju je od detinjstva videla svega nekoliko puta, ali boravak na Kefaloniji, u njenom domu, pregledanje njenih stvari i otkrivanje radosti i lepote mesta koje je Agata osam decenija nazivala domom, učinili su da tuguje za njom.

– Postoji još nešto. – Tula je podigla pogled s dnevnika, oči su joj bile vlažne i svetlucave. – Napisala je: *Nadam se da će jednog dana upoznati Zantu.*

– To je napisala? O Dimitrisu? – Ponovo je osetila prijatno uzbuđenje koje joj se javljalo u stomaku kad je razmišljala o Dimitrisu, osećaj ispunjen emocijama, sličan onom kad je zagrlila Džuda na aerodromu, ali sada nabijen naelektrisanjem, nečim snažnijim i više zbunjujućim.

Dođavola. Da li zapravo nešto oseća prema njemu?

– Zar ne vidiš? – Tula je rekla s vragolastim izrazom lica. – Mislim da je Agata želela *tebe* da dovede u *njegov* život. Kako bi to bolje uradila nego da ti ostavi kuću?

Da li je zaista bilo tako ili je Tula u ovoj situaciji pokazala želju da bude provodadžika? Agata je ostavila kuću kumici – u tome nije bilo ničeg posebno neobičnog. Da je Agata odlučila da vilu ostavi Dimitrisu, Zanta ne bi ni razmišljala o tome. Ali izbor koji je kuma napravila promenio je Zantine okolnosti i odveo ju je na drugačiji put. Unela joj je nešto dobro u život. Da li je to zaista bila njena namera i za Dimitrisa?

Izložena Tulinom prodornom samozadovoljnom pogledu, Zanta je počela da oseća uznemirenost.

– Možemo samo da nagađamo zašto je Agata meni ostavila kuću, ali je veliki deo svog vrta ostavila Dimitrisu. To mora nešto da znači.

– Baš tako. To tebe i Dimitrisa postavlja jedno blizu drugog! – rekla je Tula radosno.

– Da, zajedno s njegovom mamom – promrmljala je Zanta.

– Ah. – Tula je mahnula rukom. – Nije savršeno, ali mislim da je Agata želela da se vas dvoje sretnete. A sada ste se sreli i dopadaš mu se...

– Ne dopadam mu se – obrecnula se Zanta, iako se potajno nadala da je to istina. – Iživcirala sam ga, naljutila mu mamu i napravila budalu od sebe.

Tula je prekrstila ruke i zadovoljno se osmehnula. – Hm-hm, sigurno je zato proveo subotnje veče razgovarajući s tobom.

– Takoreći smo mu upali na zabavu, nije baš imao izbora.

– Videćemo. – Vratila joj je dnevnik i gurnula dve kafe preko pulta. – Evo, uzmi ih pre nego što se ohlade.

Zanta je izašla iz kafea s jasnim osećajem da je Tula, čitajući dnevnik, samo još više podstakla svoju želju da ih spoji.

Da li je stvarno moguće kako je to što je Agata ostavila vilu Zanti bilo deo razrađenog plana da je privuče natrag na Kefaloniju, u nadi da će se njeni i Dimitrisovi putevi ukrstiti? Nije zvučalo verovatno da je njena tiha, neudata i praktična kuma razmišljala na taj način. A ipak, postojala je hrpa ljubavnih pisama od tajanstvenog udvarača, a njeni dnevnici su bili protkani opaskama o ljubavi i gubicima, njenim strastima i žaljenjima. Što je više saznavala o Agati, to je više uviđala da je sasvim moguće kako je bila romantična duša.

21.

Prvi put otkako je Zanta stigla na Kefaloniju, tih nekoliko dana s Džudom su zaista ličili na odmor. Zidari su završili posao na vili, pa je bilo daleko manje napeto bez njih u blizini. Bilo joj je prijatno u Džudovom društvu, a u predasima pomaganja Zanti da dovrši guljenje boje i farbanje šalona, provodili su vreme istražujući udaljenija mesta, otkrivajući živopisno selo Asos u uvali u obliku potkovice na severozapadu ostrva. Popeli su se i do venecijanskog zamka, što je vredelo zbog dalekosežnog pogleda. Sledećeg dana su otišli do pećine Melisani, s neverovatno plavom vodom obasjanom suncem, pa su se vratili u vilu da provežbaju odabrane pesme iz *Zaleđenog kraljevstva*, a Zanta je probala numere koje će pevati na audiciji za *Jadnike*.

Zanta je iz stare radionice pored vile izvukla zarđali roštilj i oribala rešetku. Zatim su uživali u jednostavnim obrocima od ribe i morskih plodova pečenih na roštilju uz salatu iz vrta.

U sredu uveče, nakon što je neprestano pričao o tome, Džud ju je nagovorio da skokne do komšije Dimitrisa i pozove ga na večeru.

– Možda želi da sâm mirno provede veče ako mu majka još nije tu – rekla je Zanta, osećajući nemir da bi se poziv mogao činiti kao više od prijateljskog poteza.

– Onda će odbiti. – Džud je prekrstio ruke. – Samo ga pitaj. Bili su mu prijatelji, izlazi napolje. Nije baš da je samotnjak. Možda mu bude prijalo društvo, a ako ne želi, sigurno će ti to reći.

Zanta se slagala s njegovom logikom i nije mogla da porekne da razmišlja o njemu. Često. Nemali broj puta su joj misli odlutale dalje od mogućnosti poljupca ka maštanju o njegovim prstima koji joj klize po koži i da li je mišićav ispod odeće isto kao što je izgledao u njoj...

Zanta je krenula preko trema. Čim je zašla iza ugla vile i nestala iz Džudovog vidokruga, provukla je prste kroz dugu talasastu kosu. Otkako je u Grčkoj, prihvatila je prirodniji izgled, kao za plažu, i znala je da joj, uz preplanuli ten, to dobro stoji. Dimitrisov kamionet bio je napolju, što je bio dobar znak. Stigla je do ulaznih vrata, duboko udahnula i zakucala.

Kratko je sačekala, pa zakucala ponovo.

Možda nije kod kuće.

Baš kad je htela da pođe, vrata su se otvorila i pojavio se Dimitris samo u šortsu. Pogled joj je klizio s njegovih prsa – preplanulih, sasvim dovoljno maljavih i sa isklesanim mišićima – do mesta gde je peškirom sušio kosu.

Zasigurno je bio kod kuće.

– Zdravo – napokon je progovorila Zanta. – Džud i ja smo se pitali da li, ovaj, ako ne radiš ništa, želiš da dođeš kod nas na večeru? Možemo popričati i o tvom veb-sajtu. Ili samo opušteno popiti pivo. Ali nema problema ako ti se ne dopada zamisao ili imaš druge planove. Nismo neki kuvari, ali raspalili smo roštilj... – Dođavola, blebeće kao navijena.

– Voleo bih. Samo da se obučem.

Ponovo je vratila pogled na njegova prsa. – Odlično. – Pogledala je naviše i primetila na njegovom licu kako ga to malčice zabavlja. – Dođi kad budeš spreman.

Vraćala se stazom ne mogavši da izbaci iz glave prizor Dimitrisa kako se tušira. Šta se to dođavola dešava s njom? Seksualno isfrustrirana s gomilom potisnutih osećanja kojih se trebalo osloboditi – to bi verovatno rekao Džud. Ipak, Dimitris nije tako delovao na nju kad ga je prvi put videla. Jeste, priznala je kako je zgodan, ali hladno držanje i njihov napet razgovor nisu joj ga učinili dragim. Otada su se malo bolje upoznali, razrešili nesporazum i on, za razliku od svoje majke, nije imao loše mišljenje o njoj.

Sada nije mogla da ga izbaci iz glave.

Već su počeli da spremaju hranu kad se Dimitris pojavio sa šest piva i dva tanjira, jedan sa umakom od dimljenog patlidžana, a drugi sa caciki salatom. Iako je Zanta naglasila da ni ona ni Džud nisu neki kuvari, veoma joj se dopadalo što ima vrt pun svežih i ukusnih sastojaka. Džud je guglao recepte za roštilj i poslednjih nekoliko sati seckao krompir na komade, marinirao ga u maslinovom ulju, limunu i origanu, a zatim ga umotao u aluminijumsku foliju kako bi ga pekao na roštilju.

– Ja sam zadužen za hranu, vas dvoje se pobrinite za piće i opustite se – rekao je Džud odlučno nakon što su dočekali Dimitrisa.

Dimitris je otvorio tri piva, jedno pružio Zanti, a drugo ostavio za Džuda. Seli su u hlad drveta japanske jabuke malo dalje od toplote i dima roštilja, odakle su mogli da vide Džuda zauzetog spremanjem hrane.

– Ne znam šta mu je – rekla je Zanta posmatrajući Džuda kako pomoću hvataljki za roštilj namešta jedan od paketića s krompirom.

– On inače ne kuva?

– Samo ako pod time podrazumevaš podgrevanje gotovih obroka u mikrotalasnoj, ili pravljenje tosta s nečim.

– Onda ne. On ne kuva.

Nasmejali su se jedno drugom i otpili pivo.

– Ovo mesto je savršeno za pozivanje gostiju – rekla je Zanta, osvrćući se oko sebe. – Da li je Agati uopšte neko dolazio?

– Volela je da kuva, ali manje u poslednjih godinu-dve. Često smo sedeli ovde uz frape i šta god bi tog dana spremila. Pravila je najbolju kotopitu, sama je razvijala kore, a njeno pripremanje piletine bilo je neprevaziđeno.

– Da li ti je dala recept? Ili ti ne kuvaš?

– Kuvam, i da, imam recept, ali nikad nisam uspeo da je napravim da ima isti ukus, čak ni onda kad sam napravio kore umesto da ih kupim.

– Zvuči zahtevno za pripremu.

– Jeste, ali volim to. Kuvanje me opušta. Zato volim da radim u vrtu, vidiš dešavanja i promene. To me smiruje. A i kada kuvaš napraviš nešto – na šta možeš uglavnom biti ponosan.

– Znači da i ti i tvoja mama kuvate?

– Obično kuvam ja.

Zanta je podigla obrve. – To je previše, nakon punog radnog vremena.

– Ne smeta mi. Ona čisti, pere, ide u kupovinu i radi mnogo toga kako bi mi pomogla. Kuvanje je podseća na srećnija vremena kad smo bili mlađi, sada nije isto.

Seta mu je ponovo obojila glas, praćena skoro neprimetnim zatezanjem ramena, što se videlo samo zato što su mu se napeli bicepsi. Nije da je gledala u njegove mišiće... snažnu mišicu dovoljno blizu da je dotakne. Zanta je preusmerila misli na to koliko se brine o majci i pruža joj podršku. Samo je zagrebala po površini njegovih nevolja, i bila je sigurna kako ih ima mnogo.

– Zasmejava me. – Dimitris je klimnuo glavom ka Džudu, koji je, glumatajući, na roštilju prevrtao klipove kukuruza. – Mislim to na lep način.

– Najbolji je.

– Lako stiče prijatelje?

– Da, svi ga vole.

– Ima li devojku?

– Momka.

– Ah, i pomislio sam da je to možda slučaj.

– I ne, nije imao nikog neko vreme. On bi voleo da bude u vezi, dok sam ja veoma srećna što više nisam s bivšim koji me je varao.

– Nisi mi mnogo pričala o njemu.

– Nije vredan pomena. – Pogledala ga je u oči. – Jer je *maláka*, razumeš?

Dimitris je prasnuo u iznenađujuće veseo smeh. Džud je bacio pogled ka njima.

– Savršeno razumem – rekao je Dimitris.

– Mnogo me je povredio i želim ponovo da uživam u životu i zabavljam se, zato se skoro i desila situacija sa Sakisom... – Obrazi su joj se zarumeneli.

– U redu je, Zanta. – Dimitris joj je stavio ruku na mišicu. – Ne moraš da objašnjavaš. Razumem kad neko želi da se zabavi, i pokušavam to i sâm kad mogu. Takođe, nije problem ni želeti seks.

O bože, o bože, o bože, o bože...

Zanta je osećala kao da se topi iznutra. Sâm zvuk te reči s njegovih usana.

– Sad ti je neprijatno zbog onog što sam rekao.

– Ne, uopšte. Pa, pomalo. – Nasmejala se. – Pretpostavljam da od tebe nisam očekivala takvu otvorenost na tu temu.

– To je sasvim prirodno. – Nasmejao se. – Stalno razmišljam o tome.

Preplavila ju je vrelina. Da li je osećao kako deluje na nju?

Dimitris je klimnuo glavom prema Džudu. – Izlazite li zajedno? Kako kažete na engleskom kad izlazite da nađete momka ili devojku?

– Muvanje.

– Imate čudne izraze.

– Izlazimo, ali ne da bismo išli u potragu za tipovima – imamo različite kriterijume u tom pogledu, a u zavisnosti od toga gde idemo, najverovatnije će samo jedno od nas dvoje imati priliku.

– Nije upoznao nikog preko posla?

– Oh, upoznaje dosta ljudi, ali uglavnom postanu prijatelji.

– Prijatelj... – Dimitris je klimnuo glavom. – Znači, nije ljubavnik.

I sad je rekao *ljubavnik* s tako savršenim naglaskom, prožetim nagoveštajem – bez obzira na to da li mu je to bila namera ili ne. Zanta je imala osećaj kao da propada, brže nego kada bi se na rolerkosteru okrenula naglavačke.

– Ne, nema takvih.

Dođavola, nije mogla ni da izgovori tu reč u njegovom prisustvu.

– Ali ti uživaš da budeš slobodna?

– Da, zaista uživam, ali ako naiđe prava osoba... – rekla je glatko, trudeći se da mu privuče pažnju. Ovo se pretvaralo u nespretno zanimljiv razgovor. Način na koji ju je gledao učinio je da joj se stomak ponovo okrene naglavce. Zasigurno je shvatao kako utiče na nju, jer je očigledno uživao u tome.

Da, Džudov predlog da pozovu Dimitrisa bio je dobar, jer je naravno znao da joj se on sviđa. Ponekad ju je poznavao bolje nego što je poznavala samu sebe, na isti način na koji je ona često razumela šta je njemu potrebno pre nego što bi to i sâm shvatio. Bili su tanano usklađeni s međusobnim ranjivostima i osećanjima, mogli su da čitaju govor tela i vide istinu iza onoga što je rečeno. Sada je morala da otkrije da li se, uprkos tome što je slao toliko protivrečnih signala, dopada Dimitrisu. Sigurno je očijukao s njom, jer je njihov razgovor bio tako iznenađujuće i neočekivano otvoren.

Pre nego što su imali priliku da kažu još nešto, Džud je prišao s velikim tanjirom hrane ispečene na roštilju i stavio ga na sredinu stola.

– Baš sam uživao u spremanju ovoga, samo se nadam da nas neću sve otrovati hranom.

– Veruj u sebe, ovo je prokleto neverovatno – rekla je Zanta, dok joj je voda išla na usta. Ispod kože ribe pečene na roštilju videlo se sočno meso, a što se krompira tiče... Zabola je viljušku u njih i oni su se odmah raspali, karamelizovani i izvrsno mekani.

– Ako ikada odlučiš da se odrekneš glume – rekla je žvaćući ukusan krompir – mogao bi da se posvetiš kuvanju.

Džud je odmahnuo glavom. – Nisam kuvar, ali sam stvarno iznenadio sâm sebe!

– Izvoli. – Dimitris mu je pružio još jedno pivo i kucnuo se s njim. – *Yamas!*

Dimitris nije bio Džudov tip; on je više voleo plave mršave momke, ali primetila je kako ga povremeno gleda s divljenjem dok su jeli i pričali. Uostalom, bilo je teško ne gledati, a upravo to je i ona krišom radila.

Dim s roštilja je lebdeo u vazduhu, a veče je bilo sparno. Miris pečene hrane s roštilja mešao se sa slatkastim mirisom cveća i svežinom začinskog bilja. Kada je prolazila pored saksija Zanta bi uvek protrljala listove između prstiju i pomirisala ih: topla i osvežavajuća aroma origana s mirisom limuna i letnja mirišljava radost bosiljka, kamilice i osvežavajuće nane. Da li bi bilo šta od ovoga bilo moguće u Londonu? Iznajmljivali su kuću s malim dvorišnim vrtom, koji su činile sive betonske ploče između kojih je izbijao korov i divlji grm budleje na oskudnom rubu. Šta je sprečava da u saksije posadi začinsko bilje? Mogla bi da opere betonske ploče vodom pod pritiskom i pita stanodavca mogu li da ofarbaju ogradu kako bi dvorište izgledalo vedrije. Naravno, ne bi ni približno bilo ovako kao ovde, ali zasigurno bolje od sadašnjeg stanja.

Razgovor je prešao sa Zantinog i Džudovog glumačkog života i njenog predstojećeg sastanka u Londonu na Dimitrisov posao vrtlara.

– Agata me je naučila mnogo o vrtlarstvu. Imala je strpljenja i dopuštala mi je da, kako vi to kažete, isprljam ruke. Kad sam bio mlađi nisam želeo da mi neko pridikuje, voleo sam da učim radeći – uvek mi je tako bolje išlo, a Agata mi je dopuštala da sadim, kopam i učim na greškama.

– Dopada mi se što te je podsticala i prenela ti svoju ljubav prema prirodi i gajenju biljaka – uzdahnula je Zanta. – Tragam za zelenim površinama u Londonu, ali ovo je daleko bolje od naše kuće, zar ne, Džude?

– Malčice! – Džud se okrenuo ka Dimitrisu. – Kako se nosiš s tim da živiš na ovako prokleto bajnom mestu?

– Zajedljiv je – rekla je Zanta videvši Dimitrisov zbunjen pogled.

Dimitris je slegnuo ramenima. – Divno je, ali nije uvek lako, razumeš? Život... znaš.

Zanta je razumela koliko može biti teško rečima izraziti osećanja, otvoriti se i pričati o bolu. Neće ga sad pritiskati o tome, ali hoće kad dođe pravi trenutak.

– Upravo to sam pre neki dan rekla Džudu, da nijedno mesto nije savršeno, čak ni na idiličnom grčkom ostrvu – ne kad uračunaš sve poteškoće kojima te život obasipa. – Uputila im je obojici pogled pun razumevanja.

– Ali bogami, mnogo pomaže! – nasmejao se Džud.

Zanta nije želela da se veče završi, ali nakon što su pojeli hranu, popili piva i bocu vina, a sunce već odavno zašlo, Dimitris je rekao da je vreme da pođe.

Zanta je uvidela da su dobrih sat vremena sedeli u gotovo potpunom mraku, iako je blistavi mesec bacao srebrni sjaj po zamračenom vrtu. Ostavila je Džuda i Dimitrisa da ćaskaju i odnela tanjire unutra. Svetlost iz kuhinje obasjavala je terasu toplim, zlatastim sjajem.

– Ako ne znaš – govorio je Džud kad se vratila napolje – sutra popodne izvodimo nekoliko pesama iz *Zaleđenog kraljevstva* za rođendansku proslavu Vasilisove ćerke. Kunem ti se da ne želiš da propustiš Zantino izvođenje pesme „Let It Go". Naravno, samo ako si slobodan.

– Ako se vratim na vreme, doći ću.

– Stvarno ne moraš – naglasila je Zanta hitro. – Sumnjam da je to za tebe.

– Voleo bih da te vidim kako nastupaš. – Zadržao je njen pogled i namignuo. On je, dođavola, stvarno namignuo.

Zanta nije bila sigurna može li se više istopiti od miline. Ako on ne ode uskoro, ona će se pretvoriti u baru na terasi. Primetila je kako se Džud trudi da ne pukne od sreće.

Dimitris je rekao „*kalinikta*" i poljubio Džuda u obraze, a zatim i Zantu. Mirisao je na dimljeno drvo, pivo i nanu. Njegova brada joj je okrznula obraze. Pogledi su im se na trenutak sreli pre nego što ju je pustio i odšetao mašući im.

Zanta i Džud su ćutali sve dok Dimitris nije zašao iza ugla vile.

S nestašnim osmehom, Džud se okrenuo prema njoj. – Da li su ti se upravo rasprsnuli jajnici? Jer da ih imam, moji bi zasigurno to bogami uradili.

22.

Zanta se sledećeg jutra probudila s treperenjem u stomaku zbog nastupa na rođendanskoj zabavi tog popodneva isto koliko i zbog toga što je mislila na Dimitrisa i način na koji ju je pogledao kada je sinoć rekao „*kalinikta*". Čvrsto se držala šapata sna u kojem su glavni bili on i nežni dodir njegovih usana na njenim obrazima. Nije želela da se tu završi... Rado bi ga ispratila do kuće i brzo mu strgla odeću s mišićavog tela pre nego što bi ga strastveno poljubila dok bi njegovi prsti i usne istraživali svaki deo...

– La, la, la, la, la, la, laaa!

Džud, koji se raspevavao na sav glas, uništio joj je prijatan san. Poslednje što je nameravala da uradi, nakon što se onako ponela sa zidarom, bilo je da se petlja sa Iridinim sinom.

Uprkos opuštenom jutru koje je provela sunčajući se u vrtu, nemir u Zantinom stomaku postajao je sve izraženiji, do te mere da su joj se, kada su krenuli do kafea, dlanovi znojili, a srce joj tuklo.

Tula ih je dočekala poljupcima, i brbljala je sto na sat dok ih je uvodila unutra. Stolovi i stolice su bili drugačije raspoređeni, kako bi se u zadnjem delu kafea napravio prostor za nastup, a po podu su bili razbacani jastučići za decu. Na dugom stolu pored zida Marika je postavljala tanjire s hranom za zabavu i poklon-vrećice za goste s temom *Zaleđenog kraljevstva*. Nakon kratkih pozdrava, Tula je odvela Zantu i Džuda do ostave iza kafea kako bi se presvukli.

Jedna od meštanki je pozajmila Tuli kostim Else koji je nosila za ćerkin rođendan, i dok se Zanta presvlačila, Džud je obukao plavu košulju, crne pantalone i braon prsluk, takođe pozajmljene od meštana, kako bi više ličio na Kristofa.

Okrenuli su se jedno prema drugom i prasnuli u smeh.

– Izgledaš kao Elsa – rekao je Džud dok joj je prstima nameštao kosu, uvijajući je u talase. – Čak i s pogrešnom bojom kose.

– Mrzim što ću to reći, ali ti izgledaš kao da si pozajmio odeću od nekog starca.

Džud je frknuo. – Ne brini, biće toliko očarani mojim izvođenjem da ću ih ubediti u bilo šta!

– *Po po!* – uzviknula je Tula ulazeći u prostoriju. – Izgledate predivno! – Stavila je dve čaše kremastog frapea na policu iza njih i pljesnula rukama. – Gosti pristižu, sačekajte još pet minuta, pa ćemo, kad svi budu tu, da iznenadimo Kaliopu.

Tula ih je gledala sa osmehom pre nego što je stavila prst na usne da budu tihi i vratila se u kafe.

Dečja graja i povici „*xrónia pollá!*" odzvanjali su dok su Kaliopi čestitali rođendan. Što su razgovori na grčkom postajali glasniji, to je Zanti jače lupalo srce, a još nelagodnije se osećala u zagušljivoj ostavi, u haljini nekoliko brojeva većoj, napravljenoj od materijala koji ne diše.

Ugrabila je svežanj papira s najbliže police i mahala njima kako bi se rashladila.

– Šta je, bestraga, sa mnom? – namrštila se. – Mislim da sam uznemirenija nego na premijeri *Olivera!*.

Čak i u neobičnom kostimu, Džud je nekako uspevao da izgleda kul i opušteno. – Samo si zabrinuta zato što će te celo selo procenjivati, zbog toga si takva.

Zanta je napravila grimasu. – Zapravo nisam bila, ali sad jesam.

Trebalo je da grupi dece otpeva nekoliko pesama koje zna napamet, šta je tu bilo teško ili zastrašujuće? Bila je s najboljim prijateljem, i voli da peva. Možda je to bio razlog. Konačno ju je sustigao pritisak neprekidnog izvođenja predstava iz noći u noć i potreba da uvek dâ sve od sebe, dok se nosila sa zbrkom u ličnom životu. Očajnički joj je bio potreban odmor, a evo je, ponovo sebe dovodi u situaciju od koje je delimično i bežala.

Bilo je istine i u onome što je Džud rekao. Nije uspela da ovde ostane nepoznata i nije imala pojma koliko se trač o njoj i Sakisu proširio. To ju je užasavalo, naročito sada kada je trebalo da nastupi.

Takođe je bila uznemirena zbog toga što će je Dimitris gledati – ako se pojavi. Nastupanje je ovde bilo drugačije, karijera u šou-biznisu i taj deo nje izgledali su tako daleko od svakodnevnog života u slikovitom, ali uspavanom grčkom selu.

Džud je zavrteo ramena, opuštajući ih. – Mene više brine to što sam pre samo nekoliko dana nastupao na pozornici na Vest Endu, a sad ću pevati u kafeu u grčkom seocetu na žurki šestogodišnjakinje.

Zanta je odmahnula glavom. – Ti voliš ovo. Znam da ti zapravo nije bitno ko ti je publika, jer obožavaš to uzbuđenje dok nastupaš, a posle uživaš u aplauzima.

– Ti ne?

– Volim, ali...

– Ali šta?

– Nisam sigurna da je to ono što volim više od svega.

– Pa možda ne baš ovo, ali nastupanje na Vest Endu je bilo ono o čemu si sanjala još od akademije.

– Jeste, i ostvarila sam to.

Džud se namrštio. – Ali pomisli kuda sve možeš da stigneš – kada dobiješ ulogu u *Jadnicima*. Sa ulogama i iskustvom koje imaš, svet ti je na dlanu, drugarice. Još imaš Brodvej koji treba osvojiti, a što da ne pokušaš s probojem na film i televiziju?

– Ne želim da završim kao Ostin.

– Ne brini, nikada nećeš završiti kao on.

– Jer nisam dovoljno nemilosrdna. Nemam ni njegovu ambiciju da budem slavna. Osetila sam slavu, i nije mi se nimalo dopala.

– To je zato što si bila izložena poganostima zbog njegovog ponašanja. Kad bi to bilo pod tvojim uslovima, bilo bi drugačije.

Da li bi? Ili se samo osećala ovako zato što se uhvatila za Agatino uže spasa nasledivši vilu u Grčkoj, što joj je pružilo ono što nije ni znala da joj je potrebno: predah, prostor, promenu ritma, okruženja i nove prijatelje. Odlazak u London zbog kastinga za ulogu koja bi mogla da joj bude odskočna daska u karijeri i čak nastupanje pred grupom dece sve je to promenilo. Uznemirenost i osećaj zarobljenosti još jače su je obuzeli.

Zanta je uzdahnula i namestila izrez haljine. – Nisam sigurna koliko želim da narednih desetak godina provodim boreći se za uloge, radeći do kasno u noć ili se seljakajući zbog posla. Uživam u tome što imam bazu, prostor za razmišljanje i vreme za sebe. To se ne dešava u Londonu. Ovde sam bila sama, istraživala i fotografisala – bilo je predivno.

– Ono što ti treba su redovni odmori.

Tula je provirila kroz vrata. – Kafe je pun uzbuđene dece. – Nasmešila se. – I odraslih takođe. Spremni smo!

Džud je sačekao da Tula ode i okrenuo se nazad ka Zanti. – Zabrinjavaš me. Ovo ne liči na tebe.

– Ali možda liči? Možda mi je potrebna promena. Izgleda kao da mi se promenio pogled na život. Ne znam šta pokušavam da kažem. Uvek sam se prilagođavala situaciji, bila srećna da vidim kuda će me prilike odvesti, ali nedavno sam osetila potrebu za nekom vrstom plana – načina da sada shvatim šta želim kako bih u budućnosti mogla da radim na tome što želim. – Pogledala je Džudovo nabrano čelo i razrogačene oči. – Da li sam te prestravila?

– Malkice, ludačo. – Zagrlio ju je, a onda se odmakao od nje. – Hoćeš li moći da izvedeš ovo?

– Dobro sam. – Zanta je klimnula glavom. – Časna reč – naglasila je pošto je Džud izgledao sumnjičavo.

– U poslednje vreme ti nisu cvetale ruže, što sigurno nije pomoglo. – Stegnuo joj je mišicu. – A ono što sam malopre rekao da će te tamo osuđivati, to je bila glupost. Samo te zezam zbog neprilike u koju si uspela da se uvališ.

– A ja sam imala previše vremena da razmislim o svemu, to je sve. – Poljubila ga je u obraz. – Hajdemo onda, Kristofe, da zabavimo grupu šestogodišnjaka.

– Tako je, Elsa. Posle tebe. Srećno.

Nije bilo jakih svetala, čak ni bine, ali dočekalo ih je more nestrpljivih dečjih lica. Na ispremeštanim stolicama sedeli su roditelji, bake i deke, tetke, ujaci i prijatelji, od kojih su mnogi delovali manje oduševljeno od dece. Zanta je primetila nekoliko zbunjenih pogleda među starijim gostima. Tula ih je ozareno posmatrala, sklopljenih ruku, vidno uzbuđena. Zanta je klimnula Vasilisu, koji je pustio muziku, a melodija pesme „Love Is an Open Door" ispunio je kafić. Napolju je bilo dvadeset osam stepeni, ali uz klima-uređaj, kostime i malo pozorišne čarolije, Zanta je bila odlučna da opčini decu i oživi zaleđene predele Arendela.

Zanta je znala sve pesme napamet i bilo je kao u snu ponovo pevati pred publikom. Dečje oči su se širile, a osmesi su im se razvukli preko lica dok je pevala „Let It Go". Zantin glas je ispunjavao prostoriju, a kada su ona i Džud pevali zajedno, u prostoriji je vladao muk. U tom trenutku, izgubljena u muzici, Zanta je bila na svom srećnom mestu, ništa nije moglo da se poredi sa uzbudljivošću nastupanja. Zbog Džudove radosti što je u centru pažnje, i što ne mora da deli scenu s dvadesetak drugih izvođača, Zanta je bila još srećnija. U ovome su oboje bili najbolji, i kako su im glasovi ispunjavali prostoriju, njihovo skladno pevanje je izbrisalo mrzovoljne izraze s lica starijih, podrugljivijih gostiju u publici.

Zanta je uživala u osećaju da je osvojila publiku i kako joj je pažnja usmerena na nju. Osetila je da zadržavaju dah kada je pevala visoke tonove i videla decu kako pokreću usne u ritmu. Ima nečeg podsticajnog u mjuziklima, gde likovi iznenada počnu da pevaju i plešu, bilo je radosti i slavio se život. Shvatila je koliko joj je nedostajalo pevanje i nastupanje.

Tokom četvrte pesme, Zanta je primetila kako Dimitris ulazi i prolazi duž zadnjeg dela prostorije, stajući pored Vasilisa. Odjednom se unervozila, kao da su svi londonski pozorišni kritičari došli na izvođenje za novinare. Osetila je očajničku potrebu da ga oduševi.

Vrhunac nastupa bio je kada su na kraju pozvali slavljenicu da im se pridruži, a potom joj pevali englesku verziju pesmice „Happy Birthday". Aplauz je bio od srca. Poklonili su se i pozvali Kaliopine prijatelje da im se pridruže za fotografisanje.

Nakon što je Tula uspela da ubedi decu da ostave Zantu i Džuda na miru i posluže se hranom, iskoristili su priliku da se presvuku, oboma im je laknulo što mogu da uskoče u laganiju i udobniju letnju odeću. Kada su se vratili u kafe, Dimitrisa više nije bilo. Zanta je krenula prema Vasilisu da porazgovara s njim, ali ju je Tula uhvatila pod ruku.

– Ovde je neko koga bi mogla da se setiš. Ona se tebe sigurno seća. Dođi, upoznaj se s njom. – Tula ju je povela ka stolu smeštenom u zadnjem delu prostorije.

Zanta je primetila tu ženu dok je pevala. Iznenada je pomislila kako joj deluje poznato, ali s kratkom sedom kosom, preplanulim izboranim licem i neupadljivom odećom, izgledala je kao svaka starija žena s kojom bi se Zanta mimoišla na trgu u selu.

– Zanta, ovo je tvoja pratetka Irini.

Zanta je ustuknula. – Ti si mamina tetka – rekla je polako, prisećajući je se, zajedno sa uspomenom na mlađu ženu tamne kose i blagih očiju, koja je uvek navaljivala da Zanta dobije sladoled kad god bi je posetili u Fiskardu.

– Irini je nekoliko dana na ostrvu i mislila sam kako bi bilo dobro da se upoznate. – Tula je izvukla stolicu za Zantu. – Znam da si imala pitanja o porodici. Irini će ti bolje odgovoriti na njih od mene.

Tula ih je ostavila i pridružila se unuci i grupi šestogodišnjaka koji su počeli da se igraju društvenih igara koje su organizovale Marika, Džud i Kaliopina mama.

Zanta je preusmerila pažnju sa zabave na pratetku. – Ne živiš na Kefaloniji?

– *Óxi* – odmahnula je glavom i nastavila na grčkom. – Davno sam se preselila na Zakintos, kako bih bila bliže sinu i snahi. Ovde nije ostalo mnogo članova naše porodice. Moj brat je izazvao raskol i otuđio se od skoro svih.

Zanta je primetila oštrinu u njenom glasu kada je rekla „moj brat“.

– Tula mi je kazala da je u staračkom domu u Argostoliju – rekla je, prešavši na grčki.

– Da, još je fizički prisutan, ali ovde nije. – Irini je tapnula prstima po glavi. – Već dugo nije dobro. Sreća njegova što je doživeo te godine i zaboravio sve neprijatnosti koje je prouzrokovao. Ali ipak, demencija je okrutna i tužno ga je gledati u tom stanju kada nema nikoga.

Tula se vratila noseći *výssino* u dvema čašama. Irini je sačekala da Tula ode pre nego što je podigla čašu i otpila dug gutljaj kiselkastog soka od višnje. – Imaš predivan glas. Sećam te se kako si se igrala u vrtu mog brata, veselo pevušeći sama sebi dok odrasli razgovaraju. – Nasmejala se. – Tvoj brat je sedeo s nama, ali tebi je bilo dosadno. Što ne mogu da ti zamerim. Bila si mala – slobodan duh, jurila si leptire i plesala unaokolo.

Zanta je uživala u prizivanju sećanja, ali očajnički je želela da razgovor usmeri nazad ka dedi.

– Hoćeš li ga posetiti dok si na Kefaloniji?

– Naravno – uzdahnula je Irini, ostavljajući utisak kako to čini iz dužnosti, a ne želje.

– Možda bih mogla da pođem s tobom?

– Želiš da ga vidiš? – rekla je Irini iznenađeno.

– Pa, da. On je moj *papou*. Pokušala sam da odem prošle nedelje, ali sam odustala. Možda zato što sam bila sama, nije mi delovalo ispravno. Zašto si tako iznenađena što želim da ga vidim?

Irini je stisnula usne. – Ti, tvoja mama, svi ste ga odsekli iz svog života. Ne razumem zašto bi mu posle toliko vremena dovoljno oprostila i posetila ga?

– Mama ga je odsekla, ja nisam. Bila sam dete, nisam imala izbora. Nikada nije govorila o tome, a kada sam pokušala da razgovaram s njom, odbijala je da bilo šta kaže. Nije se potrudio da stupi u kontakt sa mnom, a priznajem nisam ni ja s njim, ali volela bih da ga vidim dok sam ovde. Ne želim da se kasnije kajem što ga nisam posetila kad sam imala priliku. Mama ne može da mu oprosti i ne želi da ga vidi.

– Tvoja mama je bila veoma ljuta na njega. Povređena i uznemirena. Svi smo bili, ali Elina je to posebno teško podnela.

– Šta se dogodilo? – pitala je Zanta pažljivo.

Duboke bore su se pojavile na Irininom čelu. – Stvarno ne znaš?

– Mama nikada nije pričala o tome. Sve što znam je da je, dvadeset godina kasnije, i dalje ljuta i odbija da išta kaže.

Irini je otpila gutljaj soka i prekrstila ruke na stolu. Lagano je klimnula glavom, kao da je sebi dala dozvolu da progovori.

– Reći ću ti, jednostavno i jasno, samo činjenice koje su meni poznate. Tvoja draga *yiayia* više nije s nama, blagoslovena joj duša – prekrstila se – a tvoj *papou* je previše zbunjen da bi ti ispričao svoju stranu priče, čak i da je pri sebi.

Zanta je otpila gutljaj osvežavajućeg soka od višnje, a grlo joj se osušilo dok ju je polako obuzimala zabrinutost. Bila je na korak od konačnog saznanja šta je razorilo njenu porodicu.

– Moj brat je uvek bio samouveren čovek velikog srca. Neki bi rekli razmetljivac. Zasmejavao je ljude i bio dopadljiv. Sviđao se ženama. Bio je s mnogo devojaka kad je bio mlad, a onda je upoznao tvoju baku – bila je mlada i lepa, stidljiva i tiha, što se dobro uklapalo s njegovom jakom ličnošću. Venčali su se i dobili tvoju mamu, i mnogo godina živeli dobro i srećno. Ili smo bar tako mislili.

– Osim što tvoja *yiayia* nije bila srećna, ali je to krila od svih. – Irini je spojila prst i palac, kao da pokazuje da je ćutala kao zalivena. – Tvoj *papou* je radio kao vozač i snabdevao mnoge hotele svežom ribom, povrćem, maslinovim uljem i sirevima. Razvozio je robu po celom ostrvu, što je podrazumevalo mnogo vremena na putu, često je radio dokasno ili bi prespavao noć-dve van kuće. Međutim tvoja *yiayia* je bila kod kuće, brinula se o tvojoj mami, kuvala i pospremala. Bila je srećna kao domaćica, ali on... – udahnula je duboko i stegnula vilicu. – On je to vreme van kuće koristio da bude s drugim ženama, razumeš?

Zanta je blago klimnula glavom, ali srce joj se steglo kada je Irini nastavila da priča o tome kako je vodio dvostruki život, tokom godina zaveo nekoliko žena i lagao suprugu, dok su stariji članovi porodice u tajnosti nagađali o njegovoj nevernosti. Slušala je pažljivo, upinjući se svom snagom da ne dopusti uznemirenosti da izbije na površinu, i to zbog izdaje dede koji je za nju bio neverovatan, koji ju je nekada zasmejavao, nosio na ramenima i delovao kao brižan porodični čovek. Zapravo ga uopšte nije poznavala. Umesto toga, usredsredila se na Irinine preplanule prekrštene ruke, sa izraženim plavičastim venama i tamnim staračkim pegama. Nokti su joj bili uredno sređeni, a na domalom prstu desne ruke nosila je zlatnu burmu, kakav je bio običaj u Grčkoj.

– Došli ste preko leta u posetu. Poslednjeg pre nego što je tvoja *yiayia* umrla – nastavila je Irini. – Tvoj *papou* je tada već bio u penziji, ali je i dalje radio sitne posliće za hotel u Argostoliju – barem je tako govorio. Mislim da je Elina postala sumnjičava. Tvoja *yiayia* je tada već bila veoma loše. Iako je bila neizlečivo bolesna, nismo znali da ima još samo nekoliko nedelja života. Elina je pratila tvog deku kad je otišao na *posao* u Argostoli, i zatekla ga s drugom ženom, dvadeset godina mlađom od njega. Raspuštenicom bez dece koja je bila zadovoljna time da mu bude ljubavnica. – Irini je prezrivo izgovorila poslednje reči. – Ti i tvoj brat ste ostali sa ocem i bakom u Kaliteji.

– Oh, sećam se. – Zanta se nagnula napred. – Mama je rekla da ide u posetu prijateljici. Nisam imala pojma. Tada smo poslednji put bili na Kefaloniju.

Irini je klimnula glavom. – Tada je poslednji put i tvoja majka došla, osim na sahranu tvoje bake. To je bio poslednji put da je razgovarala s tvojim dekom. Izgubila je voljenu mamu, a njen tata je bio neveran tvojoj dragoj baki, lagao ju je, lagao je sve nas. Može da mi bude brat, ali prezirala sam ga zbog toga kako se ophodio prema supruzi. Razumem Elininu povređenost. Nikad nisam razumela kako je mogao da ostavi suprugu na samrti kako bi uživao s drugom ženom. To je bilo okrutno i bezdušno, i Elina mu to nikada nije oprostila.

– Zato se nikad nije vratila i nije želela da razgovara sa mnom o tome. – Tuga zbog konačno izrečene istine polako ju je preplavila.

Irini je pritisnula pesnicu na prsa. – Neke istine previše bole. Razgovarati o tome, ponovo proživljavati tu tugu i bol, ponekad to može da nas slomi.

– A ponekad, takođe, može da bude i lekovito.

Irini je coknula. – Ali sada znaš, i ako želiš da ga posetiš, onda bi trebalo to da uradiš. Neće večno biti tu, mislim da neće dočekati ni sledeću godinu.

Zanta nije znala šta da misli niti kako da se oseća. Bilo je dovoljno loše što je deda bio neveran, ne samo jednom već mnogo puta s različitim ženama, ali to što je nastavio s time dok mu je supruga umirala od raka bilo je neoprostivo. Najviše ju je pogodila pomisao kako je mama držala u sebi to saznanje, dve decenije se boreći s povređenošću i tugom.

Irini je popila sok i pročistila grlo. – Pričala sam s Tulom o tome kako ti je Agata ostavila kuću. Iznenadilo me je, jer Elina ni njoj nikad nije oprostila.

– Šta joj nije oprostila?

– To što je bila zaljubljena u tvog deku.

23.

– Agata je bila zaljubljena u njega? – Zanta je gledala pratetku s nevericom, naježivši se pri pomisli na ljubavna pisma i onome što je Agata pisala u dnevnicima kako ju je Zantina mama krivila. Da li su kumina samoća i usedelaštvo bili povezani s time što se nesrećno zaljubila u pogrešnu osobu? – Pronašla sam ljubavna pisma među Agatinim stvarima. Nisam mogla da shvatim od koga su, ali sada je još više zbunjujuće jer su potpisana sa Gio, a ne *Papou*.

Irini je sklopila ruke u krilu. – Žao mi je, Zanta, ali sigurna sam da su ta pisma od tvog deke.

– Kako možeš biti tako sigurna?

– Zato što su ga svi zvali Gio kad smo bili deca, iako se zove Stergios.

Zanta se zavalila u stolicu. Zabava se oko njih nastavila, uz povike i smeh uz muzičku pozadinu iz *Zaleđenog kraljevstva*. Pucanje balona bilo je praćeno vriskom šestogodišnjaka.

– Hoćeš da kažeš da mu je Agata bila ljubavnica? Da je bila jedna od žena s kojima je varao baku?

– Ne znam – uzdahnula je Irini. – Moguće je. Tvoja mama je to posumnjala, a kada je otkrila šta je tvoj deka radio, nije se dala urazumiti. Sve što znam jeste da su se moj brat i Agata zabavljali kad su bili tinejdžeri. Agata je bila godinu dana starija od tvoje bake, lepa i zabavna, ali i tvrdoglava i ispred svog vremena, odlučna da studira umetnost i putuje. Ne znam šta se tačno dogodilo, da li ju je moj brat zaprosio i ona ga odbila, ili su jednostavno prestali da se viđaju, ali kada je Agata na nekoliko godina otišla u Ameriku, moj brat se oženio tvojom bakom. Kada se vratila na Kefaloniju, Agata je bila slavna vajarka, a tvoji baka i deka su već bili venčani.

– Agata se pak nikada nije udala.

– Ne, nije, ali ne znači ni da mu je bila ljubavnica. To je samo nagađanje, osim ako ta pisma ne otkrivaju drugačiju istinu.

Sve je imalo smisla: mamino zaprepašćenje zbog Zantinog nasleđivanja Agatine kuće i zašto je tako žestoko odbijala da je poseti ovde. Mora da ju je razdirala pomisao kako je žena koju je izabrala za kumu jednom od svoje dece možda bila ljubavnica njenog oca. Ako su se zabavljali dok su bili mladi, to objašnjava ljubavna pisma iz 1950-ih, a onda su ona pisma od pre trideset godina verovatno bila dedin pokušaj da ubedi Agatu da mu bude ljubavnica. Ali da li je ona to i uradila? Zanta je sada svakako morala da sazna odgovor na to.

Pošto su roditelji dolazili da preuzmu decu, Zantin razgovor sa Irini, koji joj je otvorio oči, bio je prekinut pre vremena. Uspeh rođendanske zabave nije bio narušen onim što je Zanta saznala od pratetke, ali bila je tužna i skrhana zbog toga što je konačno otkrila istinu koju je mama godinama skrivala. I nije joj samo to otkriće ostavilo gorak ukus u ustima. Majka koja je došla po ćerku grubo je prošla pored Zante, naletevši na nju bez izvinjenja, promrmljavši nešto nerazumljivo na grčkom i uputivši joj pogled koji bi mogao da obori i Snežnu Kraljicu.

Koliko god da su joj Tula, Vasilis i njegova supruga bili zahvalni, Zanta je potvrdila svoju raniju sumnju kako možda nije mudra zamisao da čini sebe još vidljivijom. Naravno, glasine o njoj i Sakisu su se proširile grčkim seocetom, gde su svi znali sve o svakome. Ono što je uradila nikada se ne bi dogodilo da je znala istinu, a ipak, nakon priče koju je čula, osećala se ukaljano i bila je uznemirena porodičnom prošlošću. Njen neverovatni deda je radije birao dobar provod nego ljubav i poštovanje prema svojoj ženi. Otac je varao majku, baš kao što je Ostin varao nju. Sakis nije bio ništa bolji, a ona je mrzela način na koji se, nevoljno, uplela u sve to.

Na povratku do vile, Džud je neprekidno pričao, pa Zanta nije spomenula ženin ispad. Možda je pogrešno shvatila njenu reakciju. Posle svega što je otkrila tog popodneva, Džud je bio sjajna razonoda, i veoma će joj nedostajati kad ujutro otputuje. Nažalost, nije videla ni Dimitrisa. Dok je bila usred razgovora sa Irini, vratio se u kafić nakon što je izašao da obavi telefonski razgovor, popričao s Džudom, a zatim otišao pre nego što je Zanta završila razgovor s pratetkom.

– Iskreno, bio je veoma oduševljen nama – smeškao se Džud dok su skretali na prašnjavu stazu koja je vodila do vile. – Ne znam šta je očekivao, ali mislim da smo ga oduševili. Doneli smo bleštava svetla Londona u uspavano grčko selo. Rekao je da si predivno pevala – i da si predivna. Kako imaš anđeoski glas!

– Jesi li siguran da to nisi izmislio?

– Možda deo s glasom anđela, ali veruj mi, uživao je. Mislim, bila si obučena kao Elsa i pevala jednu od najpoznatijih pesama iz jednog od najvećih mjuzikala poslednjih godina za ćerku njegovog najboljeg prijatelja i njene drugare. Šta tu ima da mu se ne dopadne?

Ispostavilo se da se, dok su pričali bez nje, Dimitris ponudio da ujutru odveze Džuda na aerodrom jer radi na toj strani ostrva. Džud je odmah prihvatio ponudu, a zatim brzo rekao da bi to bila savršena prilika da Zanta pođe s njima i fotografiše ga dok radi, kako bi Džud mogao da osavremeni njegov veb-sajt. Zanta je potajno bila zadovoljna zbog toga.

Sa zabavnim noćima provedenim u provodu, veselim danima uživanja na suncu, zajedničkim radom na vili, jedenjem ukusne hrane i otkrivanjem lepota Kefalonije, nedelja s Džudom je brzo proletela. U sali za odlaske aerodroma *Kefalonija* Džud je tako čvrsto zagrlio Zantu da je imala osećaj kao da će istisnuti sav vazduh iz nje.

– Videću te opet za samo dva dana, ti šašavko. – Veselo ga je odgurnula. – Idi! Predaj prtljag. Dimitris ima posla, a ja moram da fotografišem.

– Zabavite se vas dvoje – namignuo im je Džud, okrenuo se i mahnuo im, vukući kofer ka pultu za čekiranje *Izidžeta*.

Znala je na kakvu zabavu Džud misli, ali današnji dan će biti posvećen profesionalnom fotografisanju Dimitrisa dok radi, a ako ga usput bolje upozna, to će biti samo dodatak.

Kroz otvorene prozore svež vetar joj je lepršao po licu dok su se udaljavali od aerodroma. Dimitris nije imao potrebu da svaku sekundu ispunjava razgovorom, i govorio je samo kada bi imao nešto da kaže. Na putu do aerodroma je sa zadovoljstvom slušao Džuda, koji je pričao dovoljno umesto svih njih, ali čak i bez njega tišina je bila više prijatna nego neugodna.

Stigli su do kompleksa za odmor s tri bleštavobele vile ugnežđene u velikim vrtovima, sa zajedničkim bazenom u središtu. Zanta ga je pratila do imanja. Travnjak je bio u hladu brojnih stabala i širokih ivičnjaka koji su delili prostor na privatne prostore za goste.

Dimitris je stao u hlad ispod dudovog drveta i spustio torbu na zemlju. – Kako ćemo ovo da izvedemo?

Napetost koja ga je prožimala bila je očigledna, i Zanta je poželela da ga opusti i izbriše mu zabrinutost s lica. – Ne želim da poziraš, ako me to pitaš. Najbolje će biti da uradimo tvoje neusiljene fotografije dok si u poslu. Samo nastavi da radiš ono što inače radiš, obećavam da nećeš ni primetiti da sam ovde.

– Oh, prilično sam siguran da ću te primetiti. – Podigao je torbu sa alatom i lagano se udaljavao.

Zantino srce je zatreperilo. Da li se on to njoj udvarao? Ili je možda mislio da će mu biti teško da je prenebregne pošto mu je neprijatno da ga fotografiše?

Zanta je sela na travu ispod duda prekrštenih nogu, dajući mu vremena da se uskladi s ritmom rada. Želela je da se stopi sa okolinom i što manje ga ometa. Njegov posao, kao i njen, bio je fizički aktivan, ali dok je on veći deo dana provodio napolju, ona je više bila unutra, i njen radni dan bi počinjao tek kad bi se njegov završio. Iako su imali toliko različite karijere, oboje su stvarali i negovali: Dimitris biljke i cveće, ona junakinje koje je glumila.

To što je bila iza objektiva foto-aparata Zanti je pružilo savršenu priliku da proučava Dimitrisa, a da on toga nije bio svestan. I što ga je više posmatrala, sve ju je više očaravao. Mogla je i da ga zumira, omogućavajući mu da nastavi s radom bez nelagode dok je snimala fotografiju za fotografijom. Primetila je kako bi gornjim delom ruke obrisao znoj sa čela i kako bi povremeno dodirnuo ožiljak, kao da ga je svestan, ili ga je možda vrućina nadraživala. Kada je zasukao rukave majice do ramena, znala je da to radi iz navike, a ne zbog fotografisanja. Dok je Zanta pokušavala da ostane u hladovini, Dimitris je radio na suncu, preplanula koža mu se sjajila, a bicepsi napinjali svaki put kad bi zabio ašov u zemlju ili izvukao korov. Nije mogla da skine pogled s njega i previše je uživala u tome da ga proučava, baš kao što je Džud i predvideo.

Oko jedan popodne, Dimitris je spustio alat, ispravio leđa i protegao se. Majica mu se podigla taman toliko da Zanta vidi njegov zategnuti stomak, gde mu je šorts bio nisko spušten na bokovima. Kada su im se pogledi sreli ispunila ju je unutrašnja toplina, a on je rukama dao znak za predah.

Prišao je, seo ispod drveta i naslonio se na stablo, tapkajući travu pored sebe. – Danas dolaze novi gosti, zato je tiho.

U vazduhu su zujali insekti, i osim udaljenog brujanja usisivača iz jedne od vila, jedini drugi zvuk bilo je komešanje mehurića iz džakuzija pored bazena.

Izvadio je paketić iz torbe i pružio joj veliko parče pite. – Napravio sam kotopitu po Agatinom receptu o kojem sam ti pričao.

– Ovo si sâm napravio?

Dimitris je klimnuo glavom, zagrizao komad i vratio nazad u usta mrvice kore koje su mu pobegle. – Sinoć – mada s kupovnim korama.

– Bože moj, ovo je tako dobro – rekla je Zanta kroz zalogaj sočne pite s hrskavim korom i savršeno začinjenim nadevom od piletine i praziluka.

– Trebalo je da probaš Agatinu.

Dok su jeli u tišini Zantu je bocnula zavist jer je on tako dobro poznavao njenu kumu. Dok je on delio iskustva s njom, ona je tek nakon njene smrti počinjala da saznaje više o njoj. Ništa od toga nije bilo pravedno, dedini postupci koji su se odrazili na celu porodicu, slomivši srce baki i odvojivši majku od ovog mesta. Brinula ju je pomisao kako bi jedna od njegovih žena mogla biti Agata, da je ona nekako upletena u ovu tužnu zbrku. Nije ni čudo što je mama bila tako odlučna da ne želi da se vrati ovde.

Brzo su završili sa uživanjem u Dimitrisovoj ukusnoj domaćoj piti pre nego što su se bacili na jagode koje je Zanta donela.

– Moram da ti platim – rekao je Dimitris, pokazujući na foto-aparat koji joj je visio oko vrata.

Zanta je odmahivala glavom. – Nedvosmisleno ne, drago mi je da ovo radim.

– Mnogo je to posla.

– Nije to ništa. Uživam u tome. – Podigla je foto-aparat.

– Volela bi da se time baviš? Pored glume?

– Nisam sigurna. Gluma je moj san još od ranih tinejdžerskih dana. Fotografija me je tek nedavno privukla, uglavnom kroz deljenje mog glumačkog života na *Instagramu*, ali onda sam se zainteresovala za fotografisanje mestâ po Londonu – znaš, onih neobičnih, zanimljivih ili lepih mesta. Nošenje foto-aparata mi je promenilo način na koji posmatram okruženje – pretpostavljam da sada više razmišljam o snimku, umesto da samo škljocnem telefonom.

– Izgledaš profesionalno s njim.

– I osećam se tako. – Zaista je uživala da fotografiše Dimitrisa, ali nije bila sigurna da li zbog samog iskustva svrsishodnog fotografisanja, ili zato što je mogla da provede dan s njim. – Inače, vrlo si fotogeničan.

Pogledao ju je sramežljivo, i sasvim iskreno, neodoljivo.

– Stvarno jesi – naglasila je.

– Ne volim da me fotografišu. – Posegnuo je i dotakao obraz.

– Ožiljak ti daje osobenost, priča priču.

– Priču koju ne želim da pamtim.

– Hoću da kažem da ljudi neće videti samo ožiljak, to ti obećavam.

Zasigurno to nije prvo primetila na njemu, jeste, bio je deo njega, ali nije ga određivao. Jednostavno je doprinosio njegovoj privlačnosti i tajanstvenosti. – Ne bi trebalo da se zbog njega kriješ ili da izbegavaš fotografisanje.

– Ožiljak je stalni podsetnik, to me najviše muči.

– Podsetnik na šta?

– Loše odluke.

– Hej, loše odluke su nešto o čemu dosta znam. – Prešla mu je rukom po mišici. Koža mu se zlatila okupana suncem, a tamne dlačice zagolicale su joj dlan, dok su mu se vene isticale na krajnje privlačan način.

– Moja je bila stvarno loša odluka.

– Želiš li da pričaš o tome?

Očigledno je mnogo razgovarao sa Agatom. Kako je uopšte podneo gubitak jedine osobe kojoj je mogao da se poveri? Džud je za nju bio ta osoba s kojom je sve delila. Verovala mu je i znala da će biti uz nju čak i kad ona pogreši. Nije znala šta bi radila bez njega. Mogla je da se osloni na roditelje ako bi to bilo potrebno, ali nikada nije bila s njima bliska kao sa Džudom. Nije bila bliska ni sa starijim bratom, a znala je kako je slično i kod Dimitrisa, s nezgodnom majkom i otuđenim bratom.

Očekivala je da Dimitris potpuno prenebregne njeno pitanje i prekine ćaskanje za vreme ručka, ali nije. Umesto toga, seo je uspravno, prekrstio noge i spustio ruke u krilo.

– Imao sam sedamnaest godina i trebalo je da budem pametniji. – Zastala mu je knedla u grlu i jedva je progovorio. Gledao je napred preko sunčanog vrta, izgledajući odsutno, potiskujući osećanja kako bi mogao da izgovori reči. – Bio sam zaljubljen u tu devojku – živela je u drugom selu i upoznali smo se na časovima engleskog. Mnogo smo razgovarali, izlazili s prijateljima, prvi put se poljubili... Bio sam potpuno očaran. Naši roditelji su izašli s prijateljima i ostavili me kod kuće s Vangelisom – pogledao ju je. – Mojim bratom. Imao je dvanaest, ali bio je nezreo za svoje godine – kako vi to kažete, štreber? Evi me je pozvala da izađemo, i rekao sam joj kako ne mogu jer čuvam Vangelisa. Pojavila se nekoliko sati kasnije. Drugi prijatelji su već bili otišli u Fiskardo, i nisam hteo da propustim zabavu. Spopala me je, obećavajući mi... pa, ono što svaki sedamnaestogodišnjak želi da čuje... Znao sam da je pila, ali srce mi je nadjačalo razum. Mislio sam da ću, ako povedem brata, i dalje raditi ono što su roditelji očekivali od mene. Mogao je da sedi s nama na plaži, a ako bih uspeo da provedem malo vremena nasamo sa Evi, još bolje. Ali barem ne bih potpuno propustio provod. – Glas mu je zatreperio, a lice mu je odavalo tugu. Zanta nije bila sigurna da li želi da čuje ostatak priče, ali je na čudan način očajnički htela to da sazna.

– Vangelis je hteo da ostane kod kuće i igra neku kompjutersku igricu, ali znao sam da bi me mama ubila ako bih ga ostavio samog, pa sam ga ubedio da pođe s nama. Ušli smo u Evin auto i krenuli ka Fiskardu. – Drhtavo je uzdahnuo i krenuo da čupka travu ispred sebe. – Ja sam jedini bio vezan pojasom. Vozila je prebrzo i izgubila kontrolu na krivini, sleteli smo s puta i udarili u drvo. Nije dugo vozila. Sećam se svega. Prva je proletela kroz vetrobran, Vangelis je izleteo sa zadnjeg sedišta. Komad metala mi je rasekao obraz, ali me je pojas spasao.

Zanta je shvatila da zadržava dah. Dimitris je tako bez okolišanja pričao o tome, kao da govori o nečijem drugom, a ne o sopstvenom iskustvu. Trauma mu se ogledala na licu i u napetosti tela.

– Evi je umrla na licu mesta, a Vangelis je imao teške povrede glave, zbog kojih je mesecima bio u bolnici. Ja sam prošao samo sa ovim. – Dodirnuo je ožiljak. – Sve zbog toga što mi se dopadala devojka i nisam želeo da propustim provod.

Zanta je odmahnula glavom. – Oh, Dimitri. Tako mi je žao.

Prišla je bliže, zagrlila ga i čvrsto ga stegla. Opustila se iznutra tek kada je osetila kako ga napušta napetost i pošto se prepustio zagrljaju. Čak ju je stezao čvršće nego što je to Džud učinio tog jutra na aerodromu.

Nakon što su završili posao u kompleksu vila, svratili su do jedne kuće na ivici planinskog sela i pokosili travu za udovicu u osamdesetim godinama. Iako je bila slepa na jedno oko i kretala se unaokolo uz pomoć štapa, navalila je da im napravi frape i donese tanjir s komadićima lubenice. Bila je jedna od mušterija kojima Dimitris nije naplaćivao, što je Zanti uzburkalo osećanja.

Vratili su se u Kaliteju sa spuštenim prozorima slušajući grčku radio-stanicu. Dan proveden napolju u Dimitrisovom društvu bio je ispunjavajući, prosvetljujući i dirljiv. Nakon što su se zagrlili, Zanta mu se zahvalila što joj je ispričao svoju priču, a on je samo klimnuo glavom, obrisao oči i nastavio da radi u vrtu. Zanta ga je ostavila neko vreme da se pribere, uverena da je obuzet razmišljanjima o prošlosti, pa se usredsredila na fotografisanje vrta. Nije znala imena mnogih biljaka, ali je uživala proučavajući ih kroz objektiv, od jarkoružičastih cvetova koji kao da su svetlucali na zelenoj pozadini, do nežnih, ledenobelih cvetova koji su privlačili leptire. Opojni cvetni miris podsetio ju je na sapun za ruke koji je njena baka uvek imala u kupatilu.

Bilo je rano veče kad su se vratili, a Dimitris se parkirao ispred svoje kuće. Dok su izlazili iz kamioneta okruživala ih je prodorna tišina. To je bilo vrsta mesta na kojem je mir bio primetan, ali ako bi čovek neko vreme tiho stajao i slušao, shvatio bi da zapravo nije tiho – čuo bi cvrkut ptica, neprestano zujanje pčela i drugih insekata, šuškanje u grmlju, lavež psa u daljini i blag dašak prijatnog povetarca.

Zanta je razmišljala da ga pozove na piće, ali je odustala od te zamisli. Mnogo su toga podelili danas, a Dimitris je otkrio više nego što je mislila da hoće, uključujući teške i uznemirujuće uspomene na odluku koja mu je u velikoj meri uticala na život.

– Stvarno sam se lepo provela danas – rekla je umesto toga. Dodirnula je foto-aparat koji joj je i dalje visio oko vrata. – Sigurna sam da će biti sjajnih fotografija. Izabraću najbolje i daću ti da ih pogledaš i odlučiš koje želiš da iskoristiš za sajt.

Pošla je kada je začula njegove korake. Srce joj je preskočilo.

– Znaš, postoji još lepša plaža od Mirtosa – rekao je Dimitris dok se osvrtala. – Ako si sutra slobodna, možemo zajedno da odemo.

Od siline njegovog pogleda stekla je utisak kako je celog dana skupljao hrabrost da je ovo pita. – Bilo bi to divno, hvala ti.

– Idemo rano, pre nego što postane prevruće. I ponesi hranu i dosta pića jer tamo nema ničega. – Osmehnuo se stidljivo. – Vidimo se sutra.

Mahnula mu je i nastavila da hoda, a srce joj je sa svakim korakom sve više ispunjavala milina.

24.

Do plaže Fteri stizalo se samo čamcem ili dugom šetnjom po vrućini, i Zanta je u potpunosti razumela zašto su krenuli rano ujutro. Ipak, na otvorenom, već je osećala sunce na ramenima namazanim kremom sa zaštitnim faktorom trideset. Čak je i samo u bikiniju ispod majice na bretele i šortsu koji joj je jedva dosezao do gornjeg dela butina počela da se znoji.

Dimitris ju je vodio putem duž neravne, kamenite staze. Spajala se s manje uočljivom zemljanom, koja nije bila posebno jasna osim ako ne znaš put ili uspeš da primetiš crvene i zelene oznake na ponekom kamenu. Čak joj je i u patikama bilo teško da hoda jer su drveće i rastinje postajali gušći, a vijugava staza uža. Zanta se naizmenično usredsređivala na sopstvene korake i Dimitrisovu zadnjicu, zarobljenu u plavom šortsu za kupanje, dužine do polovine butina. Njegove preplanule, mišićave noge snažno su gazile po suvoj kamenitoj zemlji uske staze.

Živopisno plavo more ukazivalo se na vidiku sve češće dok su vijugali između drveća i žbunja, čije su ih grane grebale po nogama. Ukazao im se pogled na strmu dolinu obasjanu suncem, s drvećem, morem, maglovitom obalom ostrva i uzanim delom bele plaže.

Kako su se spuštali ka dnu doline, čuli su zvuk dobrodošlice talasa koji zapljuskuju obalu. Očešali su se o poslednjih nekoliko žbunova i izašli na šljunak boje krede. Blagu krivinu plaže dodirivala je azurnoplava voda, a oko njih nije bilo ničega, okruživali su ih samo more, nebo i trošne krečnjačke litice pokrivene tepihom od zelenila. Plaža je bila skoro pusta, samo nekoliko ljudi ispod delimičnog hlada suncobrana.

– Rekao sam ti da je prelepo. – Dimitris se nasmešio i poveo je nadesno, dalje od gotovo nevidljive staze, napred duž plaže do mesta gde je nekoliko žbunova bilo rasuto po pesku s kamenčićima.

Rasprostro je veliki šareni peškir za plažu i zabio suncobran između kamenja i podupro ga sa obe strane rančevima da ga drže uspravno.

Zanti je laknulo što su konačno u hladu, sela je ispod suncobrana i izula patike i čarape. Ispružila se i protegla nožne prste na suncu.

Osim plaže Dafnudi, koju je posetila s Džudom, većina plaža na Kefaloniji koje je obišla bile su pretrpane ljudima i opremljene suncobranima i ležaljkama. Ovde su bili samo more, pesak i nebo.

Dimitris joj se pridružio, i sedeli su nekoliko minuta u prijatnoj tišini, upijajući prizor oko sebe. Izmaglica od toplote treperila je iznad plaže, a nije bilo ni daška vetra, samo ritmično hučanje talasa koji su lagano zapljuskivali obalu, pretvarajući se u mehuriće koji hrle nazad.

– Mislim da je ovo jedno od najčudesnijih mesta na kojima sam ikad bila – rekla je Zanta najzad, odvojivši pogled od okruženja i okrenuvši se ka njemu. – Hvala ti.

– Dolazili smo ovde kao deca. Mami se sviđalo što je mirno, iako je tata mrzeo da pešači sa stvarima potrebnim za taj dan. Za ovo mesto me vežu srećne uspomene.

– Razumem zašto se tvojoj mami toliko dopalo ovde. – Prvi put je Zanta na trenutak imala uvid u manje ljutu i ogorčenu ženu. Mada, možda čak ni tada nije mnogo volela ljude, pošto je žudela za mirom daleko od prepunih, popularnijih i pristupačnijih plaža. – Nikada ranije nisi spominjao tatu?

– Nema tu mnogo šta da se kaže. Kada je život posle nesreće postao težak, otišao je, izabrao je da ima ljubavnicu umesto da bude uz mamu tokom lečenja mog brata.

– O, Dimitri, tako mi je žao. Moj otac je uradio nešto slično. Stvarno mi je žao što je tvoja mama prošla kroz to. – Zanta je polako počela da gradi celovitiju sliku o Iridi, postajali su joj jasniji razlozi zbog kojih je postala ogorčena na život i nepoverljiva. Nije ni čudo što je planula kad ju je zatekla sa Sakisom. – Kada ti se mama vraća?

– Kad god ona i moj brat budu dozlogrdili jedno drugom. – Dimitris je slegnuo ramenima. – Ponekad ode na samo nekoliko dana, ali bilo je i slučajeva kada je bila odsutna više od mesec dana.

Zanta je pomišljala da ga pita da li mu je draže kada mama nije u blizini, ali se zaustavila na vreme. Imala je osećaj da zna odgovor, ali njemu verovatno ne bi bilo prijatno da ga stavi u nezgodan položaj.

Bledo kamenje se kotrljalo u vodu, a plićak se blistao na jutarnjem suncu. Osim šuma mora uz obalu i pokojeg udaljenog glasa, tišina je bila zaglušujuća, zbog čega se čak i njihovo disanje činilo glasnim.

Zanta je povukla stopala sa sunca i rukama obuhvatila kolena. – Znaš ono što si juče rekao o tome kako ljudi prvo vide tvoj ožiljak. To nije tačno.

– Stvarno?

– Kada smo se upoznali, prvo sam primetila tvoje krupne oči i koliko si zgodan. – Eto, rekla je to. I govorila je istinu. Ožiljak mu nije umanjivao privlačnost, na mnogo načina je doprinosio njegovoj naočitosti, dajući mu oreol tajanstvenosti i nesavršenosti. Sakis je izgledao savršeno, ali mu je manjkalo morala, a njegova drskost da se tako ponaša prema onima koje je trebalo da voli, i pomisao da će mu to proći, bile su grozne. Isto je bilo i sa Ostinom – ubitačan izgled i izuzetna nadarenost naduvali su mu nekada zdrav ego, učinivši da poveruje kako ima pravo da spava s drugim ženama dok je u vezi sa Zantom.

Bacila je uznemiren pogled na Dimitrisa, koji je gledao u more. – Uspela sam to da primetim, i pored toga što si izgledao kao da ćeš me ubiti. – Šljepnula ga je po mišici, a njegova topla koža na trenutak je dotakla njenu.

Nasmejao se, a nju je preplavio osećaj olakšanja.

– Iznenadila si me – rekao je polako. – Bio sam ljut zbog onoga što je mama rekla o tebi, ali nisam bio spreman na *tebe*.

– Šta to znači?

– Prvo sam pomislio kako si prelepa, drugo da si uznemirila mamu. Bio sam ljut jer si mi se odmah dopala, ali želeo sam da te mrzim.

Ne znajući kako da odgovori, Zanta je naslonila bradu na kolena i još čvršće obuhvatila noge. Bio je red na nju da zuri po plaži sve do tirkiznog odsjaja u plićaku, primamljivo bistrom i rashlađujućem.

– Mislio si da sam prelepa? – Glas joj je zazvučao slabašno. Trnci koji su počeli da se javljaju u Dimitrisovom prisustvu činili su da se oseća kao da će se rasprsnuti od užitka.

– Jesam. I dalje to mislim. – Njegova ruka je okrznula njenu i ostala tamo. – Zar ti ne misliš da jesi?

Zanta je bila zatečena pitanjem i jedva da je mogla jasno da razmišlja dok ju je dodirivao. – Pa, ne baš. Lepa sam, ali u mom poslu ima mnogo lepih glumica, a da bi te opisali kao prelepu, moraš biti stvarno posebna.

– Ljudi previše sude, jer ti si više nego lepa.

Od komplimenta joj je gorela utroba, i čak je u hladu suncobrana zbog jačine sunca počela da se znoji. Trebalo je da skine šorts i majicu na bretele čim su stigli na plažu, jer će sada izgledati kao da se pokazuje.

– Deo glumačkog posla je i da te drugi prosuđuju. Navikla sam da ljudi komentarišu moj izgled. To je posao. Izgledati prikladno za ulogu često je jednako važno kao i imati talenta da je odglumiš.

– Da li ti to teško pada?

– Ponekad je to razarajuće za dušu, ali posle deset godina sam se navikla. Oguglala sam.

Kad se Dimitris namrštio, štipnula se za mišicu.

On je klimnuo s razumevanjem. – Ali zašto sebe izlažeš tome?

– Jer je to još odmalena bio moj san, i usponi su nadmašili padove.

Ipak, bio je u pravu. Razmišljajući o deset godina svoje karijere, setila se trenutaka kao iz pakla: grubih odbijanja i mučne treme. Poneka loša kritika imala je snažniji uticaj od stotinu dobrih. Bilo je neophodno da ogugla da bi sačuvala razum, ali u poslednje vreme je počela da se pita da li je sposobna za takav život. Sutra ide kući da se vidi s jednim od najvećih kasting direktora u industriji, na audiciju za dosad najvažniju ulogu u karijeri, ali čak i ako bi je angažovali, onda bi osećala pritisak što joj se karijera uzdigla na viši nivo i što će svojim imenom doprinositi uspehu predstave na Vest Endu.

– Mislim da bi mi teško pala takva govorkanja o meni i to da me prosuđuju – rekao je Dimitris. – Volim vrtlarstvo jer sam tu samo ja.

– Mada, imaš klijente.

– Naravno, ali retko ih viđam. Većinu vremena provodim sâm i radim svoj posao. Jednostavno je.

– Imam osećaj da ne voliš ljude.

Dimitris se naslonio unazad na ruke i uputio joj pogled koji je govorio: *O čemu ti, dođavola pričaš?*

– Volim ljude. – Zvučao je zaista uvređeno.

– Izvini, nisam to baš tako mislila – rekla je dok je tužno razmišljala da je to isto zaključila i za njegovu mamu. – Ono što je trebalo da kažem je kako mi se čini da to što uživaš da radiš sâm znači da ti to prija.

– To je tačno.

– Mada, uživao si u vremenu provedenom sa Agatom. – To je bila izjava, a ne pitanje, jer je bila sigurna u odgovor.

– To je takođe tačno.

Kamenčići su joj se utiskivali u zadnjicu, pomerila se da bi se udobnije smestila. Plaža je bila blaženo prazna. Mana toga je što nije bilo nikakvih uslužnih objekata: ni velikih suncobrana, ni udobnih ležaljki, ni kafića.

– Imam prijatelje. – Pridigao se i mišicom okrznuo njenu. – I izlazim, nisam stalno sâm.

– A šta je s devojkama? – Nadala se da pitanje neće zvučati previše očigledno. – Znam da si izgubio Evi, ali da li je bilo neke posle nje? Neke druge žene u tvom životu?

– Bilo je devojaka, ali nijedna od tih veza nije opstala – rekao je prezrivo.

Priča mog života, pomislila je Zanta, osetivši potrebu da promeni temu. Nabrala je nos. – Izvini, ovo je previše ozbiljan razgovor dok nas to more doziva da plivamo u njemu.

Ustala je, pružila mu ruku i povukla ga na noge.

– S druge strane tih stena je mala plaža – rekao je Dimitris, pokazujući na mesto gde su se krečnjačke stene pružale u more kao maleni prolaz. – Ako želiš da odemo?

– Može li se dopešačiti do nje?

– Možemo se popeti preko stena, a zatim doplivati do plaže.

Zanta je podigla obrvu. – Dakle, ne možemo ništa poneti sa sobom?

– Možemo stvari ostaviti ovde. Biće sve u redu.

Zanti se svidela ova pustolovna Dimitrisova strana, koja ju je ohrabrivala. Dopadao joj se osećaj slobode kada radi nešto što u

Londonu nikada ne bi ni sanjala da uradi – mada ne bi ni mogla, jer verovatno nigde u Velikoj Britaniji nema ovakvih mesta, osim možda nekih pustih plaža na Spoljnim Hebridima.

– Rado ću ostaviti sve osim foto-aparata. – Podigla ga je. – Koliko je duboka voda?

– Ako držiš foto-aparat iznad glave, i ja ti pomognem, trebalo bi da bude u redu.

Trebalo bi da bude u redu... Ma koga briga, silno je želela da istražuje i nije htela da dođe do plaže i zatekne neverovatno mesto koje ne može da uslika.

Dimitris je skinuo majicu, a Zanta ga je sledila, svukla šorts i majicu, zadovoljna što se oslobodila materijala koji joj se lepio za oznojenu kožu. Sa obućom za plažu na nogama i foto-aparatom oko njenog vrata, hodali su po oblucima.

Stena koja se izbočila u more nije bila visoka, ali bila je gruba i oštra, pa je morala da pazi kako staje, mada joj je pažnja bila usmerena ispred nje, na Dimitrisa, čiji su se mišići napinjali dok se penjao. Kada je stigla do vrha, okrenula se i pogledala skoro napuštenu plažu. Blag povetarac milovao joj je vrelu kožu. Upila je sve – bistru vodu koja zapljuskuje stene, more koje se talasa pred njom, osećaj potpune slobode i mira.

Silno pljuskanje vode nateralo ju je da se okrene. Dimitris se ljuljuškao u bistroj vodi s druge strane stene.

Doplivao je bliže. – Ne brini, pomoći ću ti.

Pomakla se do ivice i sela, noge su joj visile i držala je foto-aparat u podignutoj desnoj ruci. Uz Dimitrisovo ohrabrivanje, skliznula je dole, ali je istog trenutka shvatila, kada joj je oštra stena ogrebala butinu, kako je trebalo da skoči. Kad je uskočila u more preplavila ju je voda. Prvobitni šok zbog hladne vode ubrzo je zamenilo blaženstvo jer je to prijalo njenoj vreloj osunčanoj koži, a Dimitrisove ruke su je držale za struk, pridržavajući je dok se ljuljuškala na vodi, sve vreme držeći foto-aparat iznad glave. Bio joj je toliko blizu da je videla njegovo preplanulo lice, s kojeg su se slivale kapljice vode.

S jednom rukom čvrsto omotanom oko njenog struka, a drugom i dalje grčevito držeći njen foto-aparat, Dimitris je plivajući za oboje zaobišao stenu bliže obali dok nisu mogli da spuste stopala na šljunkovito morsko dno.

– *Entáxei?* – upitao je nadglasavajući se s vodom koja je zapljuskivala krečnjačku liticu nadvijenu s njihove desne strane.

Klimnula je glavom, a on je sklonio ruke s njenog struka, i umesto toga ju je uhvatio za ruku pa su zajedno gazili kroz plićak, dok im je obuća za vodu škripala preko oblutaka.

Dok je voda kapala s njih – ali s potpuno suvim foto-aparatom – stigli su do plaže, a šljunak im je škripao pod nogama dok su hodali. Uvalica je bila okružena krečnjačkim liticama koje su se uzdizale sa svih strana. Središnji deo je bio urušen i pokriven šumom. Bila je pusto, i bilo je teško poverovati da su imali tako prelepo mesto samo za sebe.

25.

Dok je Dimitris sedeo na suncu kako bi se osušio, Zanta je istraživala uvalu s foto-aparatom u rukama. Usredsredila se na pukotinu na trošnoj litici načičkanoj drvećem i način na koji su prozirni listovi stvarali svetlucavozelenu svetlost. Plaža je bila osunčana, ali je pećina unutar krečnjačke stene bila hladna, u senci, zaklonjena i zaštićena od vremenskih prilika.

Iz hlada pećine prešla je na vrelinu plaže, trepćući zbog jarkog sunca čiji su se zraci odbijali o krečno bele kamenčiće.

Dimitris je sedeo blizu vode, rukama obuhvativši kolena. Izgledao je ranjivo i usamljeno, baš onako kako ga je Zanta opisala Džudu pre neki dan. Nadala se da je zamišljen, a ne tužan.

Mada, svideo joj se taj prizor – njegova koža boje karamele spram beličastog alabasterskog kamenja i svetlucave tirkizne vode, koja je dalje na pučini prelazila u tamnoplavu. Čučnula je da pronađe najbolji ugao. Napravila je nekoliko fotografija, s njim u središtu kadra. Na njima se videla neispričana priča, što je na fotografijama volela. Želela je više od vešto osmišljene kompozicije ili lepe fotografije – želela je da ona nešto poruči, postavi pitanja, da osoba koja je gleda nešto oseti.

Pridružila mu se, na koži je osetila neugodnost i tvrdoću kamenčića, ali i njihovu toplotu. Ptice su se oglasile iznad njih, a more se penušalo napred-nazad, ali osim njihovog disanja, vladala je potpuna tišina.

– Ponekad se pojave koze na litici – rekao je Dimitris. – Mora se paziti na kamenje koje može pasti. Ali ne danas. Sami smo ovde.

Zadrhtala je od pomisli na to. Naslonila se na kamenčiće i ispružila noge. Lepo su pocrnele u tih nekoliko nedelja pod mediteranskim suncem.

– Jesi li znao da je Agata pisala dnevnik?

Dimitris je sklonio ruke s nogu i naslonio se tako da su im tela bila u ravni. – Ne, ali me ne iznenađuje. Često je sedela na tremu i pisala pisma – pogledao je prema njoj. – Verovatno tebi, ali mislim da je pisala i starim prijateljima.

– Pitam se da li je ikada razmišljala da piše mojoj mami? Iako joj ona ne bi odgovorila.

– Zar to što je pisala tebi nije bio način da ostane u kontaktu s njom, samo bez sukoba?

Dimitris je savršeno razumeo napet odnos između njene mame i Agate. Zanta ga je proučavala. – Pričala ti je, zar ne, o tome šta se dogodilo između mame i deke?

– Ne baš – rekao je Dimitris polako. – Pričala mi je o tebi. Ponekad je spominjala tvoju mamu, i znao sam da je nešto krenulo naopako između nje i tvog deke, ali nije rekla šta.

Zanta mu je ispričala sramotnu istinu koju joj je otkrila pratetka na Kaliopinoj rođendanskoj proslavi. – Stvar je u tome što sam, pored pisama koja sam joj pisala ja, pronašla i druga, ljubavna pisma stara šezdesetak godina.

– Kada je Agata bila mlada žena.

– Da. A zatim su tu i pisma stara tridesetak godina.

– Od iste osobe?

Zanta je klimnula glavom. – Saznala sam od pratetke da su to pisma od mog deke.

– A pre trideset godina...

– On je bio u braku s bakom. – Zanta se usredsredila na ritmično udaranje i šum blagih talasa, a zatim duboko udahnula. – Misliš li da je Agata bila u ljubavnoj vezi s njim?

Dimitris se okrenuo ka njoj razrogačenih očiju. – Nikada nisam video Agatu s bilo kojim muškarcem. Nikada. Ne na taj način.

– Ali pre trideset godina si bio beba?

– Da, tada sam imao godinu dana.

– Upravo tako – uzdahnula je.

– Ali poznavao sam Agatu, i nije bilo u njenoj prirodi da uradi tako nešto. Mrzela je pomisao da povređuje ljude.

Opet su utonuli u tišinu. Zantu je počela da pecka koža od jarkog sunca, uprkos tome što je u debelom sloju namazala kremu za sunčanje, a kamenčići su joj se neugodno urezivali u dlanove. Zamislila je kako bi bilo predivno imati brodić koji bi se ljuljuškao u uvali, pa da možeš da doplivaš do njega i sunčaš se na palubi. Sada, kad su prestali da razgovaraju, nije bilo drugih zvukova osim šuma mora, povremenog odronjavanja kamenja s litice iza njih i kreštanja galeba.

Među njima je zavladala napetost, poput malog zaštitnog polja, ali nije to bila ona napetost koju su osetili kada su se prvi put sreli i posvađali, već ona prožeta privlačnošću i mogućnostima.

Zaliv je bio zaštićen i pust. U mašti je odlutala ka mogućnostima šta bi sve mogli da rade – uzbuđenje zbog svlačenja i vođenja ljubavi na plaži. Žudela je za njim, i osećala trnce *baš tamo* gde treba... Vrelina joj je prostrujala telom. Kojom su joj se samo brzinom misli prebacile sa sadržaja Agatinog dnevnika na ono što se nalazilo ispod Dimitrisovog šortsa za plivanje. Mahnula je rukom ispred lica, ali nije bilo načina da se rashladi od *te* pomisli. U stvarnosti, maštarija bi izgledala potpuno drugačije, s kamenčićima koji joj se urezuju u leđa – ili kolena – i znajući kakve je sreće, brodić bi se baš u pogrešnom trenutku pojavio u blizini, a Dimitrisova mama bi preteći mahala pesnicom i vikala pogrde ka njima. Nije to želela ni da zamišlja.

U pokušaju da zauzda misli i malo se udalji od njega, Zanta je naglo skočila na noge. – Moram da se rashladim. Šta misliš da se vratimo do plaže kako bih ostavila foto-aparat, pa da odemo na plivanje?

Pre nego što je Dimitris stigao da odgovori, ona je već bila pošla, gazeći toplim plićakom prema dubljoj vodi. Okrepljujući nalet svežine naterao ju je da zadrži dah. Držeći foto-aparat visoko iznad glave, krenula je da se penje po steni, a Dimitris ju je iznenada uhvatio za zadnjicu, i tek tada je postala svesna da ju je pratio. Pogurao ju je naviše, i ona je nespretno pala na stenu.

Dok se sve vrtložilo u njoj, okrenula se prema njegovom nasmešenom licu. – Mislio sam da ti treba pomoć.

O zaboga, o zaboga, o zaboga, o zaboga. Trebalo joj je više od pomoći.

Dimitris se popeo za njom, i zajedno su pažljivo birali put preko stene pre nego što su skočili nazad na plažu Fteri.

Zanti se vrtelo u glavi od zbunjenosti i iščekivanja dok je pažljivo vraćala foto-aparat u ranac i vraćala se u more s Dimitrisom. Morala je da zauzda misli koje su joj bežale. Vreme koje su proveli zajedno dozvolilo joj je da vidi potpuno drugačiju Dimitrisovu stranu, onu koju je želela bolje da upozna.

U plićaku, voda je bila blaženo topla i tako bistra da je videla sitne ribice kako plivaju po dnu. Dimitris je otplivao dalje, do mesta gde je mlečnotirkizna boja prelazila u tamnoplavu. Niže duž zaliva, bio je ukotvljen brodić s turistima koji su skakali u vodu kako bi plivali.

Plutajući na leđima, Zanta je izgubila pojam o vremenu. Dimitris je prvi izašao iz vode, blago je okrznuvši rukom po boku dok je plivao pored nje, i samo su je žeđ i potreba da se skloni u hlad izvukli iz mora. Osetila je Dimitrisov pogled na sebi dok je hodala plažom i kad je pila hladnu vodu. Smestila se pored njega da se osuši peškirom. Okrepljujuće plivanje uspešno joj je skrenulo pažnju s razmišljanja tipa „šta bi bilo kad bi bilo" s Dimitrisom.

– Džud mi je rekao da ti se sviđam – kazao je iznebuha.

Prokleti Džud. – Rekao ti je, jelda?

– Da li je to problem? Zar ti se ne dopadam?

– Oh, sviđaš mi se. Veoma. – Bilo joj je teško da ga pogleda u oči dok joj je srce divljački lupalo. – Samo nisam očekivala da će ti Džud nešto reći. Takođe nisam ni znala da li se i ja tebi sviđam na taj način.

Pomerio se tako brzo da nije imala vremena da reaguje pre nego što je prislonio usne na njene. Iznenađenost je potrajala vrlo kratko. Uzvratila mu je poljubac, dok su joj ruke klizile preko njegovog mišićavog stomaka. Njegov jezik se poigravao njenim, a poljubac je postajao sve strastveniji. Obuhvatio ju je rukama ispod zadnjice i lagano ju je navodio da mu sedne u krilo. Jedva je primećivala kamenčiće koji su joj se urezivali u kolena dok je svuda po telu osećala trnce.

Povukao se sa smeškom. – Želeo sam već neko vreme to da uradim.

– Stvarno? – upitala je.

– Svidela si mi se od trenutka kada sam te ugledao. Samo sam bio rastrzan... Nisam mislio da je trebalo da dobijem kuću, kao što mama tvrdi, ali činjenica je da si došla na Agatino mesto i nisam znao šta da osećam.

– Nisam zamenila Agatu.

– Znam to sada, ali tvoje prisustvo tamo mi je delovalo konačno. Shvatio sam da je zaista više nema, i to me boli ovde. – Prstima je pritisnuo prsa. – Ali onog trenutka kad sam te video... Rekao sam ti već šta sam pomislio – iznenadila si me ti, a i tvoja lepota. Razumeo sam zašto ti je Agata ostavila kuću, ali sam i dalje bio rastrzan jer je ti nisi poznavala kao ja, a ja nisam poznavao tebe. Strankinju.

Zantino srce je ubrzano tuklo. Ruke su mu i dalje bile na njenoj zadnjici, a prstima joj je lagano kružio preko donjeg dela bikinija.

– Svideo si mi se na prvi pogled. Ali onda si progovorio! Posle toga mi se nisi baš dopadao, ali sam želela da mi se svidiš. Pokušavala sam da se ponašam prijateljski, ali si me stalno odgurivao od sebe.

– Loše sam se poneo.

– Ne, razumem zašto si se tako ponašao, i znaš, nisam ni ja baš donosila mudre odluke niti odavala utisak da mi se sviđaš.

Podrugljivo se osmehnuo. – Ne, stvarno nisi.

– Ali od one noći kada smo ti Džud i ja upali na zabavu, činilo mi se da se situacija promenila nabolje. – Oči su im bile u istoj ravni, nije skretala pogled s njega i prstima je prelazila po njegovim retkim maljama na grudima. – Iskreno, uživala sam u vremenu provedenom s tobom.

– Dakle, stvarno ti se sviđam – rekao je sa osmehom.

– Ako baš želiš istinu, razmišljala sam da te zavedem dok smo bili na onoj drugoj plaži.

– Stvarno? – Podigao je obrvu. – Šta te je zaustavilo?

– Brinula sam se da bi brodić pun ljudi mogao da prođe u pogrešnom trenutku. – Ponovo je zamišljala da vode ljubav, ali ovoga puta je on gledao pravo u nju, njegove oči boje čokolade pratile su joj izraz lica kao da je tačno mogao da vidi o čemu razmišlja.

– Uvek možemo da otplivamo nazad... – Međutim, možda je i on zamišljao isti prizor. – Kakav izraz lica! – nasmejao se veselo. – Slažem se, previše je izloženo. Potreban nam je neki prisniji prostor...

Bože, kako se ludirao s njom. Da li je stvarno nagoveštavao da bi želeo da ga zavede, ne ovde na javnoj plaži – ili čak u napuštenom zalivu s druge strane stena – već negde gde će biti sami i gde ih neće ometati...?

Ponovo ju je poljubio dok mu se ruka neverovatno sporo pela uz njen bok. Prsti su mu kliznuli nazad između njenih dojki, a onda pratili oblinu kukova i malo-pomalo napredovali do mesta između njenih nogu. Zanta je sad nesumnjivo znala da je upravo to predlagao.

26.

Naposletku nisu vodili ljubav na plaži, ali je njihovo strastveno dodirivanje uverilo Zantu kako su oboje jedino o tome razmišljali. Pešačenje do kola, a zatim vožnja nazad, bili su ispunjeni iščekivanjem na pomisao kako će nastaviti čim stignu u vilu.

– Doðavola.

Zanta je podigla pogled sa ekrana foto-aparata, na kojem je pregledala snimljene fotografije. Bili su na putu koji je vodio do njihovih kuća, a Iridin auto bio je parkiran ispred njihovog doma. Laðe su joj potonule. Naravno da se sada vratila. Baš u nevreme.

Dimitris se zaustavio iza majčinog auta i ugasio motor. Izraz lica mu se promenio, od bezbrižnog do ukočenog. Zanta je poželela da vrati vreme unazad kako nikad ne bi otišli s plaže.

– Čula je kamion, bolje da odem do nje pre nego što krene da me traži. – Dimitris ju je nežno poljubio u obraz. – Pokušaću da svratim kasnije.

Izašli su iz kola, i dok je Dimitris krenuo prema kući da vidi mamu, Zanta je prebacila ranac preko ramena i krenula ka vili, dok su joj se Dimitrisove reči – *Pokušaću* da svratim – neprestano motale po glavi. Osujećenost nije bio ni približan opis onoga što je osećala.

Kad se susrela s rečima *GO HOME poutána!* ispisanim crvenom bojom preko tek obnovljenih ulaznih vrata, Zanta se naglo prizemljila vrativši se u stvarnost, a njen mehurić sreće se rasprsnuo.

Uprkos vrućini, preplavila ju je jeza, zajedno sa osećajem kako je neko posmatra. Okrenula se, tražeći senke ispod drveća. Nije bilo nikoga – ali neko je dolazio. Jeza se pojačala kada je skrenula iza ugla kuće u vrt. Tragovi crvene boje bili su svuda po tremu, a saksije sa Agatinim voljenim začinskim biljkama bile su prevrnute.

Nekoliko je bilo slomljeno, a zemlja iz njih se razlila poput sasušene krvi.

Zanta je duboko udahnula. Nije nameravala da traži pomoć od Dimitrisa. Sama mogućnost da je ovo delo njegove mame značila je da je on poslednja osoba koju je htela da uključi, a ako je ovo urađeno zbog onog što se dogodilo između nje i Sakisa, onda nakon dana provedenog s Dimitrisom sigurno neće tu grešku da izvlači na površinu.

Gušeći suze, vratila se do ulaznih vrata i proverila značenje grčke reči. Pretpostavljala je šta znači, ali definicija – *kurva* je to potvrdila, učvrstivši je u pomisli kako je ovo verovatno delo Sakisove žene, a ne Iridino. Njen kratkotrajan, ali pogrešno procenjen prolazni flert sa Sakisom nastavio je da je progoni, a mogla je samo da zamisli koliko je njegova jadna žena bila ljuta i povređena ako je osetila potrebu da uradi ovako nešto.

Ubacila je ranac u kuću i, nakon što je fotografisala ulazna vrata i uništene saksije na terasi, ubacila je telefon u džep šortsa i krenula putem, nakratko bacivši pogled ka Dimitrisovoj kući.

Sutra se vraća u London, potpuno nepripremljena za sastanak kojem bi trebalo ne samo da se raduje već da bude neverovatno uzbuđena zbog njega, a jedino na šta je mogla da se usredsredi bilo je to kakvu je zbrku napravila ovde. Nameravala je da više ne beži od svojih problema već da se neposredno suočava s njima. Pobegla je od cirkusa u koji joj se život pretvorio kod kuće, i sada je odlučna da to ne ponovi ovde.

Tula je stajala ispred kafeterije brišući sto. Ugledala je Zantu i zaklonila oči rukom.

– Kakvo prijatno iznenađenje! – Pozdravila ju je, poljubivši je u obraze. – Kaliopi stalno priča o tebi i Džudu. Proslavila je najbolji rođendan. Rezervisaćemo te opet za sledeću godinu! – Obrisala je mrvice s drugog stola i preraspodila bele salvete. – Džud je stigao kući bez problema?

– Aha. – Zanta je duboko udahnula, previše potresena onim što ju je mučilo da bi se obradovala Tulinim pohvalama. – Došla sam da te pitam znaš li gde živi Sakis?

Tula je podigla glavu, i zaškiljila je na suncu gledajući u Zantu.
– Znam, ali mislim da danas radi.

– Ne želim da vidim njega, nego njegovu ženu.

– Želiš da vidiš Liju? – Tula je razrogačila oči. – Ali zašto?

– Samo želim da razgovaram s njom –rekla je Zanta brzo.

Tula ju je proučavala. – Nešto se dogodilo, zar ne?

Zanta je samo klimnula glavom, osećajući kako joj se suze skupljaju u grlu spremne da krenu niz obraze ako bi pokušala još nešto da kaže.

– Liji je slomljeno srce, razumeš. Povređena je. Ne mogu te pustiti da pogoršaš situaciju.

– Neću to učiniti. Želim da se uverim da je dobro. Da joj ispričam svoju stranu priče, to je sve.

– Hajde. – Tula je spustila hladnu ruku na Zantinu mišicu. – Idemo zajedno.

Obrisala je sto vlažnom krpom, a zatim se brzim korakom vratila u kafe, vičući na grčkom nešto o tome kako će nakratko izaći. Zaputila se preko trga. Zanta je pošla za njom, zahvalna što je Tula nije zasipala dodatnim pitanjima.

Lija i Sakis su živeli malo dalje niz put od hotela u kojem je Zanta odsela kada je tek stigla. Bila je to uobičajena seoska kuća, skromna, s fasadom krem boje, a na prednjem tremu bile su održavane saksije prepune crvenih i belih cvetova.

– Lija! – Tula je zakucala na ulazna vrata. – *Eísai ethó?*

– U vrtu! – uzvratio je glas na grčkom.

Pokazujući Zanti da je sledi, Tula ju je povela uskom stazicom između kuća do vrta u dvorištu koja je vodila ka sparušenom travnjaku i parčetu zemlje odvojenom ogradom iza njega, gde su unaokolo kljucale kokoške.

Mlada žena u pamučnoj haljini, s tamnom kovrdžavom kosom vezanom u rep, kačila je veš održavajući ravnotežu s detetom na boku. Okrenula se kada je čula korake. Osmeh koji je uputila Tuli nestao je čim je ugledala Zantu.

– Šta ona radi ovde? – Mlada žena je Zantu ošinula pogledom koji je istovremeno izražavao bes i strah.

– Samo želi da razgovara s tobom. – Tula je klimnula prema Zanti, kao da je ohrabruje da potvrdi ono što je upravo rekla.

Zanta je zakoračila napred i odgovorila na grčkom. – Časna reč, želim samo da razgovaramo.

Lija je stisnula usne i podigla ćerku malo više na boku. Devojčica je imala majčine tamne kovrdže, ali je ličila na Sakisa. Zanta se osećala kao riba na suvom, ali je znala koliko će biti bolje kad se sve činjenice iznesu na čistac.

– Sačekaću napolju – rekla je Tula pošto je Lija i dalje ćutala.

Neko vreme su stajale i gledale se dok se zvuk Tulinih koraka udaljavao, a Lija odmeravala Zantu od glave do pete. Njena ćerka je uvijala prstiće u pramenove kose koji su mami pobegli iz repa.

– Znaš zašto sam došla, zar ne? – napokon je progovorila Zanta.

Terasa iza kuće bila je sunčana, a tenda iznad prostora za sedenje jedina je pružala hlad. Popodnevno sunce je pržilo, a Zanti je izbio znoj iznad gornje usne.

Pošto je Lija ćutala, Zanta je ponovo pokušala. – Znam da si bila u kući moje kume.

Lijino lice se zarumenelo, a jastučnicu koju je držala bacila je u korpu pored nogu. Ćerka joj se i dalje poigravala kosom, i ona ju je nežno spustila na tlo, čučnula ispred nje i rekla: – Idi i vidi koliko leptira možeš da pronađeš.

Ustala je i okrenula se prema Zanti. – Kako se usuđuješ da se ljutiš na mene posle onoga što si uradila!

Zanta je duboko udahnula. – Nisam ljuta. Nije me briga šta si uradila s vratima ili bilo šta drugo jer razumem da si povređena.

– Kako ti to uopšte možeš da razumeš? – prosiktala je Lija na nju.

Izgledala je veoma napeto, kao da nosi ogroman teret i ne može da ga se oslobodi. Ćerka joj je veselo skakutala unaokolo, nesvesna mamine uznemirenosti, dok je uzimala kanticu za zalivanje. Zanta je saosećala sa ovom nepoznatom ženom koja je izgledala mlađe od nje, s prelepim crtama lica bez šminke, sada izobličenim od brige.

– Zato što je i mene muškarac prevario i povredio. Poslednje što sam želela bilo je da povredim nekog drugog. Da povredim tebe.

– Udata si? – upitala je Lija namršteno.

– Srećom ne, ali bila sam u ozbiljnoj vezi i planirali smo da živimo zajedno pre nego što sam saznala da me je momak prevario s mnogim ženama – pogledala je Liju odlučno. – Znam da nisam bila prva žena s kojom te je muž prevario. Da sam znala da je oženjen, ne bih ništa ni pokušavala s njim. – Vrelina i duboka uznemirenost prostrujali su njom dok se prisećala sebe i Sakisa na stolu na tremu, nepromišljenosti, strasti i siline trenutka. Mrzela je Sakisa zbog onoga što je učinio ženi koja je stajala ispred nje, baš kao što je mrzela Ostina.

Devojčica bucmastih nogu i maslinastog tena, sa obrazima koji su mamili da se štipnu i neodoljivim osmehom, ciknula je kad je ugledala leptira kremaste boje, koji je brzo vijugavo odleteo od njenih ruku željnih da ga uhvate. Tamni pramenovi kose bili su joj svezani crvenom mašnom, a ona je hodala s kanticom za zalivanje, mumlajući nešto za sebe dok je sipala vodu u saksije s cvećem i začinskim biljem postavljene uz ivicu terase.

Osmeh je preleteo Lijinim licem dok je posmatrala ćerku.

Zantu je prožeo bes zbog nepravde nanesene toj ženi. Kako neko može biti toliko blesav da reskira sve ovo zbog prolazne ljubavne veze? Nije to razumela. Nije razumela ni Ostinovo ponašanje, a oni čak nisu ni bili u braku, niti su imali decu.

Lija se okrenula od ćerke prema Zanti. – Znala sam da nešto nije u redu kad je moj muž prošle nedelje ostao kod kuće i rekao da više nije potreban na poslu. Bio je ovde, smetao mi i bio očajan, pa sam se, kada sam otišla u kupovinu, raspitala unaokolo. Razgovarala sam s prijateljicom koja je pričala s drugom prijateljicom, čiji je muž radio na tvojoj kući. Kada sam saznala za tebe – mladu lepu Engleskinju – odmah sam znala šta se dogodilo i zašto njegov ujak više nije želeo da Sakis radi tamo.

Zanta se ugrizla za usnu i porumenela, ne želeći da izgovori sledeće reči, ali takođe nije želela da Lija pretpostavlja nešto više nego što je to već učinila.

– Naposletku, nismo, znaš...

– Znam – rekla je šturo. – Naterala sam njegovog ujaka da mi sve ispriča. – Drhtavo je uzdahnula. – I znam da nije tvoja krivica; znam kakav mi je muž.

– Stvarno mi je žao. Zaista to mislim. Osećala sam se grozno, a saznanje da se tako i ranije ponašao prema tebi nekako je učinilo sve još gorim, jer znam kako se osećaš u sebi, ovde. – Zanta je pritisnula pesnicu nasred prsa iznad srca.

– Mesecima sam loše spavala. – Lija je pogledala ka ćerki. – Ona me toliko usrećuje, ali i iscrpljuje. Razumeš?

Zanta je klimnula glavom. – Razumem, iako nemam decu. Moji prijatelji imaju, a braća su mnogo mlađa od mene. Brinula sam se o njima kad su bili mali. Znam koliko je to naporno. Mada, to nije izgovor za ponašanje tvog muža.

Lija ju je pogledala širom otvorenih očiju i klonula na stepenice koje su vodile ka travnjaku sprženom od sunca. Tamni podočnjaci su odavali koliko je umorna, a natečenost oko očiju da je plakala. Kako neko ko bi trebalo da je voli i podržava može da joj nanese toliko bola?

Lija je odmahnula glavom. – Zašto te je uopšte briga?

Zanta je povukla stolicu ispod tende i sela nasuprot nje. – Zato što se osećam užasno zbog toga što te je povredio. Ne znam da li ti se izvinio, ali ja se izvinjavam za ono što je uradio.

– Mislim da će me jednog dana ostaviti. – Slegnula je ramenima. – Kad pronađe neku bolju od mene.

– Možda bi ti bilo bolje bez njega, ako se ovako ophodi prema tebi.

– Ali, sviđa ti se?

– Ne. Oh, ne. – Zanta je odmahnula glavom. – Istina je da sam bila usamljena i povređena...

– Zbog ponašanja bivšeg momka? – šmrcnula je Lija.

– Da. Kao i tebe tvoj muž, varao me je s mnogim ženama – naglasila je Zanta ponovo.

Lijino lice zadobilo je bolan izraz. Prešla je nadlanicom preko vlažnih očiju.

– Mislila sam da je slobodan – nastavila je Zanta. – Ulivao mi je samopouzdanje. Samo sam htela da se malo zabavim, i da sam znala da je oženjen nikada ne bih ništa ni pokušala. Kunem se.

– Ti si prva koja se izvinila – rekla je Lija tiho. – Ali pitam se da li su druge znale da je oženjen. Dolazi nam dosta turista, mnoge žene putuje same ili s prijateljicama, u potrazi za zabavom, kao ti.

– A on koristi priliku. – Zanta se prisetila razgovora u Tulinom kafeu s pratetkom o dekinom ponašanju, i on je radio isto, koristio posao koji ga je odvodio od kuće kako bi imao mnogobrojne ljubavnice. – Zašto to trpiš? – pitala je nežno.

Lijina ćerka je doskakutala ka njima, pljeskajući rukama od oduševljenja dok je išla za žutim leptirom.

– Šta drugo mogu da uradim? – rekla je Lija tužno gledajući ćerku. – Ne želim da budem sama ili da razočaram roditelje. Ne želim da mi ćerka raste u razorenom domu, posebno sada. – Pogladila je stomak rukama.

– Oh. – Zanta je bacila pogled na Lijin blago zaobljen stomak, sakriven ispod lepršave letnje haljine. Još više se rastužila zbog nje. – Tako mi je žao što se ovako ponašao prema tebi, i kad si...

Suze su joj se, zbog nepravde prema Liji, stegle u grlu od besa kako neko može tako da se odnosi prema partnerki.

– Nisam mu rekla. Još je rano i ne znam kako da mu kažem, ne znam da li će biti srećan ili ne.

– O bože, ne bi trebalo da se osećaš ovako. Reci mu istinu i nateraj ga da shvati kako se ponaša. Ne bi trebalo da se s tim nosiš sama.

Devojčica je dotrčala i obavila bucmaste ruke oko mame. Popela joj se u krilo, a prsti su joj skliznuli u Lijinu kosu, umotavajući pramen oko prsta.

– Nisam sama. Imam dobre prijatelje s kojima razgovaram i koji me podržavaju. – Pogledala je sramežljivo uvis, izbegavajući ćerkin pogled. – Jedna od prijateljica mi je predložila da odemo do tvoje kuće i... pa, videla si šta smo uradile.

Zanta se setila mržnje na licu žene u kafeu koja se sudarila s njom kad je dolazila po ćerku posle Kaliopine rođendanske proslave. – Mislim da sam srela tvoju prijateljicu.

– Ona je odlučna žena koja se brine o meni, čak i ako ponekad pretera.

– Dobro je imati takvu prijateljicu na svojoj strani.

– Boja je ćerkina. Može se oprati. Crvena joj je omiljena boja. Izvini.

– Ne moraš da se izvinjavaš.

– Moram. Vaspitali su me bolje nego da se ponašam ovako, i trudim se da vaspitavam ćerku da bude dobra i poštuje druge, tako da je ono što sam uradila bilo pogrešno, iako sam bila povređena. – Nagnula se ka Zanti i dodirnula joj rame. To je bio mali potez, ali značio je mnogo. – Za saksije mi je zaista žao. Bila sam ljuta i iskalila se na njima. Povređeni palac na nozi me tera da žalim zbog svojih postupaka.

Sakis je budala, a Lija je previše dobra za njega. Zanta je ustala. – Tula me čeka. Bolje da krenem. Hvala ti što si razgovarala sa mnom.

– Hvala tebi što si bila dovoljno hrabra da dođeš. – Lija je ustala i podigla ćerku na bok. – Ono što sam uradila bilo je kukavički.

– Ne. Iskalila si bes i ozlojeđenost, i pored sebe si imala najbolju prijateljicu koja odbija da trpi gluposti. Drago mi je što je imaš.

Zanta se pridružila Tuli ispred kuće i zajedno su krenule nazad prema seoskom trgu, hodajući putem okupanim suncem.

– Jel' sve u redu? – upitala je Tula.

– Da, bolje je sada kada smo razgovarale. – Pogledala je prema starijoj ženi. – Hvala ti što si mi dovoljno verovala da me dovedeš ovamo.

Tula je stala nasred puta i uhvatila Zantu za ruke. – Imaš dobro srce. A svi greše. Važno je kako se nosimo s greškama.

Kada su se oprostile ispred kafea, Zanta je snažno zagrlila Tulu pre nego što je nastavila sama prema vili, dok su joj misli bile zaokupljene suludim događajima tog dana. Toliko emocija i osećanja koji su se međusobno sukobljavali.

Svaka akcija ima posledice. Svaka odluka odrazila se na njen život, i na neki način uticala na nju ili druge ljude, što je bilo očigledno u slučaju Lije i njene ćerke.

Po povratku u vilu, Zanta je oprala ulazna vrata kako bi uklonila ispis, oribala terasu isprskanu farbom i pokupila slomljene saksije. Našla je nove saksije u radionici i provela ostatak dana presađujući začinsko bilje, a miris origana i timijana ostao joj je na prstima.

Ceo dan su joj se po glavi rojile misli o ljubljenju s Dimitrisom i rađenju mnogo više od toga, ali Iridin povratak je sve to prekinuo. Iako je bio obećao da će pokušati da svrati kasnije, veče je prošlo a od njega nije bilo ni traga ni glasa. Zanta je pregledala fotografije Dimitrisa na plaži i dok radi u vrtu, obeležavajući najbolje, a zatim se ponovo posvetila Agatinim dnevnicima. Ostala je na terasi dok nije pao mrak, a onda je upalila lampu na stolu i nastavila da čita, pretražujući stranice i stranice Agatinih zapisa u potrazi za bilo kakvim pomenom svoga dede.

Nakon nekoliko sati koje je provela pognuta nad dnevnicima, bolnih ramena i umornih očiju, zapanjeno je udahnula. Našla je odgovor na ultimatum koji je deda postavio Agati. Više puta je pročitala odeljak, pažljivo proveravajući grčke reči na *gugl translejtu*, kako bi bila sigurna da ih pravilno razume, a zatim je obeležila tu stranicu i nekoliko drugih koje su sada imale mnogo više smisla. Zatvorila je dnevnik. Nije mogla da promeni ono što je deda uradio, ali sada je barem mogla mami da pokaže istinu.

Zanta je zevnula. Bilo je skoro ponoć, a Dimitris se još nije pojavio. Skupivši dnevnike koje će poneti sa sobom u London, pošla je u krevet – sama.

27.

Zanta nije želela da ode, a da se ne oprosti od Dimitrisa. Išla je samo na tri dana, ali joj se to činilo kao čitava večnost jer je bila potpuno obuzeta njime. I nije bilo samo to, grčio joj se želudac od treme pri pomisli na sastanak. Iako je s Džudom provežbala pesme, i dalje se osećala nepripremljeno i nesigurno.

Nakon što je spakovala kofer u prtljažnik iznajmljenog auta, skoknula je do susedne kuće i pokucala.

Veoma joj je laknulo kada je vrata otvorio Dimitris, a ne njegova mama.

Pogledao je iza sebe u senoviti hodnik, a zatim kročio na sunčevu svetlost i zatvorio vrata za sobom.

– Tako mi je žao zbog juče. – Prošao je rukom kroz tamnu kosu. – Mama je bila uznemirena kao što to često biva nakon posete mom bratu, i htela je da razgovara, a onda je imala jednu od svojih epizoda.

Bore na čelu su mu bile uočljive, a umor oko očiju ukazivao je da nije mnogo spavao. To je i bio plan, ali iz drugog razloga...

– Šta misliš pod „jednom od epizoda"?

Počešao se prstima po čelu. – Kao da se uspaniči i ne može da diše. Tada moram pokušati da je smirim pre nego što se to pogorša. Navikao sam na to. – Tužan ton njegovog glasa i način na koji su mu se široka ramena ponovo pogružila bili su srceparajući. – Ideš sada?

– Da, moram da stignem na aerodrom. – Međutim, ono što je zaista želela bilo je da ostane i podrži ga, a ne da se vrati kući na sastanak zbog kojeg je bila iskreno prestravljena.

Između njih je postojalo odstojanje, napetost koju nije mogla da dokuči, kao da nije želeo da je dodirne. *Za slučaj da ga mama gleda.* Ili je možda zbog toga što je, kad god bi je dodirnuo, isto kao i ona njega, imao želju da ostane tako i nikada je ne pusti.

– Vratiću se u utorak – rekla je vedro, iako se nije tako osećala. – Nije to dugo.

Zantu su potpuno preplavile emocije dok je ulazila u avion za London. Kakav osećaj ima u vezi sa sastankom, s mogućom ulogom koja bi mogla da predstavlja prekretnicu, šta oseća prema Dimitrisu, ili zbog vile i svoje razbijene grčke porodice; sve je predstavljalo jednu veliku zbrku.

Dugo putovanje bilo je iscrpljujuće, a nakon nekoliko emotivnih dana bilo je gorko-slatko sesti na *getvik ekspres* do stanice *Viktorija*, a zatim se prepustiti dobro poznatom osećaju povratka kući metroom. Parminder i Lusi su je dočekale, i bilo je kao nekada, izašle su na večeru u lokalni pab. Posle nedeljne popodnevne predstave, pridružio im se i Džud, i sedeli su u vrtu paba, svako sa po pintom hladnog piva, prepričavajući dešavanja tokom proteklog meseca. Zanta je preskočila sve što je imalo veze sa Sakisom i njenim danom na plaži s Dimitrisom – ispričaće to Džudu kad budu sami. Bilo joj je zagušljivo u gradskoj sparini, nedostajali su joj suva vrelina Kefalonije i svež morski vazduh. I dok je odlazila na počinak, kako bi provela nemirnu noć pre važnog sastanka, shvatila je kako joj ne nedostaje samo vreme.

Ubrzano lupanje srca otežavalo je Zanti da se usredsredi na bilo šta osim na pokušaje da upravlja disanjem. Osećala je slabost u nogama dok je išla ka sredini sobe i okrenula se ka direktorima kastinga. Kapljica znoja skliznula joj je niz donji deo leđa.

Ovo je trebalo da bude sastanak i audicija za koje se naporno spremala, ali vreme i pažnja su joj bili okupirani Dimitrisom i njenim boravkom u Grčkoj.

Da li, duboko u sebi, nije želela tu ulogu zbog nedovoljne pripremljenosti? Ili nije želela pritisak, niti čeznula za priznanjem i ugledom koje bi joj donela?

Videla je iskrena i ohrabrujuća lica direktorke kastinga, jedne od najvećih u svetu muzičkog pozorišta, i njene pomoćnice. Želele su da Zanta uspe. Početni razgovor je bio opušten i ispunjen pohvalama. Sve što je preostalo bilo je da zapeva. Sada kada je stajala pred njima, očajnički je želela da se dokaže i pokaže im šta sve može.

Napetost koja joj je poslednjih nekoliko dana strujala telom izlila se iz Zante čim je zapevala prve reči pesme „On My Own", koje su odjeknule do udaljenih kutaka prostorije, uznemireno lupanje srca pretvaralo se u lepršavo uzbuđenje, imala je osećaj da upravlja sobom, svojim glasom i umećem. Iako nije bila sigurna šta bi odgovorila ako joj ponude ulogu, želela je da pruži sve od sebe, to joj je bilo u prirodi. Dok je iskrenim osećanjima obavijala svaku reč, a glas joj bez napora ispunjavao prostor, bila je zadovoljna što se pokazala u najboljem svetlu.

– Kako je prošlo? – Džud ju je čekao dalje niz ulicu ispred *Šaftsberi teatra* s prekrštenim prstima i izrazom lica između osmeha i kreveljenja.

– Treba mi piće.

– Da li je to dobro ili loše?

– Pa, ponudili su mi ulogu, tako da...

– O bože, Zanta, to je neverovatno! – Zagrlio ju je, skoro je oborivši. Odmakao se i držao je na odstojanju. – Kako si, dođavola, tako smirena?

– Moram mnogo toga da razmotrim. Brinem se da li zaista mogu ovo da iznesem, znaš, s obzirom na to da nisam bila njihov prvi izbor.

– Možda nisi bila prvi izbor, ali si drugi – naglasio je Džud.

– Ali, želim li zaista da budem drugi izbor?

Džud je odmahnuo glavom. – Zanta Foks, prestani da se ponašaš kao diva. Ovo je uloga života. I veruj mi, posle ovoga ćeš *svima* biti prvi izbor. – Uhvatio ju je podruku i poveo dalje od pozorišta. – Ovo zaslužuje da se proslavi!

Znala je da su njene brige neutemeljene. Naravno da može da odigra ulogu, godinama je radila na tome da dobije priliku za tako nešto. Samo ju je tog jutra snažna trema podsetila na nezdrav stres koji je nedavno osetila. Iako je trenutno bila neobično smirena i rav-nodušna. Džud je svakako nadoknađivao njeno odsustvo uzbuđe-nja tokom šetnje do *Alhemičara* u Kovent gardenu, igrajući slavlje-nički ples dok su ulazili u bar.

Izabrali su sto pored prozora, a Zanta, i dalje odsutna, rado je prepustila Džudu da naruči. Ljudi su prolazili Ulicom Sent Martins lejn, a Zanta se osećala kao kod kuće u srcu Teatarlenda, što joj je bilo čudno nakon što je počela tako da se oseća u Grčkoj.

Konobar se vratio, a Zanta je razrogačila oči kada je ugledala dva penušava crvena koktela sa suvim ledom. Konobar ih je stavio na sto zajedno s tanjirom s meze hranom. – O moj bože, Džud! Šta si to, dođavola, naručio?

Džud se iskezio. – Dopašće ti se teatralnost – čini se prikladnim za proslavu tvog uspeha.

– Kokteli u ponedeljak, usred dana...

– Ako ne možemo da se počastimo kad se desi nešto veličan-stveno, kad ćemo? – Džud se kucnuo s njom. – Mada, nisam očeki-vao da ćeš danas saznati.

– Ni ja, ali očigledno su me prošle godine videli na premijeri *Olivera!*, pa su već znali da im se dopadam.

– Zbog čega si i bila njihov drugi izbor.

– Upravo tako. – Zanta je otpila gutljaj koktela od amareta i vi-skija. – Zapravo se svodila na to da me upoznaju i potvrde ono što su već mislili.

– Ovo je baš značajno, Zanta!

– Znam. – Duboko je udahnula i zagledala se kroz prozore u nejasne obrise ljudi koji su prolazili. – To su samo trema i značaj cele priče. Dopadalo mi se što je nestalo pritiska i taj sporiji ritam života. Zastrašujuće je ponovo zakoračiti u središte pažnje s još zna-čajnijom ulogom – više pritiska, dodatne pažnje.

Džud je posegnuo za njenom rukom. – Biće to drugačija vrsta pažnje od one koju si privlačila u poslednje vreme. Neće biti ništa slično sukobu sa Ostinom, veruj mi. Tačno, bićeš u središtu pažnje, ali to će biti zbog tvoje nadarenosti i otelotvorenja Eponine. Ne zbog tvog privatnog života. Bićeš na pozornici Vest Enda, i nećeš dospeti u milione dnevnih soba kao Ostin. Njegova slava je suluda. Ovo će biti drugačije. Na dobar način drugačije.

– Hvala ti. – Stisnula mu je ruku. – Ti si glas razuma koji mi je bio potreban.

– Tome služe najbolji prijatelji. – Uzeo je pečenu *padron* papriku i strpao je u usta. – A kad smo kod tvog privatnog života, šta se dogodilo s Dimitrisom na plaži?

– O moj bože, toliko toga. – I narednih sat vremena Zanta je, uz koktele i hranu, Džudu otvorila dušu, i dok je život u Londonu brzo proticao napolju, ona je ponovo preživljavala uspone i padove tokom proteklih nekoliko dana.

– Dođavola, Zanta, to je priličan preokret u nešto više od nedelju dana. Zabavljanje sa zgodnim Grkom i uloga života. Kuc-kuc! Ti si, draga moja, ubola premiju.

– Možda. – Zanta je nabrala nos. – Moram da im odgovorim do četvrtka, a kad se vratim na Kefaloniju, treba da donesem ozbiljne odluke u vezi s vilom. Vreme ističe...

– U vezi sa čim? Srce će ti reći šta treba da uradiš s vilom. – Džud je zastao i posmatrao je širom otvorenih očiju. – Oh, pričaš o Dimitrisu, zar ne? Ali on je letnja ljubav, zar ne? Spavaj s njim i reši se toga – to bi bilo pametno da uradiš – rekao je staloženo pre nego što je uz škripu pomerio stolicu unazad. – Moram da se olakšam. Vraćam se za minut.

Zanta nije bila sigurna koliko bi bilo delotvorno spavati s njim kako bi nastavila dalje, ne kada su varnice već zaiskrile. Odluka o tome šta da uradi s vilom takođe nije bila jednostavna. Agent za nekretnine trebalo je da dođe kako bi uradio procenu, ali zamisao o prodaji postajala joj je sve manje privlačna, čak i ako bi joj omogućila da ovde kupi stan. Sama pomisao da se odrekne vile, napusti Kefaloniju i zauvek se oprosti od Dimitrisa delovala joj je zastrašujuće, a u srcu i umu joj je vladala zbrka sukobljenih osećanja. Osim, naravno, ako to ne mora da bude konačna odluka...

Na telefonu se začuo zvuk za poruku, koja se i pojavila na ekranu. Srce joj je zatreperilo kad je videla ime pošiljaoca. Zgrabila je telefon i kliknula na poruku.

Zdravo, čuo sam da si ponovo nakratko u Londonu. Voleo bih da te vidim ako imaš vremena. Biću danas popodne u La- undžu između četiri i pet sati. Na našem starom mestu. Dođi da se javiš. Bilo bi lepo da se ispričamo. O x

Zanta je zurila u poruku, čitajući je iznova i iznova, u pokušaju da je razume. Nakon toliko meseci ćutanja, Ostin joj se ponovo javio. Bol i tuga su je iznova preplavili, jasno je podsećajući na sve ono što je izgubila, ali i na ono što je dobila – slobodu, samopouzdanje, sposobnost da se otvori, a mogućnost da pusti nekog novog u svoje srce bila joj je nadohvat ruke.

Mogla je da prenebregne poruku, *trebalo* bi to da uradi, ali s druge strane – bila je znatiželjna. Zašto sada? Zašto joj se javlja posle toliko vremena? Kako je uopšte znao da se vratila – osim ako nije neupadljivo pratio njene objave na društvenim mrežama? I naravno, i dalje su imali zajedničke prijatelje, ništa nije moglo da ostane tajna. Uprkos osećaju teskobe, preplavila ju je želja da sazna šta on hoće, zajedno s potrebom da zaokruži tu priču.

Džud se vratio i skliznuo na stolicu naspram nje. Okrenula je telefon ka njemu da mu pokaže poruku. Razrogačio je oči.

– Šta kog đavola? – Džud je pogledao nju, pa ponovo poruku, namrštivši pegavo čelo. – Reći ćeš mu gde da ide, zar ne?

Zanta je stisnula usne. – Zapravo, naći ću se s njim. – Nagnula se napred. – Moram to da uradim zbog sopstvenog zdravog razuma.

– Nemoj da padneš na njegove draži. Ne ponovo.

– Molim te, imaj malo poverenja u mene! On je slatkorečivi kreten, ma koliko bio zgodan i zavodljiv. Kunem ti se da me nimalo ne zanima prokleti Ostin Karter.

28.

Tugu koju je Zanta osećala zbog rastanka s Džudom brzo je zamenila uznemirenost kada je pošla metroom kako bi se sastala sa Ostinom. Sve je to mogla biti neka surova šala, i možda je planirao da se ne pojavi, iako bi to bilo prikladnije nego da ga ponovo vidi.

Laundž je bio prijatno mesto za ljude iz kraja, nedaleko od stana u kojem je Ostin živeo pre nego što je postao poznat, i gde su proveli mnogo vremena. Da li ga je izabrao da bi probudio uglavnom srećne uspomene? Ili zato što je daleko od upadljivih, skupih mesta koja je sada često posećivao, pa je manja verovatnoća da bude primećen?

Ostin se udobno smestio za sto u zadnjem delu kafića, jednom od njihovih omiljenih, i dok je išla ka njemu, Zanti su navrla sećanja: uživanje u branču posle prve zajedničke noći, deljenje slavljeničke boce vina u čast njihovih uspeha, i večera uz sveće kako bi obeležili prvu godišnjicu veze.

Ostin je ustao kad je stigla do stola, ali mu se ona nije približila, ustežući se da ga zagrli ili poljubi u obraz. Već se osećala dovoljno ranjivo i bez reskiranja da uzburka osećanja koja je nekad gajila prema njemu.

– Dobro izgledaš. – Ozario se kada ju je video i bez nagoveštaja kajanja na licu ponovo seo. – Kako je prošla audicija?

– Kako znaš za to?

– Oh, čujem ja štošta.

Zanta se spustila na stolicu nasuprot njemu. – Bio je to više nekakav sastanak nego audicija, i dobro je prošao, hvala.

– Dao sam sebi slobodu da naručim za tebe. Setio sam se koliko si volela njihovu limunadu sa šerbetom. – Pokazao je na veliku čašu sa zamućenom limunadom ispred nje. – Osim ako ti nakon napornog dana ne treba kafa? Ili džin?

Zanta je zaškiljila očima, osećajući stezanje u grudima. – Limunada je u redu.

– Zaista mi je drago što te vidim.

Posmatrala je njegovo lice, pokušavajući da utvrdi da li je ozbiljan ili ne. – Volela bih da mogu da kažem isto, ali bih lagala.

– Vidi, znam – ispravio se u stolici i naslonio ruke na sto. – Zaista mi je žao što sam se onako poneo prema tebi. – Prstima ju je okrznuo po ruci.

Istog trenutka se izgubila u poznatoj bliskosti: usnama koje je poljubila nebrojeno puta, plavetnilu zavodljivih očiju, visokim jagodicama i kao isklesanoj vilici. I dalje joj se mnogo toga dopadalo kod njega, ali odsustvo morala i grozno ponašanje zasenili su dopadljivost, barem kada je ona u pitanju, ako već nije za njegove obožavatelje.

Zanta je povukla ruku od njegovog dodira, ne želeći da oživljava stara osećanja niti da razmišlja o „šta bi bilo kad bi bilo". Više ne.

– Drago mi je što ti je žao, ali zapravo si mi učinio uslugu. Da nisam tada saznala da me varaš, to bi se desilo kasnije, ali bih do tada protraćila još više vremena s tobom. – Otvorio je usta, ali je ona podigla ruku. – Ako nisi hteo da budeš sa mnom, trebalo je to da kažeš...

– Hteo sam da budem s tobom.

– Da, sa mnom i s bogzna koliko drugih. To je deo koji ne razumeš – ne možeš imati sve bez posledica. Ja sam bila posledica. Međutim, to na tebe nije ni uticalo, jer da ti je stvarno bilo stalo, ne bi se tako ophodio prema meni.

– Bilo je, Zanta. – Skrenuo je pogled dok se naslanjao nazad u stolicu, stisnutih punih usana.

Zanta je uzdahnula. – Dakle, o čemu želiš da razgovaramo? Uskoro moram da uhvatim voz za Brajton.

Ponovo je skrenuo pogled, i posegnuo za sunčanim naočarima, igrajući se njima. Zanta ga je dovoljno dobro poznavala da prepozna uzrujanost, iako mu je opušteno držanje zračilo samopouzdanjem. Gledala ga je u emisiji *Šou Grejama Nortona*, kako uživa u aplauzu i ushićenim povicima publike, s lakoćom se šaleći s Grejamom i ostalim gostima, uspevajući dobro da se nosi sa situacijom u društvu poznatih holivudskih zvezda, pa ipak, Zanta je prozrela njegovo lažno samopouzdanje po načinu na koji se igrao prstenom na palcu, kao da mu je bio potreban način da uspostavi ravnotežu, da spreči ruke da mu se tresu, baš kao što je to radio na svakoj audiciji.

– Ostine, samo reci šta imaš – kazala je odlučno.

– Postoji novinar koji istražuje moj privatni život.

Zanta je ugušila smeh. *Kakav privatni život?*, pomislila je.

– Razgovarao je s ljudima koje poznajem i, ovaj, drži te na oku.

– Aha, znači ne želiš da pričam s njim.

Izdržao je njen pogled. – Hoće da objavi negativan članak o meni, i ugled mi je na kocki.

Zanta je frknula. – Tvoj ugled?

– Sve se desilo tako brzo. – Stegnuo je vilicu. – Privukao sam neverovatnu pažnju i nekako sam zajahao taj talas uspeha...

– I to je uključivalo spavanje s takoreći svakom prokletom ženom koju si sreo, dok si još bio sa mnom?

– To što sam uradio je bilo pogrešno, zbog čega i pokušavam da ti se izvinim...

– Dok istovremeno tražiš nešto od mene.

– Samo sam hteo da te upozorim.

– Sve kako bi zaštitio sebe. – Znao je tačno šta radi, poslavši joj poruku iz vedra neba i ugovorivši susret na jednom od njihovih omiljenih mesta, i unapred naručivši njeno omiljeno piće. Iako je danas previše popila, bilo joj je kristalno jasno šta je odlučila. Otpila je veliki gutljaj slatke i opore limunade. – Ne možeš me obrlatiti da nešto uradim, ne više. Prozrela sam tvoj dirljivi pokušaj izvinjenja. Još mi je sveže sećanje na to kako si se ponašao prema meni, ali sasvim mi je dobro bez tebe.

Kefalonija joj je omogućila da se dovoljno udalji od svega i promeni ugao posmatranja, što joj je bilo potrebno, kao i vreme da razume sopstvena osećanja i shvati koliko joj je bolje bez njega. Zbunjenost tokom leta do Londona smirila se posle uspešnog sastanka, a sada joj je bilo i jasno kako prema Ostinu ne gaji nikakva osećanja. Prisetila se Dimitrisovih očiju punih duše. Toliko toga je dobila zahvaljujući novootkrivenoj slobodi – i što se oslobodila veze osuđene na propast onog trenutka kada je Ostin skrenuo s puta, iskoristivši slavu, popularnost i dobar izgled. A i dalje je imao smelosti da od nje traži usluge i naručuje joj piće jer je želeo da upravlja njome.

Zanta je uzela telefon, stavila ga u torbu i nagnula se bliže, spustivši glas. – Ali neću pričati s tim novinarom, ne zato što ti to ne želiš, ili zato što mi je stalo do tebe ili tvog ugleda, već zato što nemam šta da mu kažem. Imam pametnija posla i ne želim više da trošim vreme razmišljajući o tebi. Previše sam vremena provela bivajući očajna i lutajući bezvoljno, uverena da je život nepravedan jer si me prevario. Ne želim da zbog nekog novinara, koji će verovatno izvrnuti moje reči, ponovo proživljavam to kako si napravio budalu od mene. Nastavila sam dalje, i uživam u životu. Pojavljuju se prilike i mogućnosti, i slobodna sam da biram svoj put. Gledam napred, ne unazad. – Ustala je i pogledala ga s visine. – U svakom slučaju, sutra se vraćam na Kefaloniju, neće me baš tako lako naći.

– A posle toga?

– Ko zna. Još nisam odlučila.

Ostin je ustao, obišao sto i prišao joj.

Zakoračila je unazad. – Bolje da me, za svaki slučaj, ne grliš, da nas ne bi fotografisao neko ko mnogo voli da škljoca telefonom, osim ako ne želiš nove glasine.

Zanta je uživala osećajući zadovoljstvo dok je odlazila, znajući da je napokon završila tu priču. To nije mogla da uradi nakon raskida, ali jeste pošto se srela s njim licem u lice umesto putem ekrana ili društvenih mreža, i shvatila da ne oseća ništa, čak ni bes, već ju je samo preplavio osećaj kako, bez njega, njen život ide u pravom smeru. To što se našla sa Ostinom i rekla mu šta misli bilo je daleko bolje od terapije.

Putujući vozom do Brajtona Zanta je imala vremena da razmisli o sledećem izazovnom razgovoru, sada s mamom – što je gotovo jednako zastrašujuće kao i suočavanje sa svetski poznatom kasting direktorkom. Nije mogla više da ga odlaže, ne nakon svega što je saznala.

Poslednji put je u majčinoj kući bila na nedeljnom ručku nekoliko meseci pre nego što je otišla na Kefaloniju, kada je mama bila zapanjena Zantinom odlučnošću da nakratko napravi predah u karijeri kako bi obnovila vilu.

Lin se preselila iz Houva u Brajton kada je njena veza sa Zantinim očuhom postala ozbiljna. Na mnogo načina bio je to život iz snova, prostrana dvojna kuća u ulici punoj zelenila u živopisnom primorskom gradu, dobro povezanom s Londonom, do kojeg se brzo stizalo. Da li je to bilo bolje od onog čega se mama odrekla u Grčkoj? Zanta nije bila sigurna, ali dogod je mama bila srećna, da li je to zaista bilo važno?

U trenutka kada je Zanta stigla, blizanci samo što su se vratili s poslepodnevnih vanškolskih aktivnosti. Džejkob joj je mahnuo, s komadom tosta u ustima, dok ju je Arči oprezno zagrlio, a Brambl joj se vrzmao oko nogu, očajnički tražeći pažnju.

Lin je povela Zantu u kuhinju. – Dečaci igraju *nintendo*, Džon je još na poslu, a ja sam stavila čaj. Imamo vremena za nas.

Sedele su napolju sa šoljama čaja, dok je Brambl dremao na terasi između njih. Vrućina nije bila tako jaka kao u Grčkoj, a pogled ni blizu toliko očaravajući, ali bilo je nečeg utešnog u sedenju s mamom i slušanju Bramblovog glasnog hrkanja, dok je gledala uredno pokošen travnjak, obode vrta oivičene žbunjem i trambulinu, s trešnjom na kraju dvorišta, koja je skrivala veći deo susedne kuće. Ne, nije se moglo uporediti s pogledom iz vile na Kefaloniji, ali se Zanta, uprkos tome što nikada nije živela ovde, osećala kao kod kuće.

Lin je podigla šolju i dunula u čaj. – Pa, kako je prošlo?

– Ponudili su mi ulogu.

Lin je ciknula, skoro prosuvši čaj. – To je neverovatno, Zanta! Bože moj, o ovome si oduvek sanjala.

Zanta je klimnula. – Stvarno jesam.

– Kako možeš biti tako smirena? Ja bih ušla igrajući slavljenički ples!

– Džud je to već uradio umesto mene.

– Trebalo bi da budeš ponosna na sebe. – Stisnula je Zantinu ruku. – *Ja* sam tako ponosna na tebe. Dakle, kada počinju probe i kada je predstava? Moraš mi javiti da rezervišemo karte!

– Još nisam prihvatila.

– Šta misliš pod tim da još nisi prihvatila? – Lin je spustila šolju, koja je udarila o drveni sto.

– Treba da razmislim o mnogo toga.

– O čemu pričaš, za ime sveta? Ovo je uloga koju si želela još od tinejdžerskih dana. Čak sam i ja naučila napamet reči pesama iz *Jadnika* slušajući tebe kako ih stalno pevaš. Moraš da prihvatiš.

– Moram li? – Zanta ju je namerno izazivala, ali možda je dobro da mama shvati da su nedelje provedene daleko od kuće bile okrepljujuće za nju isto koliko bi ova uloga mogla da joj promeni život.

Lin je uzdahnula. – Ne razumem te.

– Zaista sam uživala na Kefaloniji; pružila mi je priliku da razmislim o budućnosti i šta želim da radim, kako sada tako i dugoročno.

– *Ne dozvoli* da ti to mesto poremeti život. – Izgledala je kao da je na ivici suza.

– Još ništa nisam odlučila.

– Bila si savršeno dobro pre nego što si otišla tamo.

– Ali nisam bila, mama. Bila sam nesrećna i povređena. Bila sam iscrpljena i preopterećena poslom. Bio mi je potreban predah, a Kefalonija je i više nego ispunila moja očekivanja. Ne znam, otvorila mi je oči za mogućnost da život može biti više od rada šest dana u nedelji, s neprestanim angažmanima do kasno u noć i jedinim slobodnim danom provedenim u jurnjavi da operem veš, uz stalno osećanje da nešto propuštam – uobičajen društveni život, upoznavanje nekoga ko nije sebični, samoživi glumac. Da jednostavno živim i volim život.

– Stvarno si se tako osećala u vezi s poslom?

– Jesam, ali se možda više ne osećam tako. Bio mi je potreban predah, mama, to je sve. A Kefaloniju zaista volim – njenu lepotu, mir i ljude. – *Neke od njih više nego druge*, pomislila je. – Agatino imanje je nešto posebno – vrt... Nemam reči. Zaista bi trebalo da dođeš i vidiš to.

– Savršeno dobro znaš kako se osećam povodom toga.

Zanta je duboko udahnula. Bilo joj je potrebno nešto mnogo jače od čaja, ali kako je rano ujutro letela nazad za Grčku, ovo joj je bila jedina prilika da razgovara s mamom. – Znam jer mi je sada jasno šta se dogodilo i zbog čega si toliko zamrzela to mesto i deku. Znam za njegove ljubavne veze – rekla je tiho.

Lin je naglo udahnula. – Kako to znaš?

– Mama, nekoliko nedelja sam na ostrvu. Razgovarala sam s ljudima koji su ga poznavali, a koji su poznavali i baku. I tebe. – Poigravala se mišlju da li da joj kaže više ili ne, ali onda je pomislila *dovraga* – ništa od ovoga ne bi trebalo da ostane zakopano u prošlosti. – Videla sam tvoju tetku Irini, i razgovarala s njom. Sve mi je ispričala – posegla je za majčinom rukom i držala ju je u svojoj. – Tako mi je žao. Volela bih da si mogla da razgovaraš sa mnom o tome i žao mi je što si se toliko dugo s time nosila sama.

Lin je stegla ruku dok je skretala pogled, a vilica joj se zgrčila. Zanti se slamalo srce zbog nje.

– Takođe sam našla pisma koja je deka pisao Agati...

– Znala sam, ta gadura! – Lin je istrgla ruku iz Zantine i stisnula pesnice. Brambl je podigao glavu, nakratko je pogledao, a zatim se vratio na spavanje. – Znala sam da je bila u vezi s njim – prosiktala je.

– On je, istina, to želeo. – Zanta je otvorila torbu i izvadila svežanj pisama koja je deda pisao Agati. – I izgleda da su bili zaljubljeni jedno u drugo *pre* nego što su deka i baka postali par. Agata je otišla u Ameriku kako bi se posvetila umetnosti, i pisali su jedno drugom. Ali tu su i pisma koja joj je deka pisao pre tridesetak godina. Dimitris je siguran da Agata nije bila u ljubavnoj vezi s njim.

– Dimitris?

– Komšija. – Zanta je osetila kako su joj se zajapurili obrazi. – Njemu je Agata ostavila deo vrta. Dobro ju je poznavao.

Lin je otpuhnula. – Ja sam je dobro poznavala. Volela sam je kao da mi je rod. Izabrala sam je da ti bude kuma. A onda me je izdala na najgori mogući način.

– Ipak, da li si ikad razgovarala s njom? – Zanta se nagnula napred. – Nakon što si saznala šta je deka radio?

– Nije bilo potrebe, videla sam da je kriva.

Zanta je napućila usne. Sada je sve bilo jasno. Pored onoga što je deda uradio, majčinu povređenost su pogoršale pretpostavke i odsustvo komunikacije.

– Verujem da se Agata osećala krivom, ali ne iz razloga na koje ti misliš. Deka je hteo da mu bude ljubavnica. U svojim pismima joj postavlja pitanje zašto ga odbija, stalno je moli da se predomisli. Zatim joj je postavio ultimatum, rekavši joj kako će doći kod nje kući u nadi da će ga pustiti unutra i konačno pristati. – Zanta je kucnula prstima po dnevniku. – Umesto odgovora udaljila se od situacije i otišla na kopno da poseti prijatelje. Našla sam dnevnički unos gde piše: *Neću izdati prijateljicu. Neću da završim tako što ću mrzeti sebe. Naći će zaključanu kuću u kojoj me neće biti. To je moj odgovor.* Volela je deku, ali mislim da je tebe volela više, a takođe i mene i baku. Bile su prijateljice, sećaš se? Odrasle su zajedno. – Zanta je otvorila dnevnik na jednoj od stranica koju je označila veče uoči odlaska za London. – Pročitaj ovaj deo, i možda će ti postati jasnije. Agata ga je napisala nekoliko dana posle bakine sahrane.

Lin je povukla dnevnik ispred sebe i duboko udahnula. Imala je ravnodušan izraz lica, stegnutu vilicu, ali bore na čelu su joj se produbile dok je polako čitala tekst na grčkom. Bio je to jedan od odlomaka koji je Zanta pronašla pre neko veče dok je čekala Dimitrisa. Reči su joj sada bile urezane u pamćenje koliko i u srce, nakon što ih je toliko puta pročitala.

Nekada sam volela Gija, i još ga volim na neki svoj način. Osvojio je moje srce, ali nije me čekao. Znam da me ne voli onako kako bi trebalo, isto kao što nije časno voleo ni svoju ženu, niti se odnosio prema njoj s pažnjom i poštovanjem koje je zaslužila. Moja draga prijateljica. Nikada je ne bih izdala, čak ni posle njene smrti. Izgubila sam previše da bih izgubila još. Srećna sam što sam sama. Navikla sam se na to i imam na mnogo čemu da budem zahvalna: na karijeri, na svojoj umetnosti, vrtu, prijateljima, vezama koje sam održala i stekla tokom godina s ljudima koji su mi dragi. Ne treba mi Gio da bih bila srećna. Ne želim da živim tako što ću izdati sećanje na svoju prijateljicu, niti želim da budem s muškarcem koji može biti tako okrutan.

Zanta je pustila mamu da pročita odlomak ne požurujući je, dopuštajući da joj se pročitane reči slegnu i da razmisli o njima. Napokon je prekinula tišinu.

– Mama, jedino za šta je Agata bila kriva je to što se zaljubila u nekoga ko je nije sačekao. Odbila je deku kada je pre trideset godina predložio da mu bude ljubavnica, a čak i nakon što je baka umrla, kada više nije bilo nikoga da ih spreči da budu zajedno, odlučila je da ne bude s njim. Nije želela da bude deo njegovih laži. Izabrala je da bude sama, radije nego da bude s nekim ko je povredio sve one koje je trebalo da voli, uključujući i nju samu.

Lin je podigla pogled sa stranica Agatinog dnevnika, oči su joj bile vlažne od suza. – Pogrešila sam u vezi sa Agatom. Sve ovo vreme mislila sam da je ona... – Lin je odmahnula glavom, a suze su joj potekle slivajući joj se niz obraze. – Zašto nikada nije razgovarala sa mnom?

– Da li bi joj poverovala? – Zanta je uhvatila Lin za ruku. – Na osnovu drugih Agatinih zapisa, mislim da je verovala da ćeš se vratiti. Verovala je kako vreme leči rane, ali možda je potcenila to koliko te je deka povredio.

Lin je pogledala Zantu u oči. – I nju je povredio. Izabrao je da se oženi mamom umesto da je čeka. A kada ga je Agata odbila, umesto da prihvati njenu odluku i posveti se braku, odlučio je da ima ljubavne veze s drugim ženama. Zbog čega? Da bi se osećao bolje? Da bi bio veća muškarčina? Agata je mudro izabrala, imala je samopoštovanja i časti. Nisam to uvidela, a sada je prekasno da joj kažem da mi je žao.

– Mislim da je to što je Agata meni ostavila kuću bio njen način pomirenja. Sigurno je znala da ću pronaći pisma i dnevnike i pročitati ih.

Lin je povukla ruku iz Zantine i obrisala suze.

– Žao mi je što sam te uznemirila – rekla je Zanta.

Lin je odmahnula glavom. – Nisi. I bilo je vreme da saznaš istinu, žao mi je što ti je nisam rekla. Samo mi je bilo tako, tako teško da...

– Znam. – Zanta je ponovo uhvatila majčinu ruku i stegla je. – Nadam se da ne kopam samo po lošim uspomenama. Takođe sam upoznala Tulu.

– Tulu? – Lin ju je zapanjeno pogledala.

– Tvoju prijateljicu iz detinjstva. Vodi kafe u selu, i zaista je divna. Džud i ja smo priredili malu predstavu za rođendan njene unuke. Ostala si joj u lepom sećanju. Mislim da bi želela da te ponovo vidi.

– Seća me se?

– Zašto si iznenađena? Nedostaješ joj i volela bi da ste ostale u kontaktu – da se bar ona tebi javila.

– Nisam joj baš olakšala.

– Ne, nisi. Ali ima razumevanja. Bila je mnogo dobra prema meni.

Iznutra su se začuli nečiji koraci niza stepenice, a zatim je Džejkob povikao: – Koliko još do večere, mama? – Uskoro će mama biti zauzeta kuvanjem, Zanta i dečaci će pomagati, a očuh će se vratiti kući. Ako ga ne dovrše sada, kasnije neće biti vremena da nastave ovaj razgovor. – Postoji još nešto – rekla je Zanta, stegnuvši jače majčinu ruku. – Znam da ništa od ovoga nije lako, i volela bih da sam imala hrabrosti da ranije razgovaram s tobom o tome – *papou* je u staračkom domu.

Lin je naglo udahnula. – Znala sam da živi u Argostoliju, ali to je sve.

– Pratetka Irini mi je rekla. Ona ga posećuje kad je na ostrvu i sutra kad se vratim ići ću s njom da ga vidim. – Zanta je posegnula i obrisala suze koje su se slivale niz Linine obraze. – Nije dobro, mama. Ima Alchajmerovu bolest. Znam da ne možeš da mu oprostiš za ono što je učinio, ali treba da znaš kako je, a ja želim da ga vidim pre nego što bude prekasno.

29.

Brzometna poseta Londonu nije pomogla Zanti da reši zbunjenost u vezi s tim šta sledeće da uradi, naprotiv, osećala se još nesigurnije. Kao što je i očekivala, razgovor s mamom je bio nabijen osećanjima. Džejkob i Arči, koji su dojurili u vrt mrtvi gladni u potrazi za večerom, bili su dobrodošao prekid. Zanta je razjasnila situaciju oko Agate i učinila šta je mogla u vezi s dedom; nikada ne bi oprostila sebi ako bi mu se nešto dogodilo, a da nije rekla mami za njegovo loše zdravlje. Lin nije mnogo pričala o tome, umesto toga se usredsredila na dečake i spremanje obroka, ali bila je ćutljiva ostatak večeri. Pre nego što je otišla na spavanje, Zanta je pozvala Džuda i sve mu ispričala o razgovoru sa Ostinom, a zatim i s mamom. Zaspala je emocionalno iscrpljena.

Tokom leta za Kefaloniju, razum joj je govorio da je ponuda za ovu ulogu najbolje što je moglo da joj se desi u pogledu karijere, prilika da nadogradi svoj uspeh i stvori ime neokaljano time što je bivša devojka Ostina Kartera. Ipak, iako je znala da bi to bio pametan potez, srce joj je čeznulo za opuštenim životom na Kefaloniji: za slatkim zemljanim mirisom domaćeg paradajza tek ubranog sa stabljike, za velikom činijom grčke salate s parčetom fete posutim origanom i prelivenim maslinovim uljem, za blistavim plavetnilom Jonskog mora, slanim ukusom i korom Tuline spanakopite koja se mrvi, za buđenjem nakon koga sva znojava može odmah da izađe u vrt, gde joj po vreloj koži pirka povetarac koji miriše na bilje, za Dimitrisovim osmehom koji mu doseže do krupnih smeđih očiju. Ovog trenutka to joj je značilo sve. On joj je značio sve.

Pre nego što će se kolima uputiti u Kaliteju na severu, Zanta se odvezla od aerodroma do Argostolija. Vožnja je bila kratka i stigla je baš u pravo vreme, jer je pratetka Irini bila u poseti bratu, pa je Zanta osetila olakšanje što ne mora da ga vidi sama.

– Videla sam ga juče – rekla je Irini na grčkom dok se pozdravljala sa Zantom ispred staračkog doma poljubivši je u obraze. – I rekla sam mu da dolaziš danas. Pomaže ako je pripremljen jer je prošlo mnogo vremena. Nisam sigurna da li će te se setiti.

Zanta je osetila nalet krivice dok je pratila Irini u svežinu predvorja s pločicama. To da je prošlo mnogo vremena bilo je blago rečeno pošto nije bilo nikakve komunikacije. Tek sada, nakon svega što je otkrila, počela je da se pita da li je *papou* ikada pokušao da uspostavi kontakt s njenom mamom.

Irini je išla napred i pozdravila jednu od medicinskih sestara, koja im je objasnila šta mogu da očekuju i kako da se ponašaju, a zatim ih je odvela do sobe.

– Nemojte dugo – rekla je sestra na grčkom, gledajući između Irini i Zante. – Da ga ne biste preopteretile.

Zanta je ponovo osetila nalet krivice, koji joj je ostavio grozan osećaj, iako je on sâm bio kriv za svoju samoću. Da li je pogrešila što je uzburkala situaciju?

Irini je prošla pored medicinske sestre i ušla u sobu. Zanta ju je oprezno pratila, želeći da je bilo gde drugde osim ovde, iako je shvatila da je sama sebe dovela u tu situaciju istražujući porodičnu prošlost.

Zrnca prašine vrtložila su se na sunčevoj svetlosti, koja se probijala kroz napola navučene zavese. Ventilator na tavanici je zujao. Prozor je bio otvoren, ali je zbog mešanja vrućine i polumraka bilo zagušljivo.

Zanta ni za milion godina ne bi prepoznala čoveka koji je sedeo pogrbljen u fotelji pored prozora. Dok je ona oklevala, Irini je spustila torbu na kraj kreveta i sela u praznu stolicu pored njega.

– Stergio, ja sam, Irini – rekla je nežno, uhvativši ga za ruku. Zbunjenost se pojavila na njegovom licu, a ona je nastavila. – Tvoja sestra, Irini. Sećaš se? Bila sam juče ovde.

Njegov odgovor bilo je jedva razumljivo mumlanje.

– Sećaš se kako sam ti rekla da ću dovesti nekog posebnog sa sobom?

Njegove mutne oči su zatreptale prema Zanti i ona je osetila da se zajapurila.

– Elina, jesi li to ti? – Izraz zbunjenosti prešao mu je preko lica.

– Nema puno posetilaca – rekla je sestra s vrata. – Biću na kraju hodnika ako vam zatrebam.

Zanta je progutala knedlu, boreći se protiv neodoljive želje da zaplače. Nije dobro poznavala dedu, sećanja na njega bila su stara više od dve decenije, ali ona koja je imala bila su o vedrom, snažnom muškarcu zdravog tena, razbarušene sede kose i gromoglasnog smeha. Uvek je nekoga zadirkivao, a baba ga je stalno korila. Bio je pun života, a ne senka čoveka zgurenog u stolici pored otvorenog prozora. Košulja kao da mu je bila prevelika, ili se možda on smanjio. Njegove nekada preplanule, mišićave ruke sada su bile koščate i blede, kao da dugo nisu bile izložene suncu.

Zanti se srce ispunilo tugom kada je čula da izgovara ime njene mame, znajući šta ona misli o njemu. Odlučila je kako je najbolje da ne odgovara, da ne kaže ko je zapravo. Poslednje što je želela bilo je da ga dodatno zbuni.

– Stergio, ovo je tvoja unuka, Zanta. Sećaš se Zante? Bila je mala kad si je poslednji put video.

– Zanta – rekao je tiho, njegov namršteni izraz lica upućivao je na to kako pokušava da se priseti ko je ona.

Irini je pokazala Zanti da prinese još jednu stolicu.

Zbunjena, Zanta ju je poslušala, boreći se sa željom da pobegne iz te sobe. Posle toliko godina bilo je isuviše teško biti u njegovom prisustvu, sada kada je znala sve, uznemirenost koju je izazvao, povređenost, tugu i bes.

Uprkos toploj sobi, ruka mu je bila hladna. Takođe je delovala krhko. Iz njega je iscurela sva nekadašnja snaga. Nagnuo se napred i umornim, žalosnim pogledom joj pretraživao crte lica. Povukao je ruku iz njene i spustio je u krilo, nabrekle vene bile su vidljive kroz istanjenu, staračku kožu prekrivenu pegama.

– Imaš lep pogled. – Želeći da mu odvrati pažnju, Zanta je klimnula glavom prema otvorenom prozoru i zelenim brdima Kefalonije preko vode.

– Elina? – upitao je ponovo, nesigurnim glasom.

– Stergio, ovo je Zanta, njena ćerka. – Irinin ton bio je iznenađujuće blag. – Tvoja unuka.

Produbile su mu se bore na čelu. Zanta je osetila kako joj se grudi stežu osećajući njegovu unutrašnju borbu. Verovatno je želeo da je, umesto Zante, njena mama tu. Nju je želeo da vidi, nju je zapamtio i s njom je trebalo da se pomiri. Prenuvši se, Zanta je shvatila da je deda poslednji put video Lin kada je ona bila svega nekoliko godina starija od nje sada.

– Ti nisi moja Elina. – Prvi put se činilo kao da zaista nju gleda. Njegove vlažne oči su i dalje bile zbunjene, ali u njegovom glasu se očitovala jasnoća. – Gde je ona? Šta si uradila s njom?

– Ja... nisam ništa uradila – zamucala je Zanta, širom otvorenih očiju.

– Irini, gde je Elina? Irini? – Pogledao je oko sebe, sa sve zbunjenijim izrazom lica dok je gledao po sobi, a pogled mu je zastao na sestri pre nego što se ponovo usmerio na Zantu. Obrazi su mu se zarumeneli, a disanje ubrzalo. Sklopio je ruke u krilu, a njegova već ionako osetljiva koža poblèdela je od napetosti.

Irini je požurila ka vratima i pozvala medicinsku sestru. Dok joj je srce ubrzano lupalo, Zanta je ustala. Ovo je bila greška. Pogledala je dedino krhko telo, nemirne oči i zbunjen, uplašen izraz lica. Prišla je vratima i bacila pogled niz hodnik, očajnički želeći da se Irini vrati s medicinskom sestrom.

– Elina – zajecao je Stergios.

Ne mogavši da ode, Zanta se okrenula. Srce joj je raspuklo u komadiće kad ga je videla kako se skupio, senka zabavnog dede kojeg je pamtila. Način na koji je izgovorio ime njene mame ju je slomio. Čak i ako se ne seća šta se dogodilo ili zašto se njihov odnos raspao, očigledno je bio tužan. Prišla mu je i nežno ga zagrlila, osećajući kako joj se telo trese od njegovih jecaja.

Glasovi na grčkom i koraci u hodniku su ih prekinuli. Irini i medicinska sestra su ga preuzele, a Zanta se povukla. Ne čekajući pratetku, istrčala je iz staračkog doma, prešla ulicu i krenula duž obale, želeći da se udalji, da udiše topli morski vazduh i oslobodi se bola koji joj se zaglavio u grudima. Imala je osećaj da joj lice gori dok se okretala da se prepusti blagom povetarcu, a vrele suze joj klizile niz obraze. Znoj joj je kapao niz leđa, a majica joj se lepila za kožu kada je izvukla naočare za sunce iz kose i sela na praznu klupu između dve palme. Voda je blistala na mestima gde ju je sunce obasjavalo, a svetlosivi oblaci okupljali su se iznad brda u daljini, svetlost i senke podsećali su je na srećne uspomene koje je imala na dedu, nasuprot tužnoj stvarnosti kojoj je upravo svedočila.

Zanta je izvadila telefon i, bez razmišljanja, pozvala mamu. Pogledala je na sat, verovatno je na poslu, ali pošto je Zanta retko zvala, a i posle jučerašnjeg razgovora, bila je sigurna da će se javiti.

– Bezbedno si stigla?

– Da, sletela sam pre nekoliko sati. Upravo sam bila da vidim dedu sa Irini.

Tišina.

– Mama, mislio je da sam ti... Bio je uznemiren i zbunjen.

– Zašto mi to govoriš? – odgovorila je odsečno, ali glas joj je bio ispunjen emocijama.

Zanta je duboko udahnula, dopuštajući da je, daleko od staračkog doma, obavije svežiji vazduh. Pokušala je da nadjača buku vozila na putu iza sebe i isečke razgovora na grčkom i engleskom jeziku ljudi koji su prolazili pored.

– Pošto ne mogu da ćutim, ne nakon što sam ga videla. Nisam ga prepoznala, mama. Krhak je i deluje tako tužno, posebno kada je pomislio da si ti tamo.

– Toliko je loše?

Sada su joj se u glasu čula samo iskrena osećanja. Zanta je zamislila mamu kako pokušava da ostane pribrana s druge strane veze.

– Da, jeste. Žao mi je. Ja imam samo lepe uspomene na njega, ali ga ne poznajem i žalim zbog toga, iako nisam mogla na to da utičem. Ti si to izabrala, ali ako ti ne kažem kakva je situacija, nikada nećeš znati. Jednog dana ga više neće biti, i izgubićeš svaku priliku da ga ponovo vidiš.

Nije želela da mamu emotivno ucenjuje, ali jako ju je pogodilo kada je videla dedu u takvom stanju. Agate više nema, i Zanta je veoma žalila što nije našla vremena da je poseti. Nije imala prilike da upozna dedu, a sada je bilo prekasno. Mogla je jedino da pokuša da pomogne majci da taj porodični sukob ostavi iza sebe. Da im obema podari mir. Ako odluči da to ne učini, to je onda njen izbor, ali bar Zanta neće žaliti što nije pokušala.

30.

Zanta se odvezla nazad do vile sa spuštenim prozorima, dok joj je sunce milovalo kožu poput svile. Ako se pre posete dedi osećala emocionalno iscrpljeno, sada je taj osećaj bio deset puta jači. Osećala se odgovornom što ga je uznemirila, kao i mamu. Da li je stavljala mamu u nepodnošljiv položaj time što ju je podsećala na prošlost? Možda, ali i deda je bio deo porodice i nije mogla propustiti priliku da ga vidi posle toliko vremena. Takođe je osećala da je njena dužnost da mami prenese informacije koje je imala, jer će jedino tako moći da donese odluku zasnovanu na činjenicama.

Sat vremena vožnje nazad do vile bilo je poput melema, lepota ostrva smirivala joj je misli, a povetarac ju je milovao. Osećala se prijatno dok je sedela s mamom u vrtu njihove kuće u Brajtonu, ali povratak na Kefaloniju i približavanje vili nekako su joj delovali kao povratak kući.

Dimitrisov kamionet nije bio ispred njegove kuće, ali auto njegove mame jeste. Zanta je uzela ranac i povukla se u vrt vile *Aster*, preplavljena olakšanjem što je ponovo tu, iako je u sebi osećala nemir. Još je morala da donese odluku u vezi sa ulogom, a iako je koliko juče razgovarala sa agentkinjom, već je dobila imejl u kojem je pisalo: *Nadam se da si imala prijatan let. Javi mi kad doneseš odluku. Felisiti.* Zanta je znala da je zapravo mislila: *Potreban mi je tvoj odgovor što je pre moguće.* Danas ga neće dobiti. Zanta je nameravala da iskoristi vreme za razmišljanje i sređivanje vile. Trebalo je da završi s krečenjem pre procene kuće krajem nedelje. Tako je ostatak popodneva provela zauzeta čišćenjem zidova u novoproširenoj kuhinji, trpezariji i dnevnoj sobi, i nanošenjem prvog sloja farbe.

Predahnula je da napravi jednostavnu večeru: piletinu pečenu na roštilju s limunom i origanom i veliku grčku salatu s paradajzom iz vrta. Večeru je pojela na udaljenom kraju terase pored Agatine skulpture vilinog konjica, koji je izgledao kao da će svakog časa poleteti i odleteti ka moru. Suprotnost između vile i Londona nije mogla biti očiglednija, i u tom trenutku je znala da se mora vratiti ovde. Agatina vila bila je dar jer joj je omogućavala da se vraća i bila njena veza sa ostrvom i nasleđem. Agata je s razlogom želela da je ona dobije. Zar može zaista i da pomisli da je se odrekne?

Zanta je prala četke u sudoperi kada ju je trgnulo kucanje na otvorenim vratima trema.

Podigla je pogled i videla Dimitrisov obris u dovratku. Način na koji se opušteno naslonio, držeći bocu vina, ukazivao je da je bio manje pod stresom nego poslednji put kad ga je videla.

Znala je kako bi bilo previše da otrči do njega i baci mu se u zagrljaj, pa je završila sa ispiranjem četke i uzvratila mu osmeh. – Hej, mislila sam da nisi kod kuće.

– Tek sam se malopre vratio. – Podigao je bocu. – Mislio sam da bi možda htela nešto da popiješ.

– Baš u pravi čas. – Ponovo je osetila prijatne trnce. Obrisala je ruke i uzela dve vinske čaše.

– Ovo izgleda dobro – rekao je Dimitris, pokazujući na sveže ofarbanu sobu u kojoj je prvi sloj bele farbe osvežio zidove.

– Još nekoliko slojeva boje i trebalo bi da izgleda još bolje. – Prošla je pored njega i izašla na terasu. Znajući da bi to pokvarilo raspoloženje, obuzdala je želju da ga odmah pita zna li njegova mama da je došao kod nje.

– Kako je bilo u Londonu?

– Užurbano, zbunjujuće, stresno. Mnogo toga.

– Zvuči kao da ti je ovo onda zaista potrebno. – Nasuo je vino i pružio joj čašu. Kako su im se prsti dodirnuli, odmah se u mislima vratila u njihov dan na plaži i osećanja koja je tada imala.

– Da li je sve u redu sada... znaš, s tvojom mamom? – upitala je dok su sedeli u hladu, okrenuti ka vrtu.

– Isto kao i uvek. – Otpio je gutljaj vina i nagnuo se napred, držeći čašu u rukama, laktova oslonjenih na kolena. – Treba joj vremena da se prilagodi povratku. Nakon vremena provedenog s mojim bratom i njegovom ženom, tužna je što se vratila kući, ovoga puta više nego ikada.

– Zašto?

– Dobiće još jedno unuče.

– To su divne vesti.

– Jesu, ali znam da je mama slomljena jer su oni na kopnu. Volela bi da provodi više vremena s njima, a i ovde joj je teško zbog uspomena.

– Zbog nesreće?

– Da, to i što ju je tata ostavio – slegnuo je ramenima. – Zato sam i počeo da provodim toliko vremena sa Agatom, jer je mama morala da ide na kopno s Vangelisom zbog njegovog lečenja, a pošto tata nije bio tu, Agata bi me često pozvala na večeru. Rekla bi kako želi da bude sigurna da se pravilno hranim – kao da sa osamnaest godina nisam mogao da se sâm o sebi brinem – ali znao sam da je to i zato što je usamljena.

Boreći se protiv želje da ga uhvati za ruku, Zanta je otpila gutljaj vina. Osećanja su se kovitlala između njih, pojačana okruženjem i time što su bili u Agatinom domu, u vrtu koji se prostirao pred njima.

– Agata je izabrala da bude sama, i naposletku, uprkos svemu, pronašla je sreću. – Zanta mu je prepričala sve što je saznala iz Agatinih pisama i dnevnika. – Agata je odbila mog dedu. Možda je zato kasnije imao ljubavnice, jer nije bio srećan u braku.

– To nikada ne bi smelo da bude izgovor – rekao je Dimitris odlučno.

– Oh, slažem se. Veruj mi, to potpuno razumem.

– Isto je i s mojim ocem, imao je ljubavnicu jer je to bilo lakše nego se suočiti sa stvarnošću. To je kukavički i žalosno.

– Još nisi raskrstio s razvodom roditelja?

– Zato što je to moja krivica.

Zanta je odmahnula glavom. – Loši izbori tvog oca nisu tvoja krivica.

– Moja odluka da uđem u auto sa Evi prouzrokovala je mnogo patnje u mojoj porodici. Otac bi nas možda svejedno napustio, ali ipak se pitam šta bi bilo da sam drugačije izabrao.

– Nisi ti vozio – rekla je Zanta odlučno. – Nije tvoja krivica.

Dimitris je drhtavo udahnuo i klimnuo glavom. Spustio je čašu na beton i pažljivo je pogledao. – Razgovaramo o tako teškim temama, a nisam te pitao za tvoj sastanak?

– Dobro je prošao.

– Ne zvučiš sigurno?

– Ne, jesam. Sigurna sam. Sve je prošlo dobro i ponudili su mi ulogu.

– To je neverovatno!

– Jeste.

– To je tvoj san, zar ne?

– Uloga života, odskočna daska do zvezda! – Smehom je prikrivala uznemirenost koju je osećala.

– Onda bi trebalo da slavimo! – Nasuo im je još vina i kucnuo se s njom. – Čestitam, Zanta. *Yamas!* – Otpili su gutljaj vina. Dimitris se namrštio. – I dalje ne izgledaš srećno. Teška odluka?

– Ne bi trebalo da bude, trebalo bi da bude najlakša odluka na svetu, ali nekako mi se čini kao da je u pitanju nešto veoma važno.

– Kada moraš da odlučiš?

– Uskoro. – Srela mu je pogled i neko vreme su se gledali, a tišina među njima govorila je mnogo više od reči. – Znaš, pronašla sam još ponešto u Agatinim dnevnicima, kada je pisala o tebi, ako hoćeš da vidiš?

Pošto je Dimitris klimnuo glavom, otišla je unutra da uzme najskoriji dnevnik s noćnog stočića. Vraćajući se u vrt, prelistala je stranice koje je obeležila i pružila mu ga.

Uzevši čašu s vinom, zavalila se u stolicu, dajući Dimitrisu vremena za čitanje dok je vrt oko njih vrveo od života.

Posle nekoliko minuta, Dimitris je prestao da čita i podigao pogled. Zanta je znala do kojeg je dela stigao.

Ponovo se vratio čitanju, a na čelu mu se pojavila bora. – Napisala je *iako nikada nisam imala decu, na njega gledam kao na sina.* – Pokazao je na sebe. – I: *Nadam se da će jednog dana upoznati Zantu.*

Kumine reči potvrdile su ono na šta je Tula ukazivala i ono u šta je i Zanta takođe počela da veruje, kako je Agata želela da se oni upoznaju, i pošto je ostavila kuću Zanti, a deo vrta Dimitrisu, znala je da će im se putevi ukrstiti.

– I sreli smo se, na mestu koje je najviše volela – rekla je Zanta tiho. – Ovaj vrt je bio njeno utočište.

Dimitris je klimnuo glavom. – Retko je nekud išla, ali je sanjala.

– Misliš, bila je sanjarka?

– Da, baš to. I romantična, uvek je želela da nađem neku posebnu... – Zastao je i zamišljeno se zagledao oko sebe. – Vrt i bavljenje umetnošću bili su njen beg. Ljudi iz celog sveta su kupovali njene skulpture, ali ona je ostajala baš ovde, putujući samo zbog posla, ili u retkim prilikama da poseti prijatelje.

– Sve zbog mog dede, muškarca u kojeg se zaljubila, ali koji je nije čekao nego je izabrao drugu. On je odustao od nje zbog žene za koju je verovao da će biti dobra grčka supruga i majka, a Agata se odrekla svoje uzbudljive karijere obilaženja sveta i izlaganja svojih skulptura zbog svega čega ju je to koštalo. To je baš tužno.

– Navodi na razmišljanje kako svaka odluka koju donesemo može imati drugačiji ishod.

Bio je red na Zantu da skrene pogled. Usredsredila se na origano i majčinu dušicu, koje je presadila nakon što su Lija i njena prijateljica polomile saksije, nezaboravan podsetnik na izbor i posledice i njihov nehotični uticaj. Sutra je morala da donese važne odluke o ovom mestu i svojoj karijeri, odluke koje su mogle da joj odrede budućnost, a nikako nije mogla da zna šta je ispravna odluka. Ironija je bila u tome što je Agata napustila Kefaloniju i voljenog muškarca da bi se posvetila karijeri, a decenijama kasnije Zanta je razmatrala treba li da uradi isto... Osim što to nije bilo isto. Dimitris je bio samo letnja ljubav, a Zantina karijera već je bila dobro utemeljena.

– Nedostaje mi – rekao je Dimitris setno. – Mnogo sam pričao s njom. I ona sa mnom.

– O čemu ste pričali?

– O svemu.

Zanta je zurila u daljinu, posmatrajući kako meka svetlost obasjava more nežnim pastelnim prelivom, čija je srebrnasta površina prošarana ružičastom, puštajući da se tišina između njih produbi. Ako bude želeo, reći će još nešto, neće ga pritiskati.

– Ali najviše smo pričali o porodici. Mogao sam s njom da razgovaram o temama o kojima nisam mogao ni sa kim drugim.

– Čak ni s mamom?

– Pogotovo ne s njom. Sve se promenilo posle nesreće. Brata su operisali na kopnu i bio je mesecima u bolnici. Kad se vratio kući, imao je problema sa spavanjem. Ne znam kako da objasnim. Budio bi se noću, preznojavao se i vrištao.

– Kao napadi panike.

Dimitris je klimnuo glavom. – Baš to. – Bio je na ivici suza i Zanta je osetila njegovu pometenost dok je pričao o bratu. – Mrzeo je da bude ovde. Oduvek je bilo tako. Čim je mogao da ode, to je i uradio.

– Nikada se nije vratio? Ni u posetu?

– Ne od svoje dvadesete godine. Ono što mu se dogodilo slomilo je mamu i uništilo brak mojih roditelja, zbog čega sam stalno krivio sebe.

– Ali i ti si bio povređen. – Pogledom je pratila izdignut, ali izbledeo ožiljak na njegovom licu.

– Moja loša procena bila je uzrok svemu.

Dimitris je u sebi nosio toliko gneva i povređenosti. To je Zantu nagnalo da sopstveno detinjstvo sagleda iz šireg ugla. Nije želela da joj se roditelji razvedu, ali život im se znatno poboljšao kad su to učinili, kao da ih je sloboda razdvojenosti učinila srećnijima i, samim tim, boljim roditeljima. Njen brat je, međutim, propatio, i dok je Zanta uspela da se prepusti tom emotivnom talasu i prebrodi ga, njega je potopio, i on je pobegao kao Dimitrisov brat, iako iz potpuno drugačijih razloga.

Sada joj je bilo jasno zašto je Dimitris ostao uz mamu. Zanta je razumela odakle dolazi potisnuta napetost između majke i sina. Dimitrisa je krivica terala da joj udovoljava čak i kada se nije slagao s njom. To je činilo život lakšim, a ko to ne želi? Ali po koju cenu? Bio je toliko napet, nemoćan da oslobodi nakupljenu tugu, bes i žaljenje. Prijateljstvo sa Agatom i razgovori s njom bili su njegova terapija, a iz onoga što je Zanta pročitala u kuminim dnevnicima, slično je bilo i sa Agatom. Imao je prijatelje, imao je Vasilisa, Tulu, posao, ali život mu se vrteo oko majke i pokušaja da vodi računa o njenom mentalnom zdravlju, dok je njegovo sopstveno trpelo udarce. Iako su Dimitris i njegov brat preživeli nesreću, ona je i dalje uticala na njihov život.

Zanta ga je zagrlila, a on ju je privukao u krilo, i čvrsto je zagrlio skrivajući lice u pregibu njenog vrata. Osetila je kako mu srce ubrzano kuca, isprekidan i vreo dah na koži, ali je osetila i kako njegova napetost popušta dok ju je čvrsto držao sve dok mu disanje nije ponovo postalo ravnomerno.

– Dosta razgovora – rekao je, spuštajući dnevnik na beton.

– Imam ostatke piletine s limunom i salatu, ako si gladan?

Pogledao ju je usredsređeno. – Ne, ne baš. – Mogla bi s lakoćom da se izgubi u njegovim očima, a kada mu je ruka skliznula ispod njene majice i lagano prelazila uz njen bok, sve ono uzbuđenje s plaže u naletu se vratilo nazad.

– Šta onda želiš da radiš? – Reči su joj bile prožete nagoveštajem.

31.

Izuli su cipele na pragu spavaće sobe, a dok su stigli do kreveta Dimitrisova majica i Zantina majica na bretele ležale su odbačene na pločicama. Zantin um se ispraznio od misli kada su osetili međusobni dodir kože. Dimitris je bio žestok i strastven, što ju je iznenadilo, kao da je dozvolio sebi da oslobodi potisnuta osećanja, i bio je obuzet Zantom. Milovanjima joj je odagnavao brige, usana pritisnutih na njene, poljupcima preko potrebnim i tako dobrim da je bila opijena njime. Iako je njeno kratko odsustvo podstaklo da sebi postavi još pitanja, osećanja prema Dimitrisu bila su jaka kao kad su se prvi put poljubili.

– Tako si prokleto lepa – zarežao je skidajući joj preostalu odeću i ljubeći je preko grudi, idući sve niže, dovodeći je skoro do granice izdržljivosti.

Strašću im je prodrmao tela, omogućavajući Zanti da ponovo otkrije osećanja i nadražaje koji su dugo bili zaboravljeni.

Povukao je Zantu da mu sedne u krilo, strastveno je ljubeći i nežno joj prstima prelazeći niz leđa dok mu je tonula u krilo uz uzdah zadovoljstva. Bilo je smešno kako se sve to odvijalo, Zantin prvi utisak o Dimitrisu – da je gunđalo i povučen – bio je toliko drugačiji od strastvenog i divnog muškarca s kojim je upravo vodila ljubav.

Pao je sumrak, obasjavajući sobu srebrnasto-ružičastom svetlošću. Zanta je ostavila Dimitrisa da leži u krevetu i obukla gaćice i majicu na bretele, zatim spolja unela vino i čaše i na tanjir poređala hleb, sir i masline.

– Pa, ogladneli smo od napora... – Dimitris se osmehnuo i uzeo čašu vina koju mu je pružila dok se vraćala u krevet. – Mada, nisam očekivao.

Zanta je frknula i nestašno ga udarila po ruci. – Došao si s kondomima u džepu. Rekla bih da si se pripremio! I ovo bi se desilo one noći posle plaže, osim...

– Znam. – Osmehnuo se, ali osmeh mu nije stigao do očiju i Zanta je odmah zažalila što ga je podsetila zašto nije došao.

Ubacila mu je maslinu u usta, a njegovo iznenađenje prekinulo je trenutnu napetost, a osmeh mu je sada zasigurno stigao do očiju.

Dođavola, baš je seksi.

– Rekao si da si ogladneo od napora... – zadirkivala ga je Zanta.

– To je tačno. – Uzeo je maslinu, kotrljao ju je između palca i kažiprsta i zavodljivo joj je stavio u usta.

Zanta mu je uzvratila pogled, uživajući u slanoći masline i njegovoj nedoljivosti.

Otpio je gutljaj vina, odložio čašu i tanjir s hranom na stočić pored kreveta i posegnuo za njom.

– Druga runda – rekao je nežno je obarajući nazad na krevet kako bi vodili ljubav drugi put te večeri.

Zanta je poželela da zaspi u Dimitrisovom naručju, ali bilo je previše vruće. Bili su lepljivi od znoja, a ventilator na tavanici nije bio dovoljan da ih rashladi sad kad su se vrata na brani požude otvorila. Nisu mogli da se zasite jedno drugog. Ležali su blago razdvojeni, sa čaršavom obmotanim samo oko nogu. Soba je bila mračna, osim svetlucanja mesečine napolju.

Kad su se probudili nekoliko sati kasnije, sunčeva svetlost se slivala preko terase, a oni su se opet iscrpli bodrim jutarnjim seksom. Dok je Dimitris ponovo zaspao, Zanta je ležala budna gledajući kako se vrti ventilator na tavanici, a u glavi su joj se poigravale misli. Zašto nešto što deluje tako savršeno mora da se završi?

Kako može da proda ovo imanje? Mesto koje Dimitris voli, i koje čuva srećne uspomene na ženu koja mu je bila bliža i brinula o njemu više nego rođena majka. Ali Dimitris nije bio njen momak. Ranija misao kako je on samo letnja ljubav ponovo joj se vratila. Pogledala je njegovo usnulo telo, a zatim preusmerila pažnju na sobu u kojoj je počela da se oseća kao da je njena. Ovo je decenijama bio kumin dom, luka u kojoj je pronašla utehu vodeći miran život, brinući se o vrtu i praveći skulpture nadahnute okruženjem od materijala koji je bio star, istrošen i nevoljen. Da li se Agata tako osećala u vezi sa sopstvenim životom? Strastveno je uživala u prirodi i umetnosti, ali po Zantinoj proceni, kuma nije pronašla pravu ljubav. Da li je to značilo kako nikada nije bila potpuno srećna?

Dimitris se promeškoljio dok ga je milovala po stomaku i maljama na grudima. Ranija pomisao kako je prodaja ovog mesta pogrešna duboko joj se urezala u um. Bila je sigurna da se zaljubila u vilu *Aster* i njen vrt isto koliko i u Dimitrisa. Prsti su joj se zaustavili u njegovoj kosi. Srce joj je snažno zalupalo. Pomisao kako ga voli pojavila se tako neočekivano da je na trenutak bila zbunjena. Dok je ležala tu, privijena uz njega, pokušavala je da razjasni svoja osećanja. Zar ovo što sada oseća nije isto kao ono što je osećala prema Ostinu? Osim što je ovoga puta bilo još snažnije, sve je bilo naglašeno, mada možda zato što je bilo jutro nakon prve njihove zajednički provedene noći i bila je svesna da šta god ovo bilo, može trajati samo dok se ona ne vrati kući. Bila je uverena da je Ostin bio „onaj pravi", a ipak, pogledaj kako se to završilo. A bili su i prijatelji pre nego što su postali par, dok je Dimitrisa jedva imala priliku da upozna. Da li je ovo što oseća zaista bila ljubav, ili samo zaljubljenost u muškarca koji joj je ulivao samopouzdanje, koji je ponovo probudio nešto u njoj, pomogao joj da krene dalje i opet se oseti vrednom ljubavi? Možda su njena osećanja bila isprepletana sa ovim mestom, njegovom lepotom, lokacijom, i time što je neko vreme bila daleko od kuće i stvarnosti. Mora da je to u pitanju.

Ne mogavši ponovo da zaspi, posmatrala mu je profil, lepo oblikovano lice, dug prav nos, čekinjastu bradu, preplanule, zategnute mišiće prsa koja su se ritmično dizala i spuštala, mišićav stomak s maljama koje su nestajale ispod čaršava...

Ako zadrži vilu, izgubiće novac od prodaje, što bi značilo da može da se oprosti od valjanog depozita za kupovinu stana. Ali onda, ne bi bila u lošijoj situaciji nego što je sad. Pitala se da li joj je Agata ostavila vilu verujući da će je prodati, ili je možda želela da je vila *Aster* očara, kao što već jeste? Njen san o sopstvenom stanu mogao je da sačeka. Nema ničeg lošeg u deljenju kuće u Londonu, pogotovo kada vodi tako neuredan život igrajući u više predstava nedeljno, vraća se kasno noću, ide na audicije, kastinge, probna snimanja, doživljavajući sve uspone i padove glumačkog života. Ako zadrži vilu, mogla bi da je iznajmljuje turistima i zaradi nešto novca. To bi joj pomoglo sa situacijom kod kuće, a i dalje bi imala mogućnost da se svake godine vraća ovde na nedelju-dve.

Jutarnje sunce je lagano prodiralo kroz otvorena vrata terase. Kući je bio potreban klima-uređaj, jer ventilator iznad kreveta prethodne noći nije mnogo pomogao u rashlađivanju njihovih tela lepljivih od znoja, a iako su vrata trema bila širom otvorena, povetarac jedva da je ulazio. Privila se bliže uz Dimitrisa.

Vrteška misli se nije zaustavljala, bilo je neprijatno toplo i nije mogla ponovo da zaspi. Nije želela još da ustane niti da razmišlja o donošenju velikih odluka ili povratku u London, kada je jedino želela Dimitrisa. Uživanje u onome što je imala u ovom trenutku bilo je dobro za njenu dušu – *prokleto dobro i za telo*, pomislila je zbacivši čaršav i počevši nežno da ljubi Dimitrisov vrat, nastavljajući golicanje preko grudi naniže, pretvarajući njegove prvobitno pospane prigovore u uzdahe zadovoljstva...

– Dimitri?

Zanta je lagano otvorila oči. Ponovo se začuo udaljeni poziv. – Dimitri? – Grub i neobično poznat glas.

Dođavola. Nije tako dalek. Približava se.

Zanta je probudila Dimitrisa po drugi put tog jutra, ali sada mnogo manje prijatno. Njegovo pospano mumlanje trebalo je da bude seksi i privlačno, ali...

– Tvoja mama – prošaptala je, upirući prstom u pravcu otvorenih vrata trema.

– Dimitri! – Glasnije, još bliže. Odlučnije.

– Dođavola. – Dimitris je skočio s kreveta, sevnuli su preplanula koža i čvrsta zadnjica kad je zgrabio šorts i počeo da ga navlači, skakućući prema vratima. Da nije bila toliko zabrinuta da će ih Irida zateći, Zanti bi bilo smešno.

– Mama! – Dimitris je nestao na tremu. Glas mu je bio napet i zadihan.

– Šta radiš ovde? – Zanta je čula Iridu kako ga strogo pita na grčkom.

Trenutak tišine. Zanta je povukla pokrivač da pokrije svoju nagost, jedva se usuđujući da diše, a kamoli da se pomeri i obuče nešto, bojeći se da ne napravi neki zvuk. Zamislila je Iridu dok posmatra polusanjivog sina, nagog do pojasa, s neurednom kosom, i shvata šta se desilo.

– Šta misliš šta radim?

Dimitrijev odgovor zvučao je kao da je izaziva.

Irida je rekla nešto što Zanta nije uspela da razazna, posle čega je usledilo: – Ne mogu i tebe da izgubim.

Dimitri je uzdahnuo. – Nećeš me izgubiti, mama. I nisi izgubila ni Vangelisa.

– Jesam. Znaš da jesam.

Zanta je shvatila da zadržava dah dok sluša razgovor između majke i sina.

– Promenio se posle nesreće, sve se promenilo. – Iridi je podrhtavao glas. – Znaš koliko se promenio. Naš tihi, ljubazni, pažljivi dečko postao je besan, uplašen i ogorčen. Nikada više nije bio isti.

– Odrastao je, mama – rekao je Dimitris tiho. – I promenio bi se bez obzira na sve.

– Ne u tolikoj meri – uzdahnula je Irida. – I otišao je sa ostrva sa željom da se nikad ne vrati.

– To što ne želi da se vrati ovamo ne znači da ne želi da te vidi. Srećan je kad ga posetiš, zar ne?

– To nije dovoljno.

– Onda ostani duže kod njega.

– A sada ti, s *tom* ženom.

– Zove se Zanta.

– Ukrašće te od mene.

– Ne, neće. – Tišina je trajala kao otkucaj srca. – Zato što ne može da me ukrade. Ne poseduješ me, mama. Ti si mi majka, a Zanta je... stvarno mi se sviđa. Nikada se nisam ovako osećao s nekim.

Zantino srce je lupalo kao pomahnitalo.

Koraci su se udaljavali. – Onda će ti slomiti srce kad proda ovo mesto i ode – obrecnula se Irida, a glas joj se udaljavao.

Zanta je skočila iz kreveta, zgrabila Dimitrisovu majicu s poda, navukla je i požurila do vrata taman na vreme da vidi kako Dimitris sustiže Iridu na ivici trema.

– Moram konačno da počnem da živim svoj život, mama.

Irida se okrenula prema njemu. – Ostavićeš me zbog nje, zar ne?

– Mama – rekao je, nežno joj obuhvatajući lice rukama kako bi ga gledala. – Mama – ponovio je odlučnije. – Volim te i uvek ću brinuti o tebi, ali moram da počnem da donosim odluke koje su dobre i za mene, ne samo za tebe. – Odmahnuo je glavom. – Moram da sledim svoje srce i dobijem priliku da budem srećan.

Zanta se povukla ka vratima i naslonila se na njih. Sve što je govorio o praćenju srca bilo je upravo ono što je i sama pokušavala da uradi. U Londonu je mislila da će pronaći sreću u ljubavi prema pozorištu i glumi i uz pomoć ljudi koje je upoznavala, kolega glumaca poput Ostina. Međutim, možda je sve vreme grešila, a to što je pratila srce koje ju je vratilo na Kefaloniju kako bi otkrila svoje nasleđe i sastavila delove porodične prošlosti je bilo baš ono što će joj doneti sreću, jer Dimitris je stajao samo nekoliko metara dalje. Nikada ga ne bi upoznala da je ostala u Londonu, nastavila putem kojim je išla već deset godina, i nije reskirala. Ali da li je to dovoljno? Da li je on dovoljan?

32.

– Izvini ako si to čula. – Dimitris joj se pridružio na terasi pored otvorenih vrata spavaće sobe. Prošao je prstima kroz razbarušenu kosu i bacio pogled ka mestu gde je Irida nestala iza ugla vile.

– Nemaš zbog čega da se izvinjavaš – rekla je Zanta odlučno. – Mada, stiče se pomalo utisak kao da spavaš s neprijateljem...

– Nisam siguran da će mama ikada dati blagoslov za bilo koju devojku s kojom sam, ne od... – udahnuo je duboko. – Od onoga što se desilo sa Evi.

Zanta mu je obuhvatila lice rukama i poljubila ga. – Ja nisam ona, i sigurna sam da si od tada prilično mnogo sazreo.

– Sazreo da, ali nisam nastavio dalje. – Uzeo ju je za ruku, poveo je na sunce i seo, privlačeći je u krilo. – Stalno gledam unazad, znaš? Gledam u prošlost i nikad ne idem napred jer se brinem da opet ne povredim mamu. Kako da krenem dalje kad ona ne može?

– Možda ćeš ako se ti usmeriš ka budućnosti i njoj omogućiti da to uradi. – Dimitris je otvorio usta kao da će se pobuniti, a Zanta mu je prislonila prst na usne. – Ne mislim da je sputavaš, naprotiv, ako išta, upravo je obrnuto. Ne možeš nastaviti da osećaš krivicu za ono što nije tvoja greška. Očigledno je koliko ti je stalo do nje i koliko povređenosti i žaljenja nosiš u sebi, ali ako se ne oslobodiš barem dela toga, kako će se bilo šta ikada promeniti?

Dimitris ju je još čvršće obuhvatio oko struka. Osećala je kako mu se prsa podižu i spuštaju, njegova unutrašnja borba ispoljavala se u isprekidanom disanju.

– Naneo sam joj samo bol, krivi me i...

– Grešiš. – Zanta je odmahnula glavom i pritisnula ruku na njegova naga prsa. – Ona te *voli*, Dimitri. Čula sam šta je rekla o tome kako se boji da te ne izgubi. Ne mislim da te krivi za ono što se desilo, ali u svakom slučaju, njena ljubav je jača od bilo kakvog ogorčenja, to je jasno čak iako to ne pokazuje na pravi način.

Klimnuo je glavom, ali stegnute vilice, pa je izgledalo kao da pokušava da suspregne osećanja. – Samo mislim da bi joj bilo mnogo bolje daleko odavde, kao što je Vangelisu bolje van Kefalonije, daleko od svih tih uspomena. Ima i mnogo lepih, ali zakopane su ispod onih mučnih.

– Da li ona želi da ode?

– Priča stalno o tome, ali nešto je stalno zadržava ovde. – Pritisnuo je šakom prsa iznad srca.

– Da li ti želiš da odeš?

Pogledi su im se sreli i na trenutak su proučavali jedno drugo. Razne mogućnosti prolazile su Zanti kroz glavu, različiti scenariji u kojima bi mogli da budu više od samo letnje ljubavi. Pitala se da li i on misli isto.

– Nisam siguran. – Uzdahnuo je i prenuo ih iz zanosa. – Ali sada moram da radim.

– A ja moram da završim krečenje.

– Neko će doći da pogleda kuću?

– Da, sutra. – Pomislivši na to Zanta je osetila nelagodnost. Želela je da ga pita kako se oseća povodom toga što ona prodaje kuću, ali već je znala odgovor. Videla mu je to u očima i osetila slušajući ga kako govori o imanju i Agati. – Moram da se odlučim i u vezi s poslom.

– Onda, znači, važnih nekoliko dana. Znaš li šta ćeš da uradiš?

– Što se posla tiče?

Dimitris je klimnuo glavom.

– Stalno vrtim različite scenarije u glavi i postajem sve zbunjenija. Godinama sam stremila da dobijem tu ulogu, ali pritisak će biti ogroman i vratiću se u kolotečinu rada u svako doba, bez imalo vremena za društveni život. Nisam sigurna mogu li podneti da se ponovo vratim tome. Navikla sam na to i na to sam se obavezala, ali stalno se pitam da li je to sve u životu? Želim li da se bavim još nečim?

– Predlažem ti da sada uradiš ono što je najbolje za tebe i slediš srce. Video sam te kako pevaš jedino na Kaliopinom rođendanu, i bila si... zapravo nemam reči da opišem koliko si bila dobra. Ne odustaj od svojih snova, Zanta. Ako je to ono što stvarno želiš.

Izgledalo je kao nemoguć izbor, odluka koja će znatno uticati na njen život i vratiti je nazad u Englesku, daleko od Kefalonije i slobode koju je ovde pronašla, daleko od Dimitrisa. Mada, možda on nije bio isto toliko uznemiren zbog njenog odlaska...

Boreći se protiv suza, duboko je udahnula. – Da li želiš majicu nazad?

Dimitris se osmehnuo, gurnuo prste ispod ruba majice i krenuo njima naviše po njenom nagom bedru. – Uzeću je kasnije. To jest, ako ti odgovara da opet dođem večeras?

– Mislila sam da me nikada nećeš pitati.

Kada je Dimitris otišao, Zanta je bila srećna što može da se posveti vili. Nakon doručka i tuširanja, bacila se na krečenje u belo zidova u dnevnoj sobi i kuhinji. Delimično je očekivala da će se Irida pojaviti i očitati joj bukvicu o tome kako joj je zavela sina i odvojila ga od nje. Irida je možda bila ljuta i uznemirena, ali nije bila čudovište. Bila je povređena, pretrpela je velike gubitke u životu i volela je svog sina. Samo on treba da nauči da voli sebe, i da donosi odluke koje su dobre za njega, a ne samo za majku.

Uz muziku koja je svirala, širom otvorene prozore i vrata, i s još svežim sećanjem na noć provedenu s Dimitrisom, osećala se rasterećenije nego prethodnih dana. Dok je pevala i krečila nakratko je odložila donošenje velikih odluka. Ustajala i mračna kuća pretvorila se u svetao i prijatan prostor, preplavljen sunčevom svetlošću, s prozora i vrata pružao se prelep pogled na mirisni šareni vrt koji vrvi od života, pčele i leptire koji kruže oko cveća, male guštere koji jure ispod grmlja.

Pitala se šta bi Agata mislila o ovoj promeni. I šta bi mislila o njoj i Dimitrisu? Da li se smeškala odozgo, gledajući kako joj se ostvarila želja o njihovom susretu, o kojem je pisala u dnevniku? Ne mogavši da izbaci Dimitrisa iz glave, Zanta je odbrojavala sate do večeri, kada će se ponovo videti. Nadala se da bi način na koji je njihova veza napredovala od nesrećnog početka usrećio Agatu. Zantu je zasigurno usrećio.

Uprkos pokušaju da odloži donošenje odluka, njen plan je osujećen kada joj je sredinom popodneva Felisiti poslala poruku:

> *Ne želim da te pritiskam, ali moram im odgovoriti u vezi s Jadnicima do sutra u podne. Ako želiš da o tome porazgovaramo, tu sam, slobodno me pozovi. Ako će ti pomoći, SAVRŠENA si za ovu ulogu i znam koliko si se trudila. Zaslužuješ svaki delić uspeha koji ti sledi. Ako mogu bilo kako da ti pomognem u donošenju prave odluke, samo mi javi.*

Zanta je zurila u poruku. *Da ti pomognem u donošenju prave odluke.* To ju je posebno uznemirilo. Šta god da odluči, neće moći da zna je li to ispravna odluka ili ne. Ako pristane, i na dan premijere otkrije da su trema i strah preveliki, biće prekasno, a ako odbije, hoće li žaliti što nije iskoristila priliku? Zar nije postojala izreka kako žališ samo za onim što nisi uradio, a ne za onim što jesi? Ako bi tako razmišljala, trebalo bi da zadrži Agatinu vilu, odustajanje od nje bilo bi kao da napušta Kefaloniju i sve što je ovde otkrila – i trebalo bi da prihvati ulogu.

Prespavaće još jednu noć pre nego što obavesti Felisiti o konačnoj odluci. Mada je to zapravo značilo još jednu noć u Dimitrisovom naručju, a ona je već znala da će joj još jedno veče provedeno s njim dodatno otežati odlazak.

Dok su joj se palčevi nadvijali nad telefonom, osetila je stezanje u grudima od zabrinutosti koja ju je preplavila. Imala je izbora, ali nije bilo lako odlučiti. Boravak na Kefaloniji dao joj je vreme i prostor koji su joj bili potrebni, ali postavio je i nova pitanja. Ponovo se povezala s porodicom i saznala šta je bilo uzrok razdora. Takođe je i prebolela Ostina, ostavljajući ga za sva vremena u prošlosti, ali to je imalo mnogo veze s Dimitrisom.

> *Odgovoriću ti do sutra ujutru, obećavam. x*

Eto, poslala je poruku. Mogla je da razgovara s Felisiti, ali već je znala šta njena agentkinja misli, morala je da shvati šta *ona sama* zaista želi.

Dok su se tek okrečeni zidovi sušili, Zanta je oprala četke i zatvorila vilu. Trebalo joj je da se udalji od Agatine kuće, privlačnosti vrta i sećanja na nju i Dimitrisa u krevetu.

Plaža Dafnudi, na koju je otišla pre nešto više od nedelju dana sa Džudom, bila je blizu. Vreme provedeno u šetnji stazom ispod drveća bilo je savršeno za razmišljanje. Mogla bi da pozove Džuda i čuje njegovo mišljenje, ali već je znala kako bi je nagovarao da se vrati, naglašavajući da treba da uradi ono što je najbolje za nju. Razgovor ni sa kim, čak ni s najboljim prijateljem, nije bio od pomoći.

Plaža je bila jednako lepa kao što ju je upamtila, bistra voda okružena brežuljcima prekrivenim drvećem i stenovitim grebenima. Nije mogla da se odrekne ovoga. Ponovo se povezala sa ostrvom, i nadala se da će, s vremenom, i majka pronaći snagu da se vrati, čak i ako nije spremna da se susretne sa ocem.

Nekoliko ljudi je boravilo na plaži, porodice i parovi koji su uživali u letu. Grčke škole su već završile s radom, a uskoro će sve više turista preplavljivati ostrvo kada zaista počne sezona odmora. Ali za sada, pored ritmičnog šuma talasića, prodornog krika morske ptice i radosnog dečjeg smeha, bilo je mirno. Zanta je rukama obuhvatila noge i upijala blistavo sunce, more koje se mreška i sanjivo plavo nebo. Nedostajali su joj Džud, prijatelji, majka i ostatak porodice. Zapravo su joj nedostajali i posao i kolotečina od koje je bila toliko umorna, osećaj zajedništva tokom rada na predstavi, uzbuđenje, iščekivanje i nemir pred izlazak na scenu, zajedno s pljeskom i saznanjem da iz večeri u veče zabavlja na stotine ljudi. Vreme provedeno daleko od svega toga pružilo joj je novi osećaj zahvalnosti za sve što je imala, a kako sve ono što je mislila da je izgubila zapravo nije ni imalo smisla. Imala je osećaj kao da je napravila pun krug i vratila se sebi, osobi kakva je nekada bila: samopouzdana, odlučna i veoma kreativna, sa strašću prema životu. Osobi koja je prihvatala prilike i prepuštala se nepoznatom, umesto da beži zbog straha i sumnje.

Boravak na Kefaloniji bio je san, mesto da se dođe na odmor s prijateljima i porodicom. Mesto za oporavak. Ostrvo na koje želi da se vraća i koje nosi u srcu. Nije mogla dobrovoljno da se odrekne vile *Aster*, ne sada, ne nakon što je poslednjih nekoliko nedelja bila uronjena u njenu lepotu, kao ni ostrva i njegovih stanovnika. U isto vreme, nije bila spremna ni da odustane od života koji je imala kod kuće i svega za šta je naporno radila, barem ne naprečac ili zbog toga što je provela noć s muškarcem koji je privlači – čak i ako je to bila neverovatna noć za koju je želela da se ponovi i večeras, kao i svake večeri do njenog povratka u London. Strast prema fotografiji nije se smanjila, ali nije ni ona prema pozorištu i nastupanju na sceni. Morala je oberučke da zgrabi priliku koja joj se pružala. Bez kajanja.

Izvukla je telefon i otkucala poruku Felisiti.

Zapravo, odmah ću ti odgovoriti. Poslednjih nekoliko dana bila sam, iz mnogo razloga, veoma rastrzana, ali posle MNOGO preispitivanja, u dubini srca znam šta želim da uradim. Tako da im, molim te, reci da pristajem. Volela bih da igram Eponinu – to je zaista uloga iz snova i ostvarenje sna. Xx

Eto, odluka je doneta i osećala se neobično ravnodušno. Trebalo bi da slavi s prijateljima – i hoće, čim se vrati kući. Večeras bar može da slavi s Dimitrisom. Na povratku će svratiti do Fiskarda da kupi svežu ribu i vino. Srce joj je preskočilo, a stomak joj se uvrnuo u čvor. Da li je zaista donela pravu odluku?

Bistre glave i nakon donesene velike odluke, Zanta je bila spremna da donese još jednu, i čim se vratila u vilu pozvala je agenta za nekretnine kako bi dogovorila procenu krajem nedelje. Bilo je prekasno da nastavi s renoviranjem, a krčanje creva ju je podsetilo da nije mnogo jela otkad je doručkovala. Dimitris će uskoro stići, a iščekivanje ju je prožimalo dok je palila roštilj. Nakon što je pripremila hranu u kuhinji, poslala mu je poruku:

Oponašam Džuda i prihvatila sam se kuvanja napolju – imam halumi i ribu spremne za roštilj, ako ćeš moći da stigneš na vreme da mi se pridružiš? x

Celim svojim bićem jedva je čekala da ga vidi i da ponove prošlu noć. Ostaje još nedelju i po dana u Grčkoj, tako da su imali dovoljno vremena, a ona je planirala da ga iskoristi najbolje što može.

Doći ću x

Od njegovog odgovora su joj zalepršali leptirići u stomaku. Sumnjala je da će uspeti da ga izbaci iz glave, kao što je Džud predlagao, ali bila je spremna da uživa u pokušaju.

Na telefonu se ponovo oglasila pristigla poruka. Mislila je da je to još jedna od Dimitrisa, pa ju je odmah otvorila.

Hej, znam da se pre neki dan nismo rastali u dobrim odnosima, ali ako ikad mogu da ti pomognem, ili ako želiš da te preporučim, samo reci. Hteo sam da te obavestim – novinar je došao do Džudovog imena i zvaće ga za priču o nama. Molim te, reci Džudu da ne govori ništa. I zapamti, ako ti bilo šta treba, slobodno mi traži. O x

Zanta je u neverici zurila u Ostinovu poruku, a onda otkucala odgovor.

Džud može da kaže šta god jebeno hoće. Ti pak možeš da ideš bestraga.

Poslala je poruku i blokirala ga. Završila je s njegovim igrama i pokušajima da upravlja njome. Završila je s tim da se oseća bezvredno i da je povlače po blatu zbog njegovog ponašanja, jer se sada osećala voljenom, i bila je puna nade i slobodna. Ostin je bio deo njene prošlosti, a ona je odlučna da gleda samo u budućnost.

Trideset minuta kasnije, od zvuka Dimitrisovog kamioneta koji se zaustavio na putu i njegovih koraka na stazi zaigralo joj je srce.

Zašao je iza ugla i pošao prema njoj, ali njegov ozbiljan izraz lica nije bio u skladu s njenim raspoloženjem.

– Nemoj da ideš – rekao je čim je stigao do nje. – Ceo dan sam razmišljao o tebi i o tome šta zaista želim da ti kažem.

Dobar osećaj koji je imala nakon što je poslala poruku agentkinji iznenada se raspršio oko nje.

– Kako to misliš da ne idem?

– Ne želim da odeš.

Sva jasnoća misli koju je imala nestala je u trenutku. – Već sam im rekla da pristajem.

– Mislio sam da još razmišljaš o tome?

– Razmišljala sam, ali sam shvatila da je ovo prevelika prilika kako bih je propustila. Ni ja ne želim da odem, ali ne mogu da ostanem. Nakon deset godina napornog rada, bilo mi je potrebno da budem hrabra i pristanem. Ne želim da se kajem ni zbog čega. – *Ali šta ako se naposletku budem kajala zbog njega*, pomislila je Zanta. *Šta onda?* – Uvek možeš da dođeš u London...

– Ne mogu da ostavim mamu. – Zvučao je odlučno. Da li je ona mislila da on dođe u London zauvek? Da živi tamo? Ili samo da je poseti? Tako lako je odbacio tu zamisao, a tražio je od nje da ostane.

– Juče si mi rekao da sledim srce.

– Znam, samo...

– O moj bože, mislio si na sebe, zar ne? – Reči su izletele pre nego što je uspela da ih zaustavi.

– Ne znam šta sam mislio. Bio sam iskren kada sam ti rekao da slediš svoje snove, jer znam kako je kad te nešto sputava. Možda sam se nadao da osećaš isto prema meni kao ja prema tebi.

Zanta ga je preduhitrila poljupcem da bilo šta još kaže, ali takođe i da spreči sebe da odgovori, jer je sve ponovo bilo zbrkano. Nije bila sigurna šta stvarno oseća prema njemu, žudela je za njim i nije želela ništa drugo nego da uživa u njegovom društvu, da uživa u *njemu*, ali da li je to bio dovoljan razlog da iz korena promeni sopstveni život? Nesumnjivo, to je više bila zaljubljenost nego ljubav? Donela je odluku, ali sada se preispitivala da li je bila ispravna. Bez daha, povukli su se jedno od drugog.

– Halumi gori.

– Dođavola. – Zanta je požurila do roštilja i hvataljkama okrenula halumi. Sir je zagoreo, ali barem je bio dobar izgovor da se, dok je obrtala preostale kriške, usredsredi na nešto drugo osim na Dimitrisa i njegova osećanja prema njoj. Dim koji se lagano dizao u vazduh imao je gorkast miris. Do pre samo nekoliko trenutaka bila je tako sigurna, konačno imala dobar osećaj u vezi sa svojom budućnošću i napredovanjem u karijeri. Sada su njegove reči pokrenule sumnje i ponovo je bacile u vrtlog zbunjenosti.

Dok je pokušavala da spase šta može od hrane zagorele na roštilju, čula je kako se Dimitris povlači unutra da naspe piće. Više od svega želela je da vrati vreme unazad, pre jutrošnje Iridine posete. Prošla noć bila je savršena i jednostavna, bez razgovora ili razmišljanja o budućnosti koji bi im smetali. Osećanja su izražavali delima, u jednostavnosti uzajamnog istraživanja tela, dok su osećanja pretočena u reči i odluke o budućnosti sve to poremetile. Međutim, sada je bilo gotovo, reči su bile izgovorene, a planovi za budućnost postavljeni. Mogli su ili da se zadrže na tome, ili da izvuku najbolje iz onoga što su imali: pomalo razočaravajuću večeru, prelepo okruženje i društvo jedno drugog.

I tako je Zanta i uradila kad se Dimitris vratio s velikim čašama vina. Dok su pili i jeli, skrenula je razgovor dalje od njenog povratka kući. Dimitris je naglasio da je mami jasno stavio do znanja da ako s trideset jednom godinom želi da provede noć sa ženom koja živi u susednoj kući, to će i učiniti, i uspeo je da ubedi Zantu kako ih više neće ometati.

Pošto su početni razgovor stavili na stranu, a nebo se zatamnilo i pojavili se noćni insekti, nije prošlo mnogo pre nego što se njihovo ćaskanje pretvorilo u puteno zavođenje, pre nego što su prevladali poljupci – mnoštvo poljubaca. Povukli su se u spavaću sobu i nastavili tamo gde su jutros stali, ali ovoga puta je to bilo strastvenije i opuštenije zavođenje, dok su se igrali i zadirkivali, odvajajući vreme da otkriju šta oboje vole.

Sat vremena kasnije, Zanta je ležala na krevetu, zureći u ventilator na tavanici, kože sjajne od znoja. Dimitris se oslonio na lakat i vrhovima prstiju joj iscrtavao krugove po oblini bedra.

– O čemu razmišljaš?

– Kako će mi ovo nedostajati. – Usmerila je pažnju na njega. – Kako ćeš mi ti nedostajati.

– I ti ćeš meni nedostajati. – Njegovi prsti su opet kružili, pomerajući se bliže unutrašnjem delu butine, do tačke kada joj je bilo teško da uhvati dah. – Ali bar imamo još malo vremena zajedno.

Da li će to učiniti rastanak još težim? Njegovo zadirkivanje svakako joj je otežavalo da jasno misli.

Bilo je i nečeg dobrog u odluci koju je donela tog dana, nešto što će, nadala se, oboma ublažiti udarac. Sada kada je ležala s njim u krevetu, fizički zadovoljena ali emocionalno zbunjena, znala je kako će bez sumnje jedna odluka bila ispravna. Povukla mu je ruku preko svog tela, privukavši ga bliže dok nije legao pored nje.

– Možda se vraćam u London zbog posla, ali ne prodajem kuću – rekla je tiho. – Danas sam zvala agenta za nekretnine da otkažem procenu. Zadržaću vilu *Aster*, tako da ću se vraćati ovde. Što znači da ovo neće biti zauvek zbogom.

33.

Pošto su noći provodili zajedno, Zanta je tokom dana bila zauzeta nanošenjem poslednjeg sloja bele boje na zidove, pre nego što je počela da farba oguljena i išmirglana kuhinjska vrata u grčko-plavu boju.

Irida se povukla, i iako je Dimitris radio tokom dana, Zanta je nije viđala. Povremeno bi je preplavio osećaj krivice kad pomisli kako je Irida sama u kući, zabrinuta da li će joj ona ukrasti sina, ali Zanta je znala da to nije istina.

U subotu, posle četiri blažene noći s Dimitrisom, dremala je na krevetu na popodnevnoj vrelini, pitajući se da li će joj se pridružiti, kad joj je zazvonio telefon.

Uz pospani uzdah, podigla ga je i odgovorila: – Zdravo, mama.

– U Argostoliju sam.

Bez „zdravo", bez „kako si".

Zbunjenost joj je prostrujala telom dok je užurbano pokušavala da se uspravi, trudeći se da shvati mamine reči.

– Ti si gde?

– U Argostoliju – udahnula je naglo. – Upravo sam posetila oca.

– Na Kefaloniji si?

– Nemoj da glumiš iznenađenje, želela si ovo.

Zanta se izbezumila zbog maminih reči, protkanih krivicom. – Želela sam da dođeš samo ako *ti* to želiš.

– Nakon svega što si rekla, morala sam da dođem. – Linin glas je bio napet, a reči su joj se završavale uz naglo gutanje, kao da pokušava da zadrži jecaj.

– O, mama, tako mi je žao. – Zanta je spustila noge s kreveta, a sve maštarije o tome kako bi Dimitris mogao najbolje da je probudi nakon popodnevne dremke su nestale. – Hoćeš li da dođem po tebe? Mogu biti tamo za sat vremena.

– Ne, hvala, uzeću taksi. Samo sam htela da ti javim da sam na putu.

Zanta je navukla letnju haljinu preko brusthaltera i gaćica. Imala je osećaj kao da se probudila iz sna, a kratak razgovor s mamom bio je neočekivan i zbunjujući. Da, ovo je bilo tačno ono na šta je Zanta nagovarala mamu, ali šta ako će dolazak na Kefaloniju i ponovno viđanje oca nakon skoro dve decenije naposletku učiniti više štete nego koristi? Poslednje što je želela je da mama zbog toga bude ljuta na nju, ili da joj se uzburkaju osećanja koja je možda trebalo da ostanu netaknuta.

Sad je bilo prekasno.

Zanta nije znala šta da radi. Pogledala je na sat: 15.07. Imala je otprilike sat vremena dok mama ne stigne do nje. Nije bilo šanse da ponovo zaspi, a već je završila farbanje i oprala četke. Bio joj je potreban Dimitris.

Zanta je razmišljala da pokuca na njihova ulazna vrata, ali nije želela da rizikuje da uznemiri Iridu, pa je otišla iza kuće, i tek tad shvatila da nikada nije bila unutra i kako ne zna koji je prozor Dimitrisove spavaće sobe. Bila je smešna sama sebi da se u trideset prvoj godini ovako šunja, bojeći se da je ne uhvati majka muškarca s kojim spava.

– Zanta?

Iznenadivši se, okrenula se i videla Dimitrisa kako leži na ljuljašci u hladu oraha. Pomerio se i potapšao mesto pored sebe.

– Ne dremaš? – upitao ju je.

Pridružila mu se i uzdahnula. – Mama je zvala iz Argostolija. Upravo je posetila dedu.

Neodoljivo je protrljao oči. Jedino je želela da se sklupča pored njega i da se zajedno ljuljuškaju dok ne zaspe, kako ne bi morala da razmišlja u kakvom emocionalnom stanju će joj majka doći.

Dimitris se okrenuo na lakat, slobodnom rukom joj obuhvativši struk.

– To je dobro, zar ne?

– Zvučala je napeto.

– Nije ni čudo, ako ga godinama nije videla.

– Pretpostavljam da se osećam krivom što sam je naterala da ponovo prolazi kroz osećanja koja nije želela.

– Nisi je naterala da uradi bilo šta. Samo si je ohrabrila, to je sve.

– Ubacila sam joj tu zamisao u glavu i emotivno je ucenila, rekavši da deda nije dobro, kako mu možda nije ostalo mnogo vremena...

– Rekla si joj istinu. Videćeš da će ti jednog dana biti zahvalna, čak i ako je sada povređena.

Sve brige i sumnje, tako lako izbrisane dok je provodila vreme s Dimitrisom, polako su se vraćale. – Malo sam rastresena. Nemam još mnogo vremena do povratka u London, pokušavam da završim obnavljanje kuće i želim da vreme provodim s tobom. A sada mama dolazi, a ti... – Zanta nije umela da iskaže ono što oseća, jedino je znala da joj ističe vreme.

– Možda je ovako zapravo najbolje, da ti je mama ovde. Imaćete priliku da razgovarate. – Nežno ju je obuhvatio oko struka. – I verovatno bi trebalo da jednu noć provedem kod kuće. Četiri noći zaredom s tobom samo još više uznemiruju mamu. – Delovao je zamišljeno. – Zapravo, zašto ovo ne iskoristimo kao priliku? Mogla bi da dovedeš mamu ovamo. Mogli bismo da provedemo vreme svi zajedno. Mogao bih da spremim nešto...

– Šta, i ostaviš me da sama zabavljam naše mame? – Zanta se namrštila pri pomisli da provede veče sa Iridom i još doda svoju mamu u tu kombinaciju. – Zaista misliš da je to dobra zamisao?

– Ne, naravno da ne, ali ako to znači da ću provesti više vremena s tobom, onda vredi.

Složila se s njim. – Šta kažeš da večeramo u Agatinoj vili i da pozovem još Tulu.

– Savršena osoba za razbijanje svake napetosti.

– Baš tako, ona i mama su stare prijateljice, a Tula poznaje i tvoju mamu, zar ne?

– Poznaju se. Napraviću punjene paprike i doneti ih.

– A ja ću napraviti salate – nasmešila se. – Salate mi ne zagorevaju.

Privukao ju je sebi i nežno poljubio. – Biće sve u redu, obećavam ti.

* * *

Lin je stigla sat kasnije, vukući koferčić za sobom i puhćući vazduh po zajapurenom licu.

Zagrlile su se, a mama ju je držala duže nego obično, što je mnogo govorilo. Zanta ju je odvela do gostinske sobe koja je bila skromno nameštena, ali čista i sveža, s tek okrečenim zidovima.

– Čaj ili vino? – Zanta je upitala Lin kada se vratila u kuhinju, izgledajući svežije nakon što se iz farmerki presvukla u letnju suknju.

– A šta, dovraga, misliš?

Zanta je otvorila bocu vina i pružila mami čašu, a potom su sele na Agatin cvetni trosed koji je gledao na otvorena vrata trema.

– Sviđa mi se šta si uradila sa ovim mestom.

– Sećaš se kako je izgledalo?

– Vrt je i dalje podjednako lep – klimnula je glavom Lin. – Agatin pepeo je rasut ovde?

– Jeste – rekla je Zanta tiho, s knedlom u grlu. – Kod njene skulpture vilinog konjica.

Napetost je strujala među njima. Lin je čvrsto držala nogicu vinske čaše i sedela na ivici troseda, skupljenih kolena i nogu zakovanih za pod. Tamnu kosu je vezala u punđu, a usne su joj bile stisnute dok je gledala unaokolo. Zanta je pijuckala belo vino, čekajući pravi trenutak, bojeći se da pita mamu i želeći da joj pruži priliku da obradi osećanja i otvori joj se.

– Cele nedelje sam bila rastrzana oko toga šta da radim. Bliži se dvadesetogodišnjica mamine smrti. – Lin je duboko udahnula. – A onda ono što sam saznala o Agati, o ocu – ostavilo je utisak na mene, podstaklo me je da preispitam kako sam reagovala u vezi s njim i Kefalonijom. U vezi sa svime. – Brzo je otpila vino iz čaše. – Ono što si rekla pre neko veče, da ga vidim pre nego što bude prekasno, baš me je pogodilo. Gledali smo neki glupi program, ali u središtu priče bio je odnos oca i ćerke – stalno su se svađali, ali su se i dalje voleli, i to me je veoma uznemirilo jer sam shvatila da nemam *nikakav* odnos sa ocem. Otišla sam u krevet plačući, a Džon me je sledio i saslušao sve moje brige. Shvatila sam koliko sam srećna, uprkos tome što sam imala oca i bivšeg muža koji me je varao, uspela sam da nađem nekog tako iskrenog i brižnog. Pomogao mi je da shvatim da mi nikako nije od koristi što izbegavam oca i što se čvrsto držim za tu mržnju. – Posegnula je ka Zantinom obrazu, zadržala ruku na trenutak i pogledala je s ljubavlju. – *Ti* si mi takođe pomogla da to shvatim. I tako sam rezervisala letove.

Lin je obrisala oči zgužvanom maramicom.

Zanta je pijuckala vino skupljajući hrabrost da pita ono što je želela otkad ju je mama pozvala. – Kako si se osećala kad si ga ponovo videla?

– Bilo mi ga je žao jer je sve izgubio. – Oči su joj zasijale od suza. – Bojala sam se kako ću osetiti ljubav, a sve što sam želela je da ga mrzim.

– Držanje tolike ljutnje u sebi nije zdravo, mama.

– Znam. Zato sam došla. Prepoznao me je nakratko, iako ne znam koliko se seća. Nadam se da je bilo dovoljno da zna kako sam bila tamo i da sam se vratila. I nisam osetila ljubav prema njemu, ali nisam ga ni mrzela. Osećala sam samo neizmernu tugu. Ne opraštam mu, ali sam umorna od toga da budem ljuta. – Pokazala je prema vrtu, što je Zanta protumačila kao žaljenje što je propustila priliku da bude na ostrvu na kojem je odrasla.

Dok je privlačila mamu u zagrljaj, Zanti je jedino bilo važno da se ona napokon vratila. To je bilo dovoljno.

Lin se odmakla i podigla čašu vina. – I mogu da odam poštu Agati, a mi možemo da provedemo nekoliko dana zajedno.

Zanta je pokušala da ne razmišlja o posledicama. Mamino prisustvo ovde značilo je kraj vremena nasamo provedenog s Dimitrisom, ali ono što je mama uradila prevazilazilo je sve to.

– Ako ti je to previše, molim te mi reci, ali Tula dolazi večeras kod nas na večeru, zajedno s Dimitrisom iz susedne kuće i njegovom mamom Iridom.

– Tula dolazi?

Zanta je klimnula glavom. – Jedva čeka da te vidi.

– To će biti zaista divno. – Lin je oduševljeno klimnula glavom. – Kroz maglu se sećam Iride. Mislim da je imala dva mala sina.

– Verovatno imate dosta toga zajedničkog, i nju je muž varao – rekla je Zanta s gorčinom. – Sinovi su joj sada odrasli; upoznaćeš Dimitrisa, starijeg. Trebalo bi da te upozorim, međutim, kako nije baš posebno oduševljena mnome.

– Stvarno? Šta si uradila? – upitala je Lin.

Zanta je nabrala nos. – To je prilično duga priča, ali sviđam se njenom sinu, i on se sviđa meni.

– A ona to ne odobrava?

– Nismo baš najbolje počele.

– Pa, onda ćemo jednostavno morati da je nateramo da promeni mišljenje o tebi, zar ne?

34.

Tula je stigla prva, noseći bocu lokalnog vina i kutiju s baklavama. Radosno je pozdravila Lin, bez ogorčenosti što je bila isključena iz njenog života. Zbog istinske sreće dveju starih prijateljica koje su se ponovo videle Zanta je postala još emotivnija nego što je bila – ako je to uopšte bilo moguće.

Dimitris je lagano ušao u vrt s mamom. Držanje mu je bilo samouvereno i odlučno, a pogled čvrsto uprt u Zantu, dok joj je toplina njegovog osmeha izazivala leptiriće u stomaku i vrtoglavicu u glavi – osećanja koja je brzo izbrisao Iridin čelični pogled.

Upoznavanje je proteklo glatko, Tula ga je bez napora preuzela na sebe i živahnim čavrljanjem odagnala bilo kakvu nelagodnost.

Dimitris je poljubio Zantu u obraze i pokazao ka mami iza sebe.
– Trebalo joj je malo ubeđivanja – šapnuo je Zanti prelazeći joj rukom preko boka. – Ali biće sve u redu.

I bilo je, dok je Dimitris izneo poslužavnik s pečenim punjenim paprikama i paradajzom, Zanta je sipala piće i iznela salate. Tula je vodila razgovor naizmenično se prebacujući s grčkog na engleski jezik, usredsređujući se na sećanja iz vremena kada su tri žene odrastale, srećnija vremena za Lin i Iridu.

Večerali su na terasi, večernje sunce ih je grejalo, ptice su letele između drveća, a leptiri plesali iznad žbunja. Iako lepota okruženja nije imala nikakve veze sa Zantom, bila je izuzetno ponosna što je ovde mogla da ugosti ljude. Donela je ispravnu odluku što je zadržala vilu *Aster*, a činjenica kako je nakon toliko vremena njena mama ovde, i da je istina o njihovoj porodici izašla na videlo, učinili su svu njenu uzrujanost vrednom toga. To što je saznala kako je Agata živela časno dodatno je pojačalo njenu odlučnost da zadrži mesto koje je ona volela i zvala domom, ali nije to radila samo zbog nje. Zanta se nadala da Agata odozgo gleda na njih petoro kako uživaju u njenom voljenom vrtu, dok se zajedno smeju i razgovaraju.

Tula je upravila razgovor dalje, prelazeći sa sećanja iz detinjstva na Zantinu karijeru i kako je Lin ponosna na nju. Umešno je uključivala u razgovor sve prisutne, ukazujući Iridi kako i ona sigurno mora biti ponosna na Dimitrisa, s obzirom na to da je izgradio sopstveni posao.

– Kako napreduje Dimitrisov novi sajt? Da li je gotov? – upitala je Tula, gledajući naizmenično Dimitrisa i Zantu. – Vasilis mi je rekao da si fotografisala Dimitrisa?

Zanta je progutala gutljaj vina. – Jesam, ali još nisam imala priliku da fotografije pokažem Dimitrisu. – *Nije bilo vremena između Londona, donošenja značajnih životnih odluka i obilja seksa*, pomislila je Zanta s tihim podsmehom.

– Hajde da ih vidimo – podsticala ju je Tula. – Sigurna sam da bi se Iridi to dopalo Nisi znala za ovo? – rekla je gledajući Iridu, koja je izgledala zbunjeno. – Zanta i njen prijatelj su ljubazno ponudili da osavremene Dimitrisov sajt kako bi mu pomogli da dobije više posla. Da izgleda uglađeno i profesionalno.

Zanta je poželela da zagrli Tulu. Iridine stisnute usne i naborano čelo počeli su da se opuštaju dok je Zanta pokazivala fotografije koje je napravila dok je Dimitris radio.

– Ovo su neverovatne fotografije, Zanta. – Dimitris joj je stegnuo rame i zadržao ruku tamo, toplu i utešnu.

– Rekla sam ti da si fotogeničan – šapnula je.

Irida je nastavila da pregleda fotografije, dolazeći do onih koje je Zanta snimila na njihovom izletu na plaži, gde je Dimitris sedeo na šljunkovitoj obali, leđima okrenut kameri, rukama obujmivši kolena i gledajući u more.

Znajući tačno o čemu su tog dana razmišljali na osamljenoj plaži, Zanta i Dimitris se pogledaše.

– Dobre su. – Irida je podigla pogled ka Zanti, s blagim osmehom na usnama.

Klupko napetosti u Zantinim grudima malo se raspetljalo. Nije želela da je Irida mrzi ili se plaši da će joj ženu koju prezire preoteti sina. Loše su počele, ali Zanta je gajila nadu kako će s vremenom Irida smekšati. Iako je vremena imala ponajmanje.

Zanta je unela foto-aparat i počela da rasklanja prazne tanjire i činije. Dimitris joj se pridružio u kuhinji dok je servirala slatkiše koje je Tula donela.

– Naše mame se povezuju pričajući o bivšim muževima koji su ih napustili zbog drugih žena. – Dimitris je obavio ruke oko Zantinog struka i njuškao joj vrat dok su gledali kroz kuhinjski prozor. – Tula je, za promenu, zapravo ćutljiva, jer je već godinama srećno udata.

– Tula je dokaz da je prava ljubav moguća. – Zanta je uzdahnula, a Dimitris ju je čvršće stegao. – A i mama je iz drugog puta našla sreću. Nadam se da će se to desiti i tvojoj mami.

– Ne treba njoj muškarac – rekao je Dimitris tiho, naslonivši glavu na Zantino rame. – Ali treba joj da se oslobodi povređenosti i nastavi dalje. Možda i da se preseli, da ponovo pronađe radost u životu.

– Misliš li da će to ikada uraditi?

– Nadam se i imam zamisao kako bi to moglo da se dogodi.

Lin se pojavila na vratima s dve prazne boce i Zanta i Dimitris su se razdvojili.

– Treba nam još vina – rekla je, blago petljajući jezikom.

– Stiže. – Zanta je uzela još jednu bocu vina i pošla za njima napolje.

Njena zabrinutost zbog toga kako će mama reagovati na povratak na Kefaloniju ublažila se pošto je Lin srdačno prihvatila svoju staru, iskrenu prijateljicu i povezala se s novom. Uprkos njenom strahu kako će Irida nastaviti da je mrzi, veče je prošlo iznenađujuće veselo dok su razgovarali, pili još vina i dokrajčili baklavu.

Smrkavalo se i Zanta je uključila svetiljke i upalila sveće s mirisom ulja citronele. Dok su Irida i Lin razgovarale s Dimitrisom o njegovom vrtlarskom poslu, Tula je iskoristila priliku da odvuče Zantu u stranu.

– Ti i Dimitris – rekla je dok su šetale stazom osvetljenom solarnim svetiljkama. – Srećna sam zbog vas.

– Vasilis ti je rekao?

– Spomenuo mi je, ali nije bilo potrebe. Vidim kako se gledate. Agata bi bila srećna. Mislim da je ovo želela za tebe. – Pokazala je rukom okolinu.

– Šta, kuću ili Dimitrisa?

– Oboje.

– Znaš da odlazim za manje od nedelju dana. Dimitris i ja... – Okrenula se od Tule, a knedla joj je zastala u grlu. Skrenula je pažnju na Agatinu skulpturu vilinog konjica, čiji su metalni delovi svetlucali na mesečini, i prstima prešla preko glatkog ruba. – Pitam se šta sledi.

– Imaš ceo život pred sobom da mu se raduješ. – Tula joj je spustila svoj topli dlan na mišicu. – Uvek možeš da se vratiš. Kuća će biti ovde, ja ću biti ovde, Dimitris će biti ovde. Imaš mnogo razloga za povratak.

Začuvši korake na terasi, okrenule su se. Irida je išla prema njima, držeći kovertu u rukama. Iako je imala napet izraz lica, činilo se da se netrpeljivost smanjila, dok su joj oči počivale na Zanti.

– Tula, mogu li da nasamo porazgovaram sa Zantom, molim te?

– Naravno. – Tula je nežno stisnula Zantinu ruku pre nego što se udaljila.

Dve žene su se gledale. Irida je konačno prekinula tišinu i podigla kovertu.

– Ovo je pismo koje ti je Agata napisala prošlog leta. Dala mi ga je na čuvanje. Trebalo je da ga dobiješ mnogo ranije. – Irida se uspravila i blago klimnula glavom, kao da podstiče sebe da kaže više. – Dimitris je razgovarao sa mnom o tebi, o njemu. Pričao je i o Agati. Donela sam pogrešne zaključke. Izvini. – Prišla je bliže i pružila pismo Zanti u ruke. – Evo, ovo je za tebe da pročitaš.

Zatečena, Zanta je gledala kako se Irida vraća stazom dok nije nestala među drvećem i grmljem. Pogledala je kovertu u rukama i okrenula je. Na njoj je, Agatinim prepoznatljivim grčkim rukopisom, pisalo *Zanta Foks*.

Duboko udahnuvši, pocepala je kovertu, izvukla pismo i otvorila ga. Oslanjajući ruku na skulpturu vilinog konjica, okrenula se tako da mesečina obasjava stranicu i počela da čita Agatino poslednje pismo upućeno njoj.

Draga Zanta,

Čudno je pisati ovo znajući da, kada budeš čitala ovo pismo, mene više neće biti tu.

Oduvek sam bila usredsređena na karijeru, na strast prema stvaranju, umetnost i moje skulpture. To mi je davalo poleta i ispunjavalo me radošću. Takođe i moj vrt, koji me je u poznijim godinama veoma mnogo usrećio.

Zaljubila sam se u tvog dedu kad sam bila mlada žena. Imala sam nade i snove, koji su naravno uključivali ljubav i zasnivanje porodice, ali sam takođe sanjala o putovanjima i studiranju, o karijeri. Imala sam neverovatnu sreću da to i ostvarim: studirala sam u Americi, a zatim izgradila uspešnu karijeru zarađujući za život stvaranjem skulptura i i njihovom prodajom ljudima širom sveta. To je, međutim, imalo svoju cenu, jer me tvoj deda nije čekao, i umesto toga se oženio mojom prijateljicom, tvojom dragom bakom. Da je sačekao, možda bi sve bilo drugačije, ali tada se ne bi rodila Elina, a ja ne bih imala tebe u svom životu. Nisam imala decu. Ne žalim zbog toga, ali ponekad se pitam kako bi moj život izgledao da me je Gio sačekao.

Na mnogo načina sam imala sreće jer sam se u životu bavila nečim što volim i na šta sam ponosna. Iza svojih odluka stojim bez osećaja krivice. Iako sam ostala sama, nisam uvek bila usamljena. Doživela sam ljubav i volela sam. Doživela sam romantičnu ljubav, ali platonska ljubav i bliska prijateljstva su mi najviše značila.

Kuću ostavljam tebi, jer si mi kumica i blagoslovena sam što si bila u mom životu, koliko god smo fizički bile udaljene. Tvoja pisma su nas uvek zbližavala i godinama mi pružala veliko zadovoljstvo. Deo vrta ostavljam Dimitrisu kako bi mogao da nastavi s brigom o njoj. On je sin kojeg nikada nisam imala i uvek je bio uz mene. Njegovo prijateljstvo mi mnogo znači i želim mu samo najbolje. Moja kuća je mesto gde sam se povlačila, moj vrt je moje utočište. Vila Aster je tvoja i možeš da radiš s njom šta god želiš, mogu jedino da se nadam da će ti doneti isto toliko radosti koliko je meni.

Nadam se da ćete se ti i Dimitris sresti i postati prijatelji.
Mislim da biste se slagali i da biste bili dobri jedno za drugo.
Najviše od svega se nadam da ćete pronaći sreću.
  S ljubavlju,
  Agata x

Zanta je stajala s rukom i dalje oslonjenom na hladnu oblinu Agatine skulpture, a niz obraze su joj se slivale suze. Skrenula je pogled s pisma ka Agatinoj kući, gde su svetiljke osvetljavale kamene zidove, a razgovor između njene mame, Iride, Tule i Dimitrisa se lagano gubio u sumraku. Nagađanja o tome zašto joj je Agata ostavila kuću i podelila vrt s Dimitrisom bila su tačna, sreli su se i bili dobri jedno za drugo, mada je Zanta u srcu osećala da su postali mnogo više od prijatelja.

Kako je moguće da se za samo nekoliko nedelja zaljubiš u nekoga prema kome si u početku bio ravnodušan i išao ti je na živce? Zanta je uverila sebe kako su osećanja koja gaji prema Dimitrisu bila samo proizvod okolnosti – kratkog, silovitog vremenskog razdoblja u kojem je bila zanesena idilom savršenog okruženja, s mnogo sunca, mora i strasti. Bila je to požudna zanesenost, letnja ljubav koja se bližila kraju.

Zantina mama je ostala pet dana, a Zanta je bila rastrzana. Retko su imale priliku da nasamo provode vreme, a pritom, upravo je Zanta predložila mami da dođe na Kefaloniju, pa nije mogla jednostavno da je ostavi samu, što je značilo da nije imala vremena za Dimitrisa. A upravo je to najviše želela, da provodi vreme s njim.

Do kraja prve večeri, kada ih je Tula osvojila svojom druželjubivošću, smeh je ispunio vazduh. Čak je i Irida uspela da se nasmeje. A što je najvažnije, pomirila se sa Zantom predavši joj Agatino pismo.

U narednim danima, Zanta i Lin su provodile vreme onako kako to nikada nisu radile kod kuće, a vratile su se i u Argostoli da posete Stergiosa. Spojile su rad na kući sa odlascima na plažu, a Lin je vodila Zantu na mesta koja je volela kao dete. Zanta je posmatrala kako Kefalonija očarava njenu mamu. Tula ih je pozvala na večeru noć pre nego što je Lin trebalo da se vrati kući, i Zanta nije mogla biti srećnija što vidi mamu srećnu, ponovo na ostrvu na kojem je odrasla, kako priča mešavinom engleskog i grčkog jezika s jednom od svojih najstarijih prijateljica. Za to vreme Zanta i Dimitris su sedeli zajedno isprepletanih prstiju.

Nisu skrivali vezu koja je cvetala, to je bilo nemoguće, posebno jer je Tula otvoreno pričala o tome pred njihovim mamama, savršeno razbijajući Iridinu napetost i potpuno uključivši Lin u situaciju – ako je već nije sama shvatila. Dimitris je prespavao kod nje samo nekoliko noći, a seks je bio spor i strastven, uglavnom zato što su se očajnički trudili da budu tihi. Svako škripanje kreveta i ispušteni uzdah bili su zapanjujuće glasni u tihom okruženju, posebno što je Lin spavala u susednoj sobi.

Prebrzo je došao trenutak da se Zanta oprosti od mame, ali njihov odnos se promenio – uznemirenost, suze i istina zbližili su ih više nego ikad. To je ionako bio kratak rastanak, jer će Zanta uskoro krenuti nazad u London da potpiše ugovor, započne probe i novo životno poglavlje. Mama, očuh i braća biće joj blizu, u Brajtonu. Mnogo bliže nego Dimitris na Kefaloniji.

Do kraja popodneva, poslednjeg dana boravka, Zanta je bila gotovo spakovana, ali nije bila ushićena zbog povratka kući, samo uznemirena i prožeta tugom, što je bilo potpuno drugačije od iščekivanja koje je osećala pre šest nedelja kada je dolazila.

Tula je pomogla Zanti da pronađe i zaposli pouzdanu čistačicu kada bude spremna da iznajmi vilu *Aster*, a Dimitris je ostajao pri svom kako će nastaviti s brigom o vrtu. Još je mnogo toga trebalo završiti u vili pre nego što bude spremna za goste, ali Zanti to nije smetalo, jer je značilo kako će imati dodatni razlog za povratak.

Te večeri, nakon što je Dimitris završio s poslom, zajedno su se prošetali do Fiskarda stazom kroz šumu. Dok su ih vodili do stola blizu vode u ribljem restoranu u kojem je jela pre samo nekoliko nedelja, zamisao o zatvaranju kruga opet joj se uvukla u glavu. Toliko toga se promenilo. Više nije bila sama, nego je sedela s Dimitrisom, gledajući preko zaliva prema Itaki, daleko srećnija nego poslednji put, iako još rastrzana.

Jeli su brancina na roštilju sa salatom od rukole i smokava i opušteno ćaskali o prijateljima i poslu, više se usredsređujući na prošlost nego na budućnost. Bilo je to savršeno veče za kraj šest burnih, ali podsticajnih nedelja na Kefaloniji. Bilo je toplije nego poslednji put kada je Zanta bila ovde. Stolovi su bili puni turista, a ružičasto nebo i morski talasi podsećali su na to koliko je ostrvo prelepo. Ipak, Dimitris, koji joj se smešio s druge strane stola, bio je najbolji prizor od svih.

U Kaliteju su se vratili taksijem i prošetali do vile *Aster*. Dimitris je uhvatio Zantu za ruku kada su stigli do ulaznih vrata. Privukao ju je u zagrljaj i strastveno je poljubio.

Bože, kako će joj nedostajati. Sve što je želela da kaže isparilo je dok je petljala s ključem pre nego što je uspela da otključa vrata. Zatvorivši ih za sobom, povela ga je prema spavaćoj sobi. Da je rekla nešto više ili previše razmišljala o tome kako im je ovo poslednja zajednička noć, završila bi u suzama, a jedino je želela da vodi ljubav s njim.

Pošto su poskidali veći deo odeće, skliznuli su na krevet, isprepletanih nogu, jedno drugom u naručju.

– Toliko ćeš mi nedostajati – rekla je Zanta, nemoćna da zaustavi reči između poljubaca. – Ne znam šta ću da radim bez tebe.

Dimitris se povukao, pogledom prateći njeno lice dok joj je prstima lagano prelazio preko jagodica, pre nego što ju je ponovo privukao bliže.

– Znam da sam ti ovo već rekao, ali voleo bih da ne moraš da ideš.

– Volela bih i ja.

– Onda nemoj. Još nisi ništa potpisala. Možeš da se predomisliš.

Srce joj je zastalo kad je čula te reči. Da li je to ozbiljno mislio? Koliko dobro bi se osećala ako bi ostala? Bilo bi to blaženstvo još nedelju-dve, dok ne bi postala svesna stvarnosti u kojoj je zbog muškarca odustala od karijere.

– Moram da se vratim kući – rekla je odlučno, bojeći se da razmotri pomisao kako možda postoji neki drugačiji put za budućnost. – Obećala sam, i kad bih sada to prekršila, narušila bih svoj ugled.

– Ali, da li zaista želiš da ideš?

Je li to zaista bilo pitanje, ili je zapravo mislio: „Želiš li da odeš?" To su bila dva različita pitanja s različitim odgovorima jer – da, želela je da ide i da prihvati ulogu koja se nudi jednom u životu, ali ne, naravno da nije želela da ode, da se oprosti od radosti koju je otkrila s njim na Kefaloniji. Nije bilo lakog odgovora ni savršenog rešenja. Život ne igra po pravilima, i svakako nije jednostavan.

– Mogla bih isto i ja tebe da pitam. Da li ti želiš da ostaneš na Kefaloniji?

Na licu mu se videla zbunjenost. – Ovde sam potreban. Moj život je ovde.

Da li je zaista bilo pošteno što mu je postavila to pitanje? Osećala se izmučeno zbog svih „šta bi bilo kad bi bilo", zabrinuta zbog kajanja, i uznemirena zbog povratka kući i suočavanja sa izazovnom ulogom. Dok je njegov život bio na Kefaloniji, njen je bio u Londonu.

Zvezde im nisu bile usklađene. Jačina njihovih osećanja, nevažno da li su u pitanju ljubav ili požuda, nije bila dovoljna. U ovom trenutku, težili su različitim ciljevima i imali obaveze koje nisu mogli da prenebregnu.

Kao da je osetio da nema smisla nastavljati razgovor koji bi ih uznemirio, Dimitris je usmerio pažnju na to kako da im pomogne da zaborave da je ovo kraj nečega posebnog.

Kasnije te noći, kad ga je poslednji put poljubila, Zanta je bila sigurna kako je opraštanje od Dimitrisa bilo nešto najteže što je ikada uradila.

35.

– Zanta Foks! Tvoje ime blešti! – Džud ju je uhvatio podruku dok su zajedno gledali osvetljene natpise iznad ulaza u *Sondhajm teatar*. Ogromnim slovima bilo je ispisano *Jadnici*, a njeno ime, pored nekoliko drugih kolega iz glumačke postave, iznad toga.

Bila je beskrajno zahvalna što je Džud uspeo da dobije slobodno veče za ulogu u ansamblu predstave *Zaleđeno kraljevstvo* kako bi je podržao na najvećoj premijeri u njenom glumačkom životu. Dok je ona morala da ode u bekstejdž na zagrevanje, da je isfriziraju i našminkaju, i da obuče kostim, Džud se nalazio s njihovim prijateljima na piću. Mama, očuh i braća biće u publici, kao i tata sa svojom ženom. Čak su Teo i njegova porodica doputovali iz Australije, spajajući odmor s gledanjem nje u *Jadnicima*. Ceo dan joj je bilo muka, ali sedeći u garderobi i gledajući sebe u ogledalu oivičenom svetlima, osećala se veoma bolesno. Dovraga, kako je bila bleda. Ovo je bila trema koje se toliko plašila. Čekanje je bilo mrcvarenje, svaki korak tokom pripreme i preobražavanja u Eponinu vodio ju je bliže izlasku na scenu pred stotine ljudi.

Nakon što se vratila s Kefalonije, odmah je počela s probama za *Promenadni koncert*, a ubrzo zatim i za *Jadnike*. Sve je bilo isto, a opet drugačije, jer su se promenili njeni pogledi na život, ljubav i budućnost. Džud je bio njen čvrst oslonac, i rado je prihvatila poznati osećaj povratka u njihov zajednički dom s Parminderinom i Lusinom veselom druželjubivošću. Neprekidna užurbanost bila je dobrodošla pošto su svi jurili svoje karijere i održavali veze, ujednačavajući naporan rad sa zabavom – mada Zanta nije imala mnogo vremena za bilo šta osim da se usredsredi na probe. Vratila se svom užurbanom rasporedu, s tom razlikom što je Dimitris sada bio deo njenog života, svakodnevno su razgovarali ili razmenjivali poruke. Postojala je mogućnost veze na daljinu jer nisu želeli da odustanu od osećanja koja su otkrili na Kefaloniji.

Sada, preobraženoj u Eponinu, sve joj je delovalo zastrašujuće stvarno. Nedeljama se potpuno uživljavala u ulogu, ali živci su joj trepereli, srce ubrzano tuklo, a mučnina se pojačavala.

Začuvši kucanje na otvorenim vratima garderobe Zanta se okrenula. Dočekalo ju je nasmejano lice jedne od pomoćnica scenskog menadžera, koja je nosila ogroman buket cveća.

– Ovo je stiglo za tebe.

Bila je to veličanstvena kombinacija ruža u bojama zalaska sunca, s pokojim ljubičastim čičkom, santini hrizantemama boje šljive i zelenim grančicama. Zanta se zahvalila pomoćnici i izvadila otkucanu poruku.

Zanta,
Zasijaj večeras.
Bićeš predivna.
S ljubavlju,
Dimitris x.

Prešla je prstima preko poruke i duboko udahnula. Čak i ako nije bio prisutan, bio je tu duhom, i to joj je bilo najvažnije. Osim toga, videće ga u novoj godini, kad planira da se vrati na Kefaloniju. Dok je bila zauzeta probama, on je pomagao mami da se preseli u Patras kako bi bila bliže Vangelisu. Dimitris je priznao Zanti kako joj je zahvalan što je bila dovoljno hrabra da prihvati priliku i preuzme život u svoje ruke, jer je to njemu pomoglo da i sâm donese odluke. Odbacio je strahove od suočavanja s prošlošću tako što je uspostavio kontakt s bratom i razgovarao s njim, u pokušaju da izglade odnos, umesto da nastave da prenebregavaju probleme koji neće nestati ako ne pričaju o njima. Iridina selidba bila je rezultat te nove komunikacije. To neće nužno biti trajno, jer će uvek imati kuću na Kefaloniji u koju može da se vrati, a trenutno je samo iznajmila stan blizu Vangelisa i njegove porodice. Ipak, činilo se kako je to najbolje rešenje za nju da pobegne od mučnih uspomena koje Kefalonija čuva, i da bude blizu kako bi pomogla sa unucima, posebno kada je nova beba bila na putu. Bila je uporna u tome da ima svoj prostor, umesto da živi s Vangelisom i njegovom ženom, što je Zanta smatrala mudrim potezom. Nije mogla ni da zamisli kako bi dobrovoljno živela s njom – ježila se od te zamisli, iako imati Iridu za svekrvu nije bilo nešto najgore na svetu.

Cveće joj je nakratko skrenulo pažnju s rastuće treme, ali kako je publika počela da pristiže, činilo joj se kao da joj se srce spustilo u pete.

Oglasila se poruka na telefonu. Treba da ga isključi, usredsredi se na predstavu i ne dozvoli da je bilo ko ili bilo šta omete dok se predstava ne završi, ali poruka je bila od Džuda, pa ju je otvorila.

Neverovatno sam ponosan na tebe. Uživaj večeras, seti se da je dobro imati tremu (samo probaj da ne povraćaš!), jer znači da ti je VEOMA stalo do ove predstave. Bićeš sjajna. U potpunosti verujem u tebe, ti si prava zvezda.

Uzgred, Felisiti je ovde. Oh, i ako ti bude trebalo da u bilo kom trenutku vidiš prijateljsko lice, sedim na mestu F12 (znači šesti red u parteru, bliže sredini). Možda ćeš prepoznati osobu koja sedi pored mene. Srećno. Volim te zauvek, Dž. x

Preplavila ju je ljubav prema najboljem prijatelju. Dok je isključivala telefon, nakratko se zapitala koga je doveo sa sobom, ali brzo je usmerila pažnju na vežbe disanja u pokušaju da smanji tremu pre nego što joj provere mikrofon i konačno je pozovu na scenu.

Jadnici je bio mjuzikl koji je učvrstio Zantinu želju da nastupa na Vest Endu. Uprkos velikoj tremi i ushićenju pre početka, kada joj se um potpuno isprazni od svega, osećaj kada konačno zakorači na scenu nije mogao da se poredi ni sa čim. Ne tako davno, verovala je kako je biti sa Ostinom, napuniti trideset i dobiti ulogu u *Oliveru!* bilo vrhunac njene karijere, ali koliko je samo pogrešila. Sada, u trideset drugoj godini, sledila je svoje snove sve do glavne uloge koju je oduvek želela. Veče premijere na pozornici Vest Enda bilo je nešto najbolje što je mogla da postigne, i dok je stajala sa ostatkom glumačke postave *Jadnika* i pevala „One Day More", shvatila je kako nimalo ne žali što je prihvatila ulogu. Ovo je bio njen trenutak i vrhunac karijere – i verovatno dosadašnjeg života – ali je duboko u sebi znala da uvek postoji mogućnost da ga nadmaši.

Bila je preplavljena osećanjima i značajem premijerne večeri kada je došao trenutak za njen veliki solo nastup. Trebalo joj je da se nekako smiri i upravlja tremom, i tada se setila Džudove poruke.

Pozorište je utihnulo dok je svirao uvod u pesmu „On My Own", čuli su se samo tiho škripanje stolica i prigušeni kašalj. Zanta je zakoračila napred kao Eponina, prešla je pogledom po publici, brojeći šest redova u parteru dok nije ugledala Džuda, u senci, ali širom otvorenih očiju, nagnutog napred, kako je bodri. Pogledala je malo udesno i sve se preokrenulo. Kada je srela Dimitrisov pogled, ostala je bez daha. A onda je počela da peva, predajući se bez zadrške osećanjima, sa suzama u očima. Njegove reči iz poruke – *Zasijaj večeras* – odzvanjale su joj u umu dok je on ponosno gledao ka njoj. Pevala je za njega, za njih, jednako kao i za mnogobrojnu publiku. U tom trenutku, Zanta je znala da im je pružena prava prilika za sreću.

Epilog

Dimitris je prvi put rekao Zanti da je voli odmah nakon premijere mjuzikla *Jadnici*. Privukao ju je u zagrljaj i šapnuo joj to, a ona nije ni trenutka oklevala da odgovori. – Volim i ja tebe. – Porodica i prijatelji su je ubrzo zasuli čestitkama, grleći je i ljubeći, i tek kasnije te večeri, nakon što su proslavili uz piće i stigli kući, konačno je stvarno shvatila da je on tu, i da konačno imaju priliku da razgovaraju kako treba.

Dimitris je isprva nameravao da iznenadi Zantu na premijeri i dogovorio se s Džudom da to ostane tajna, ali kada ju je nekoliko dana kasnije iznenadio kao grom iz vedra neba, pre nego što se vratio u Grčku, potpuno ju je oborio s nogu.

– Šta misliš o tome da se preselim u London?

Šetali su Šafstberi avenijom, Zanta je upravo išla ka pozorištu na večernje izvođenje *Jadnika*. Od njegovih reči se ukopala u mestu.

– Šta misliš pod tim da se preseliš ovde?

Dimitris se nasmejao njenoj zbunjenosti. – Mislim da napustim Kefaloniju i preselim se kod tebe, ako ti to odgovara i ako se Džud i ostali slažu s tim?

Bilo je to savršeno rešenje, ono o kojem je Zanta sanjala, ali bila je zbunjena zbog veličine toga i mnogih pitanja na koja nije mogla lako da odgovori u kratkom vremenu pre nego što je morala da bude u pozorištu.

– A šta će biti s tvojom mamom? Tvojim poslom? Mislila sam da ne možeš da odeš?

– Okolnosti su se promenile – naglasio je. – Mogao sam i tada da odem, ali bio sam uplašen i brinuo sam se za mamu. – Dok su stajali nasred trotoara, a ljudi prolazili pored njih, obuhvatio joj je lice rukama i poljubio je. – Toliko želim da budem s tobom.

U tom trenutku, Zantin život se promenio. Sve je savršeno leglo na mesto jer je imala sve: posao koji obožava i muškarca kojeg voli.

Nekoliko meseci kasnije, nakon što se Irida smestila u Patrasu, a Dimitris podneo zahtev za vizu i na Kefaloniji spakovao život u kofere, vratio se u Veliku Britaniju i preselio se kod Zante, Džuda, Parminder i Lusi. Džud je bio oduševljen što vidi Zantu tako srećnu, a svi sustanari u kući su bili na dobitku jer je Dimitris uređivao njihovo malo dvorište i kuvao ukusna jela koja su mogla da se nadmeću sa onim iz lokalnog grčkog restorana.

Nakon što je Džud završio s redizajniranjem Dimitrisovog veb-sajta, koristeći fotografije koje je Zanta snimila, lako je našao posao kao vrtlar u okolini Aktona i u širem području. Iako im je radno vreme bilo različito, to im je dalo prostora, a Dimitrisu nezavisnost da izgradi posao, stekne svoje prijatelje i u novoj zemlji uživa u novootkrivenoj slobodi. Pričao je s mamom barem nekoliko puta nedeljno, i zaista su razgovarali, oboje srećniji bez stalnih podsetnika na prošlost.

Kad je mogla da predahne od predstave, Zanta se vratila na Kefaloniju s Dimitrisom, i zajedno su završili pripremanje vile *Aster* za iznajmljivanje. Dimitrisova kuća je ostala prazna, u slučaju da Irida poželi da se vrati, iako je njoj prijao život daleko od Kefalonije i sećanja koja je nosila. Nakon što joj se rodilo unuče, bila je zauzeta ulogom bake, što ju je smekšalo i usrećilo. Sledeći put kad su Zanta i Dimitris uspeli da odu iz Londona, posetili su nju i Vangelisa, i Zanta je svedočila početku dugog procesa izlečenja, jer su braća konačno počela da razgovaraju. Radost koju su Dimitrisove dve male bratanice donosile porodici umnogome je pomogla da se zaleče godine bola.

Kad god su imali priliku, Zanta i Dimitris su odlazili vozom za Brajton i ručali sa Zantinom porodicom, a njen odnos s majkom se primetno poboljšao, sada kad patnju i tajne koje je godinama čuvala više nije morala da drži u sebi. Kao što je odlazak sa ostrva olakšao bol Dimitrisu i Iridi, tako je i Lini povratak na Kefaloniju omogućio da prošlost i povređenost ostavi za sobom, da se suoči sa osećanjima i krene dalje. Kada je Zantin deda sledeće godine umro, Zanta i njena mama su sve ostavile i vratile se na Kefaloniju na sahranu, da odaju poštu i konačno ostave prošlost iza sebe.

Nakon dve godine nastupanja u *Jadnicima*, stigao je poziv s Brodveja i, uz Dimitrisovu podršku, otišli su u Njujork, oboje uživajući u životu na najbolji mogući način. Zantini snovi su se ostvarili, a Dimitris je uspeo da krene dalje u svakom smislu te reči, oslobodivši se krivice i grešaka iz prošlosti.

Vreme je prolazilo, Zanta je ušla u srednje tridesete, a njeni prioriteti su se promenili, kao i njen san o budućnosti. Nakon što su se preselili iz Londona u Njujork pa nazad u London, uz kratke boravke u Grčkoj, krećući se između Kefalonije i Patrasa, Zanta je shvatila da je konačno došlo vreme da se negde skrasi.

Nije ih samo ostrvo zvalo nazad. Zanta je znala da je dostigla vrhunac karijere – odistinski ovog puta. Ostvarila je ambicije i bila umorna od kasnih noćnih nastupa, putovanja, iznajmljivanja stanova i osećaja da nemaju neko mesto koje bi mogli nazvati domom. Tokom godina, svi su napustili zajedničku kuću u Aktonu – prvo Parminder, kad se preselila u Los Anđeles kako bi ostvarila glumačke snove. Zatim su Zanta i Dimitris iznajmili stan pre nego što su otišli u Njujork. Lusi se preselila kod drugih prijatelja, a Džud je iskoristio priliku da pređe na film i televiziju, zbog čega je, neizbežno, često bivao duže odsutan. Zanta je sada razmišljala o provođenju više vremena s Dimitrisom i zasnivanju porodice. I dalje je volela uzbuđenje kad nastupa, ali je žudela za promenom. Fotografija je i dalje bila njena strast, i tokom godina je stekla brojnu publiku prikazujući fotografije Londona i Njujorka, Vest Enda i Brodveja, prožete lepotom Grčke, posebno Kefalonije. Otvorila je onlajn prodavnicu kako bi prodavala printove fotografija, i iako od toga nije mogla da živi, bilo je nešto. Ako bi im to omogućilo da naprave promenu, osnuju porodicu i zajedno započnu potpuno nov život, bilo bi to onda nešto najbolje što je ikada uradila.

I tako su se, šest godina i tri meseca otkad su se prvi put sreli, Zanta i Dimitris našli na terasi Agatinog vrta, gledajući prizor u koji se zaljubila pre svih tih godina.

Bio je kraj septembra, jedno od Zantinih omiljenih doba godine na Kefaloniji, kada se okonča letnja gužva, a vrućina popusti. Dani poput ovog, dok se izležavala pored bazena na udaljenoj terasi, čini-li su da Zanta shvati koliko je srećna i uživala je u miru pre nego što svi stignu. Dimitris je otišao do Fiskarda da nabavi još vina – Zanta je naglasila da će Džud i njegov dečko, Lusi i njen partner, a još i Parminder, popiti veći deo onoga što su već kupili, i kako bi radije imala previše pića nego premalo.

Zanta i Dimitris su se početkom godine venčali, a Tula i Vasi-lis su im bili jedini svedoci. Proslavili su to obrokom u Fiskardu i planirali su veliku proslavu s porodicom i najbližim prijateljima nekoliko meseci kasnije. Teško je bilo poverovati da taj veliki dan samo što nije stigao.

Irida se trajno preselila u Patras, a njena kuća je obnovljena i iznajmljena turistima, ali narednih deset dana, Irida će boraviti tamo s Vangelisom i njegovom porodicom. Odnos između Zante i Iride se s vremenom promenio, od potpune netrpeljivosti do ti-hog uzajamnog poštovanja. Jedino zbog čega ju je Irida sada korila bilo je to što joj još nije podarila unuče. Zanta bi joj uvek uzvraćala nestašnim: – Ne brinite, radimo na tome. – Irida bi se zarumenela, iako je Zanta znala da joj je potajno bilo drago.

Organizovali su taksije da pokupe goste sa aerodroma, i re-zervisali sobe u hotelima u Kaliteji i Fiskardu. Otkako su se vra-tili na Kefaloniju, Zanta i Dimitris su osavremenili kuću ugradivši klima-uređaj i objedinjeno ozvučenje, i proširili je tako da je sada imala tri spavaće sobe, spremne za proširenje porodice, ali naredne nedelje će tu boraviti Zantina mama, očuh i njena snažna dvadese-togodišnja braća.

Tula je imala značajnu ulogu u njihovom životu, zajedno s Va-silisom i njegovom porodicom – a i Lija im je postala prijateljica. Napokon je smogla hrabrost da se suprotstavi Sakisu i odbila je da dalje trpi njegovo ponašanje. Njihov razvod nije bio razlog za sla-vlje, ali upoznavanje muškarca koji je voli i poštuje, godinu i nešto kasnije, jeste.

Zanta je organizovala ketering za zabavu, ali Tula je navalila da pripremi slatkiše, a postala je i nezvanična organizatorka za-bave, ugovarajući muziku i birajući ukrase, mada nije bilo mnogo potrebe za tim, jer se proslava održavala u Agatinom vrtu. Njegova šarolika lepota i prelivi bujnog zelenila među kojim su raspoređene Agatine upečatljive skulpture bili su više nego dovoljni. Zanta ga je i dalje smatrala kuminim vrtom, iako je sada zapravo pripadao Dimitrisu. On je najviše radio u njemu, ali Zanta je učila, i oboje su ga podjednako voleli.

Na telefonu se oglasila poruka. Mama je javila da su sleteli, a zatim se začula još jedna od Džuda.

Upravo sam video ovaj naslov u Dejli mejlu: „Osramoćeni bivši glumac iz Marvelovih filmova Ostin Karter ponovo je otišao na kliniku za odvikavanje." Nije moglo da se dogodi osobi koja to više zaslužuje ;-) Prokletstvo, za dlaku si izbegla opasnost. Jedva čekam da te vidim, gospođo! xx

Ni ona ni Džud nisu razgovarali s novinarima o Ostinu. Sâm je uspeo dovoljno da uništi svoj ugled, bez njihovog uplitanja. Bio je omiljeni loš momak paparaca, uhvaćen na delu sa udatom koleginicom ne jednom, već dva puta, a očigledno je imao i ozbiljan problem s drogom.

Zanta nikada nije bila zahvalnija na tome što ju je Ostin varao nego sada. Bila je udata za muškarca koji je obožava i neupitno podržava, spremna da proslavi njihovu ljubav u krugu porodice i najbližih prijatelja, i konačno da potvrdno odgovori svekrvi na pitanje koje joj uvek postavlja. Lagano je spustila ruke na stomak. U igri života, ona je u potpunosti pobedila.

Zvuk Dimitrisovog kamioneta na stazi prenuo ju je iz misli, pa se naterala da ustane s ležaljke na kojoj se opuštala u mestimičnom hladu jednog od maslinovih stabala. Lagano je prošla pored bazena idući prema vili. Džud još nije video bazen – nije mu ga čak ni spomenula. Žudela je da podeli fotografije na *Instagramu*, ali će se čekanje isplatiti kada bude videla iznenađenje na njegovom licu. Izgradnja bazena bio je njihov svadbeni poklon samima sebi, a radost buđenja pored Dimitrisa, šetnje kroz vrt i skakanje pravo u bazen bili su pravo blaženstvo. Nije žalila ni za čim. Nije žalila što je prihvatila ulogu u *Jadnicima*, ulogu života, što je prihvatila Dimitrisovu selidbu u London, što su se odvažili na preseljenje u Njujork i u pravom trenutku povratak u London, niti zbog napuštanja tog života kako bi započela nešto novo, menjajući metež i uzbuđenje života u Londonu za sporiji tempo, obilje lepote i mogućnosti. Reskiranjem, otvorenošću za nova iskustva i stalnim napredovanjem napravila je pun krug i stigla do ovog trenutka, na mesto gde je bila najsrećnija, sa osobom koju je najviše volela.

Dimitris se pojavio iza ugla vile, noseći ogroman sanduk vina, kose razbarušene od vetra i zajapurenog lica.

– Ima još u kamionetu – rekao je, a boce su zazveckale kada je stavio sanduk na sto na terasi.

– Stigao si baš na vreme. Mama mi je poslala poruku da su sleteli.

– Onda je vreme da raspalim roštilj.

– Ja ću početi da spremam salate.

– Sve dok ti nisi zadužena za kuvanje – rekao je s nestašnim osmehom – biće sve u redu.

Razdragano ga je ćušnula po mišici, a zatim ga privukla i poljubila. – Ovo će baš biti zabavno.

Pre nego što je krenula u kuhinju, Zanta je zastala na otvorenim vratima i okrenula se. Pogledala je trem oivičen saksijama sa začinskim biljem, leptire koji su lepršali iznad cveća, skladne linije drveća raštrkanog po vrtu i odsjaj sunca sa Agatinih skulptura. Pogled joj se zaustavio na Dimitrisu dok je podizao rukave majice do ramena i osmehnula se. Nadala se da ih Agata gleda odozgo, zadovoljna što zna da su srećni, baš kao što je predvidela u poslednjem pismu.

Vila *Aster*, preimenovana u vila *Vrt*, sa ugodnim okruženjem i raskošnim pogledom na more, bila je posvećena njoj, utočište svakome ko bi je posetio i mesto gde su se Zanta i Dimitris zaljubili. Ali najvažnije od svega, bila je to kuća u kojoj su planirali da zasnuju porodicu i ostare zajedno. Ona je bila njihova prošlost, sadašnjost i budućnost, i mesto koje su zvali domom.

Zahvalnice

Prvi put sam otišla u Grčku pre dvadeset dve godine s tadašnjim momkom – sada mužem – da upoznam njegovu porodicu. Grčka me je očarala (baš kao što je očarala Zantu) i postala nadahnuće za mnoge knjige. Čak smo se i venčali tamo 2008. godine, jednog zbrkanog, ali predivnog dana ispunjenog hranom, smehom i uz mnogo grčkog plesa. Grčka, a posebno Kefalonija, činila se savršenim odredištem za priču o Zanti, glumici s Vest Enda.

Selo Kaliteja je izmišljeno, ali ostala spomenuta mesta su stvarna. Proučavajući veb-sajt *Kefalonija sa Anom* pronašla sam obilje podataka o ostrvu, što me je nadahnulo da dešavanja u knjizi smestim u te predivne predele. Takođe, video-zapisi na *Jutjubu* profesionalnog glumca Džordžija Ašforda o radu na Vest Endu pomogli su mi da razradim te prizore. Hvala mom mužu Niku i njegovoj tetki Suli Grigoriadu na pomoći s grčkim jezikom. Sve greške su isključivo moje!

Kao i uvek, neizmerno sam zahvalna svojoj nadarenoj urednici Kerolajn Riding, zato što je uspela da prozre kroz pometnju i dala predloge koji su pomogli da *Beg na Kefaloniju* postane dovršena knjiga. Prava je radost raditi s celom ekipom *Boldvud buksa*, jer puni su oduševljenja, podrške i strastveni u onome što rade.

Hvala neverovatnoj lektorki Kandidi i Dženifer na korekturi i završnom glancanju teksta. Mojoj predivnoj prijateljici Džudit hvala na pronicljivim opaskama o prvoj verziju romana, i što si uvek pronalazila te nesnosne ponovljene reči! Hvala ti, Aleksandra na još jednoj divnoj korici.

I poslednje, ali ne i najmanje važno, hvala mojoj porodici na neprekidnoj podršci, i vama, mojim čitaocima.

Beleška o autoru

Kejt Frost je autorka dvadeset romantičnih bestseler romana kao i avanturističke trilogije o putovanju kroz vreme za decu. Kejt je stekla zvanje mastera u kreativnom pisanju na Univerzitetu *Bat spa*, gde takođe predaje pisanje memoarske proze i kreativno pisanje na osnovnim studijama.

**Knjige Kejt Frost u izdanju
Izdavačke kuće TEA BOOKS d.o.o.
(digitalna i/ili štampana izdanja)**

Italijanski san
Jedno grčko leto
Ostrvo na suncu
Beg na Kefaloniju

www.ingramcontent.com/pod-product-compliance
Lightning Source LLC
Chambersburg PA
CBHW030644030726
47497CB00006B/1940